DEVE TER ALGO *errado* COMIGO

MEG MASON

DEVE TER ALGO *errado* COMIGO

São Paulo
2021

Grupo Editorial
UNIVERSO DOS **LIVROS**

Sorrow and Bliss
Copyright © The Printed Page Pty Ltd 2020

© 2021 by Universo dos Livros
Todos os direitos reservados e protegidos pela Lei 9.610 de 19/02/1998.
Nenhuma parte deste livro, sem autorização prévia por escrito da editora,
poderá ser reproduzida ou transmitida sejam quais forem os meios empregados:
eletrônicos, mecânicos, fotográficos, gravação ou quaisquer outros.

Diretor editorial
Luis Matos

Gerente editorial
Marcia Batista

Assistentes editoriais
Letícia Nakamura e Raquel F. Abranches

Tradução
Laura Folgueira

Preparação
Marina Constantino

Revisão
Jacqueline Valpassos e
Alessandra Miranda de Sá

Diagramação
Aline Maria

Capa
Renato Klisman

Dados Internacionais de Catalogação na Publicação (CIP)
Angélica Ilacqua CRB-8/7057

M368m

    Mason, Meg
    Deve ter algo errado comigo / Meg Mason ;
    tradução de Laura Folgueira. – São Paulo : Universo dos Livros, 2021.
      320 p.

    ISBN 978-65-5609-129-7
    Título original: *Sorrow and bliss*

    1. Ficção inglesa 2. Casamento I. Título II. Folgueira, Laura

21-2623   CDD 823

Universo dos Livros Editora Ltda.
Avenida Ordem e Progresso, 157 — 8º andar — Conj. 803
CEP 01141-030 — Barra Funda — São Paulo/SP
Telefone/Fax: (11) 3392-3336
www.universodoslivros.com.br
e-mail: editor@universodoslivros.com.br
Siga-nos no Twitter: @univdoslivros

Aos meus pais e ao meu marido.

Num casamento pouco depois do nosso, segui Patrick pela multidão densa na festa até uma mulher parada sozinha.

Ele disse que, em vez de olhá-la de cinco em cinco minutos e me sentir triste, eu devia simplesmente ir até lá e elogiar o chapéu dela.

— Mesmo que eu não goste dele?

Ele falou é óbvio, Martha.

— Você não gosta de nada. Vamos lá.

A mulher tinha aceitado um canapé de um garçom e estava colocando-o na boca quando nos notou, percebendo no mesmo instante que não conseguiria acabar com ele em uma mordida. Quando nos aproximamos, ela baixou o queixo e tentou esconder o esforço de enfiar tudo para dentro, depois tudo para fora, com uma taça vazia e o suprimento de guardanapos na outra mão. Embora Patrick tenha arrastado sua apresentação, ela respondeu com algo que nenhum dos dois conseguiu entender. Como parecia muito envergonhada, comecei a falar como se alguém tivesse me dado um minuto para palestrar sobre chapéus femininos.

A mulher fez uma série de pequenos acenos com a cabeça e, assim que pôde, nos perguntou onde morávamos e o que fazíamos da vida e, se estivesse correta em pensar que éramos casados, há quanto tempo e como tínhamos nos conhecido, uma quantidade e velocidade de perguntas com o intento de desviar a atenção da coisa ingerida pela metade, agora num guardanapo oleoso na palma da mão aberta. Enquanto eu respondia, ela olhou furtivamente sobre meu ombro, procurando um lugar onde colocá-lo; quando terminei, ela disse que talvez não tivesse entendido o que quis dizer quando falei que Patrick e eu nunca nos conhecemos, que ele "sempre esteve ali".

Virei-me para observar meu marido, naquele momento tentando pescar um objeto invisível de sua taça com um dedo, depois olhei de volta para a mulher e falei que Patrick era meio tipo o sofá da casa em que você cresceu.

— A existência do sofá era simplesmente um fato. Ninguém nunca se pergunta de onde ele veio porque não consegue se lembrar de quando ele não estava ali. Mesmo agora, se ainda existir, ninguém pensa nele conscientemente. Embora, suponho — continuei, porque a mulher não tentou dizer nada —, se precisasse, você seria capaz de listar cada uma de suas imperfeições. E as causas delas.

Patrick confirmou que, infelizmente, era verdade.

— Martha com certeza poderia fazer um inventário dos meus defeitos.

A mulher riu, depois olhou brevemente para a bolsa pendurada no braço dela por uma alcinha, como se analisando seus méritos de receptáculo.

— Certo, quem quer mais bebida? — Patrick apontou os dois indicadores para mim e puxou gatilhos imaginários com os polegares. — Martha, sei que você não vai negar. — Ele fez um gesto para a taça da mulher, que o deixou pegá-la. E então disse: — Quer que eu leve isso também?

Ela sorriu e pareceu prestes a chorar por se ver livre do canapé.

Quando ele partiu, ela falou:

— Você deve se sentir muito sortuda por ser casada com um homem assim.

Respondi que sim e pensei em explicar as desvantagens de ser casada com alguém que todo mundo acha legal, mas, em vez disso, perguntei onde ela tinha comprado aquele chapéu maravilhoso e esperei Patrick voltar.

Depois disso, o sofá virou nossa resposta-padrão à pergunta de como nos conhecemos. Nós a demos por oito anos, com algumas variações. As pessoas sempre riam.

Existe um GIF do Príncipe William perguntando a Kate se ela quer mais uma bebida. Minha irmã me mandou uma vez. Ela escreveu na mensagem: "Estou chorando!!!!". Eles estão em algum tipo de festa. William está usando um smoking. Ele acena para Kate do outro lado do salão, faz como se estivesse virando um copo, depois aponta para ela com um dedo.

"O negócio de apontar", disse minha irmã. "Literalmente o Patrick."

Escrevi de volta: "Figurativamente o Patrick".

Ela me mandou o emoji revirando os olhos, a taça de champanhe e o dedo apontando.

No dia em que voltei para a casa dos meus pais, redescobri o GIF.

Assisti umas cinco mil vezes.

Minha irmã se chama Ingrid. Ela é quinze meses mais nova do que eu e casada com um homem que conheceu caindo na frente da casa dele enquanto ele tirava o lixo. Está grávida do quarto filho; na mensagem contando que era outro menino, mandou os emojis de beringela, cereja e tesoura aberta. Disse: "Hamish vai ser cortado não figurativamente".

Quando éramos crianças, as pessoas achavam que éramos gêmeas. Queríamos desesperadamente nos vestir igual, mas nossa mãe disse não. Ingrid questionou:

— Por que não podemos?

— Porque as pessoas vão achar que foi ideia minha… — Ela olhou ao redor do cômodo em que estávamos no momento. — Nada disso foi ideia minha.

Depois, quando estávamos as duas no auge da puberdade, nossa mãe falou que, como todo o busto evidentemente estava ficando com Ingrid, só podíamos torcer para eu ficar com o cérebro.

Perguntamos a ela qual era melhor. Ela respondeu que o melhor era ter os dois ou nenhum; um sem o outro invariavelmente era letal.

Minha irmã e eu ainda nos parecemos. Nosso maxilar é igualmente quadrado demais, mas nossa mãe diz que, de algum modo, conseguimos nos safar. Nosso cabelo tem a mesma tendência a ficar desgrenhado, em geral sempre foi longo e com a mesma cor meio loira até eu fazer trinta e nove anos e perceber de manhã que não ia poder evitar a chegada dos quarenta. À tarde, pedi que o cortassem na altura do maxilar quadrado demais e quando cheguei em casa o descolori com tintura de supermercado. Ingrid chegou enquanto eu estava fazendo isso e usou o restante da tinta. Nós duas tivemos dificuldade de manter a cor. Ingrid falou que ter outro bebê daria menos trabalho.

Desde jovem sei que, embora sejamos tão parecidas, as pessoas acham Ingrid mais bonita do que eu. Falei isso uma vez para meu pai. Ele respondeu:

— Talvez olhem para ela primeiro. Mas vão querer olhar para você por mais tempo.

No carro, a caminho de casa da última festa a que Patrick e eu fomos, falei:

— Quando você faz aquele negócio de apontar, tenho vontade de atirar em você com uma arma de verdade.

Minha voz saiu seca e cruel, e detestei aquilo — e a Patrick, quando ele disse "ótimo, obrigado" sem qualquer emoção.

— Não quis dizer no rosto. É mais tipo um tiro de advertência no joelho ou em algum lugar em que ainda desse para você ir trabalhar.

Ele falou que era bom saber e colocou nosso endereço no Google Maps.

Morávamos na mesma casa em Oxford há sete anos. Comentei isso. Ele não disse nada, e olhei-o no banco do motorista, esperando calmamente outros carros passarem.

— Agora, você está fazendo o negócio do maxilar.

— Tenho uma ideia, Martha. Que tal a gente não falar até chegar em casa? — Ele tirou o telefone do suporte e, em silêncio, fechou-o no porta-luvas.

Falei mais alguma coisa, aí me inclinei para a frente e coloquei o aquecedor no máximo. Assim que o carro ficou sufocante, desliguei o ar e escancarei a janela. Estava com uma camada de gelo e fez um barulho de algo raspando ao descer.

Era uma piada entre nós o fato de que em tudo eu balançasse entre os extremos e ele vivesse a vida toda na configuração intermediária. Antes de descer, falei:

— Aquela luz laranja ainda está ligada.

Patrick me disse que estava planejando trocar o óleo no dia seguinte, desligou o carro e entrou em casa sem me esperar.

Alugamos a casa com um contrato de curto prazo, caso as coisas não dessem certo e eu quisesse voltar a Londres. Patrick sugerira Oxford porque era onde ele tinha feito faculdade e pensava que, em comparação com outros lugares, cidades-dormitório no interior, eu talvez achasse mais fácil fazer amigos. Renovamos o contrato de aluguel de seis meses catorze vezes, como se as coisas pudessem dar errado a qualquer momento.

O corretor nos disse que era uma Casa Executiva, num Empreendimento Executivo, e, portanto, perfeita para nós — embora nenhum de nós dois seja executivo. Um é consultor especialista em cuidados intensivos. A outra escreve uma coluna gastronômica engraçada para a revista do supermercado Waitrose e passou por um período de pesquisar no Google "clínica psiquiátrica quanto custa por noite?" enquanto o marido estava no trabalho.

A natureza Executiva do lugar se manifestava, em termos físicos, em trechos de carpete castanho e uma imensidão de tomadas fora do padrão e, em termos pessoais, numa sensação permanente de mal-estar sempre que ficava sozinha. O quartinho no último andar era o único cômodo que não me fazia sentir que havia alguém atrás de mim, porque era pequeno e a janela dava para um plátano. No verão, a árvore tapava a vista das Casas Executivas idênticas do outro lado da rua sem saída. No outono, folhas mortas eram sopradas para dentro e suavizavam o carpete. O quartinho era onde eu trabalhava, embora, como muitas vezes me lembravam estranhos em situações sociais, eu pudesse escrever em qualquer lugar.

O editor da minha coluna gastronômica engraçada me mandava comentários dizendo "não saquei a ref." e "reescrever pfv". Ele usava o Controle de Alterações. Eu apertava Aceitar, Aceitar, Aceitar. Depois que ele tirava todas as piadas, era só uma coluna gastronômica. Segundo o LinkedIn, meu editor nasceu em 1995.

A festa de onde estávamos voltando foi em comemoração ao meu aniversário de quarenta anos. Patrick a planejou porque eu lhe disse que não estava no clima para celebrar.

Ele falou:

— Precisamos atacar o dia.

— Será?

Uma vez, ouvimos um podcast no trem, compartilhando o mesmo fone de ouvido. Patrick tinha dobrado seu moletom como um travesseiro para eu poder colocar a cabeça no ombro dele. Era o episódio com o Arcebispo da Cantuária da série *Desert Island Discs*, da BBC. Ele contou sobre como havia perdido a filha primogênita num acidente de carro há muito tempo.

O apresentador perguntou como ele lidava com aquilo agora. Ele falou que, em relação ao aniversário de morte, o Natal, o aniversário dela, tinha aprendido que é preciso atacar o dia, "para ele não o atacar".

Patrick adotou o princípio. Começou a repetir aquilo o tempo todo. Falou enquanto passava a camisa antes da festa. Eu estava na nossa cama vendo *Bake Off* no meu laptop, um episódio antigo que já tinha visto. Um concorrente tira o bolo de sorvete de alguém do freezer, e a sobremesa derrete na fôrma. Saiu na primeira página dos jornais: um sabotador na tenda do *Bake Off*.

Ingrid me mandou uma mensagem quando o episódio foi ao ar pela primeira vez. Disse que ia morrer com a certeza de que aquele bolo tinha sido tirado do freezer de propósito. Respondi que não tinha certeza. Ela me mandou todos os emojis de bolo e o carro de polícia.

Quando terminou de passar a roupa, Patrick se sentou meio ao meu lado na cama e ficou me vendo assistir.

— Precisamos...

Bati na barra de espaço.

— Patrick, não acho que a gente devia cooptar o Bispo Fulano neste caso. É só meu aniversário. Ninguém morreu.

— Eu só estava tentando ser positivo.

— Tá bom. — Bati de novo na barra de espaço.

Depois de um momento, ele me disse que faltavam só quinze minutos.

— Não é melhor você começar a se arrumar? Quero que sejamos os primeiros a chegar. Martha?

Fechei o computador.

— Posso ir com o que já estou vestindo? — Leggings, um cardigã de estampa Fair Island, não lembro o que embaixo. Levantei os olhos e vi que o tinha magoado. — Desculpa, desculpa, desculpa. Vou me trocar.

Patrick tinha reservado o andar de cima de um bar a que costumávamos ir. Eu não queria que fôssemos os primeiros, sem ter certeza se devia ficar de pé ou sentada enquanto esperava as pessoas chegarem, me perguntando se alguém apareceria, depois me sentindo desconfortável pela pessoa que tivesse o azar de ser a primeira. Sabia que minha mãe não estaria lá porque eu tinha dito para Patrick não a convidar.

Vieram quarenta e quatro pessoas em duplas. Depois dos trinta, são sempre números pares. Era novembro e estava um frio congelante. Todo mundo levou muito tempo para tirar o casaco. Eram na maioria amigos de Patrick. Eu tinha perdido o contato com os meus da escola, da universidade e de todos os empregos que já tivera, um por um, conforme eles tinham filhos e eu não, e não havia mais nada sobre o que conversar. No caminho para a festa, Patrick disse que, se alguém começasse a me contar uma história sobre os filhos, talvez eu pudesse tentar parecer interessada.

Eles ficaram lá bebendo negroni — 2017 foi "o ano do negroni" —, rindo muito alto e fazendo discursos improvisados, com um palestrante em cada grupo, como representantes de uma equipe. Achei um banheiro para pessoas com deficiência e chorei ali.

Ingrid me disse que o medo de aniversários se chama fragapanefobia. Era uma das curiosidades do adesivo dos absorventes, que ela diz que são sua principal fonte de estímulo intelectual a esta altura, a única leitura para a qual tem tempo. Ela falou, em seu discurso:

— Todos sabemos que Martha é uma ouvinte maravilhosa, especialmente se for ela que está falando.

Patrick tinha escrito alguma coisa em cartões de anotação.

Não houve um momento único em que me tornei a esposa que sou, embora, se tivesse de escolher um, atravessar o salão e pedir para meu marido não ler o que quer que estivesse naqueles cartões estaria no páreo.

Um observador do meu casamento pensaria que não me esforcei para ser uma esposa boa ou melhor. Ou, me vendo naquela noite, que eu devia ter decidido ser assim e conseguido depois de anos de um esforço concentrado. Não conseguiam ver que, durante a maior parte de minha vida adulta e todo o meu casamento, estive tentando me transformar no oposto de mim mesma.

Na manhã seguinte, falei a Patrick que sentia muito por tudo. Ele tinha feito café e levado para a sala, mas não havia tocado nele quando cheguei. Estava sentado numa ponta do sofá. Sentei e dobrei as pernas embaixo de mim. De frente para ele, a postura parecia de súplica, e coloquei um pé de volta no chão.

— Eu não queria ser assim. — Obriguei-me a colocar minha mão na dele. Era a primeira vez que o tocava de propósito em cinco meses. — Patrick, de verdade, não consigo evitar.

— E apesar disso, às vezes, você consegue ser bem legal com sua irmã. — Ele afastou a minha mão e disse que ia sair para comprar um jornal. Demorou cinco horas para voltar.

Ainda tenho quarenta anos. Estamos no fim do inverno, em 2018, não é mais o ano do negroni. Patrick foi embora dois dias depois da festa.

Meu pai é um poeta chamado Fergus Russell. Seu primeiro poema foi publicado na *New Yorker* quando ele tinha dezenove anos. Era sobre um pássaro, do tipo moribundo. Depois da publicação, alguém o chamou de uma versão masculina da Sylvia Plath. Ele recebeu um notável adiantamento para sua primeira antologia. Minha mãe, que na época era sua namorada, supostamente falou:

— Será que precisamos de uma versão masculina da Sylvia Plath?

Ela nega, mas está no roteiro familiar. Ninguém pode revisá-lo depois de escrito. Foi também o último poema que meu pai já publicou. Ele diz que ela o castrou. Ela também nega. A antologia ainda está para sair. Não sei o que aconteceu com o dinheiro.

Minha mãe é a escultora Celia Barry. Ela faz pássaros, do tipo enorme e ameaçador, com materiais reutilizados. Cabeças de rastelos, motores de eletrodomésticos, coisas da casa. Uma vez, em uma de suas mostras, Patrick disse:

— Eu sinceramente acho que a sua mãe nunca viu uma matéria física existente que não fosse capaz de reaproveitar.

Ele não estava sendo rude. Muito pouco na casa dos meus pais funciona segundo sua alçada original.

Durante nossa infância, sempre que minha irmã e eu a ouvíamos dizer a alguém "Eu sou escultora", Ingrid dublava "Your Song", do Elton John, que tem um verso sobre ser escultor. Eu começava a rir e ela continuava, de olhos fechados e punhos contra o peito, até eu precisar sair da sala. Nunca deixou de ser engraçado.

Segundo o *Times*, minha mãe é ligeiramente importante. Patrick e eu estávamos na casa ajudando meu pai a reorganizar o escritório dele no dia que a nota saiu. Ela leu em voz alta para nós três, rindo infeliz com o ligeiramente. Depois, meu pai disse que, nesse ponto, aceitaria qualquer grau de importância.

— E eles te deram um artigo definido. *A* escultora Celia Barry. Pense em nós, os indefinidos.

Depois, ele recortou a nota e grudou na geladeira. O papel do meu pai no casamento deles é a autoabnegação incansável.

Às vezes, Ingrid pede para um dos filhos ligar e conversar comigo, porque, diz ela, quer que a gente tenha uma relação muito próxima, e também isso os tira das costas dela por literalmente cinco segundos. Uma vez, o mais velho ligou e me disse que tinha uma mulher gorda no correio e que o queijo favorito dele é aquele que vem num saquinho e é meio esbranquiçado. Ingrid depois me mandou uma mensagem dizendo: "Ele quis dizer cheddar".

Não sei quando ele vai parar de me chamar de Marfa. Espero que nunca.

Nossos pais ainda moram na casa em que crescemos, na Goldhawk Road, em Shepherd's Bush. Eles a compraram no ano em que fiz dez anos, com uma entrada emprestada pela irmã da minha mãe, Winsome, que se casou com um cara rico em vez de com uma versão masculina da Sylvia Plath. Quando crianças, elas moravam num apartamento em cima de uma oficina de chaveiro numa, como minha mãe diz às pessoas, "cidade litorânea em depressão, com uma mãe litorânea em depressão". Winsome é sete anos mais velha. Quando a mãe delas morreu de repente de um tipo de câncer indeterminado e o pai perdeu o interesse nas coisas, em particular nelas, Winsome abandonou o Royal College of Music para voltar para casa e cuidar da minha mãe, que tinha treze anos na época. Ela nunca teve uma carreira. Minha mãe é ligeiramente importante.

✗

Foi Winsome quem encontrou a casa da Goldhawk Road e conseguiu que meus pais pagassem bem menos do que valia, porque era parte de um espólio e, disse minha mãe, com base no cheiro, o corpo ainda estava em algum lugar embaixo do carpete.

No dia em que nos mudamos, Winsome veio ajudar a limpar a cozinha. Entrei para pegar algo e vi minha mãe sentada à mesa bebendo uma taça de vinho e minha tia, vestindo um avental e luvas de borracha, de pé no alto de uma escada e passando pano nos armários.

Elas pararam de falar, aí recomeçaram quando saí do cômodo. Fiquei parada do outro lado da porta e escutei Winsome dizendo à minha mãe que ela talvez devesse tentar demonstrar uma insinuação de gratidão, já que ter uma casa própria em geral estava fora do alcance de uma escultora e um poeta que não produz poesia. Minha mãe não falou com ela por oito meses.

Naquela época, e ainda hoje, ela odeia a casa, porque é estreita e escura; porque o único banheiro dá para a cozinha por meio de uma porta ripada, o que exige que o volume do rádio fique no máximo sempre que tem alguém lá. Ela a odeia porque só há um cômodo em cada andar, e a escada é muito íngreme. Diz que passa a vida naquelas escadas e, um dia, vai morrer nelas.

Ela odeia o lugar porque Winsome mora numa casa geminada em Belgravia. Enorme, numa praça georgiana e, diz minha tia às pessoas, no melhor lado, porque recebe luz a tarde toda e tem uma vista mais bonita do jardim particular. A casa foi presente de casamento dos pais do meu tio Rowland, reformada por um ano antes de eles se mudarem e regularmente desde então, a um custo que minha mãe alega achar imoral.

Embora Rowland seja intensamente frugal, é só por lazer — ele nunca precisou trabalhar — e só nas minúcias. Ele gruda o restinho do sabonete na nova barra, mas Winsome pode gastar um quarto de milhão de libras com mármore de Carrara numa única reforma e comprar móveis descritos em catálogos de leilão como "notáveis".

Ao escolher uma casa para nós com base apenas em seu esqueleto — segundo minha mãe, não o que certamente acharíamos se levantássemos o carpete —, Winsome esperava que fôssemos melhorá-la com o tempo. Mas o interesse da minha mãe na casa nunca foi além de reclamar de como ela era. Vínhamos de um apartamento alugado num subúrbio bem distante e não tínhamos móveis suficientes para os cômodos acima do primeiro andar. Ela não fez esforço para adquirir nenhum, e ficaram vazios por muito tempo até meu pai pegar uma van emprestada e voltar com estantes de livro desmontadas, um pequeno sofá com uma capa de veludo cotelê marrom e uma mesa de bétula de que ele sabia que minha mãe não ia gostar, mas, disse ele, eram só tapa-buracos até a antologia sair e os direitos autorais começarem a entrar. A maioria deles ainda está na casa, incluindo a mesa, que ela chama de nossa única antiguidade genuína. Foi levada de cômodo em cômodo, desempenhando várias funções, sendo atualmente a escrivaninha do meu pai.

— Mas sem dúvida — diz minha mãe —, quando eu estiver no leito de morte, vou abrir os olhos pela última vez e perceber que a mesa é meu leito de morte.

Depois, meu pai começou a pintar o andar de baixo, com encorajamento de Winsome, num tom de terracota chamado Nascer do Sol na Úmbria. Como ele não discriminava, com o pincel, entre parede, rodapé, caixilho de janela, interruptor, tomada, porta, dobradiça ou maçaneta, o progresso, no início, foi ágil. Mas minha mãe estava começando a descrever-se como escrupulosamente contra tarefas domésticas. Por fim, o trabalho de limpar e cozinhar e lavar ficou todo para ele, que nunca terminou a pintura. Até hoje, o corredor na Goldhawk Road é um túnel cor de terracota até a metade. A cozinha é cor de terracota de três lados. Partes da sala são cor de terracota até a altura da cintura.

Ingrid se incomodava mais do que eu com o estado das coisas quando éramos jovens. Mas nenhuma de nós se importava muito com as coisas quebradas nunca serem consertadas, com as toalhas sempre estarem úmidas e raramente serem trocadas, com o meu pai toda noite assar costeletas sobre uma folha de papel-alumínio em cima da folha da noite anterior, de modo que o fundo do forno gradualmente virou um mil-folhas de gordura e papel-alumínio. Nas raras vezes em que cozinhava, minha mãe fazia coisas exóticas sem receita, *tagines* e *ratatouilles* que eram distinguíveis entre si somente pelo formato dos pedaços de pimentão, que flutuavam num líquido com gosto tão amargo de tomate que, para engolir um bocado, eu precisava fechar os olhos e esfregar um pé contra o outro embaixo da mesa.

Patrick e eu fazíamos parte da infância um do outro; não havia necessidade de, como um casal recente, compartilharmos os detalhes de nossa vida pregressa. Em vez disso, virou uma competição contínua. A de quem era pior?

Contei a ele, uma vez, que sempre era a última a ser buscada em festas de aniversário. Está tão tarde, dizia a mãe, acho que devo ligar para os seus pais. Colocando o telefone no gancho depois de minutos, ela me dizia para não me preocupar, podemos tentar de novo depois. Eu fazia parte da arrumação, depois do jantar em família, o resto do bolo. Era, falei a Patrick, excruciante. Nas minhas próprias festas, minha mãe bebia.

Ele se alongou, fingindo se aquecer.

— Todas as festas de aniversário que tive entre os sete e os dezoito anos foram na escola. Organizadas pelo diretor. O bolo vinha do armário de objetos de cena do Departamento de Teatro. Era de gesso — disse ele. Excelente jogada.

✗

Na maior parte, Ingrid me liga quando está dirigindo para algum lugar com as crianças, porque, segundo ela, só consegue conversar direito quando todo mundo está preso e, num mundo ideal, dormindo; o carro, a esta altura, é basicamente um enorme carrinho de bebê. Há um tempo, ela me ligou para dizer que tinha acabado de conhecer no parque uma mulher que disse que havia se separado do marido e agora tinham a guarda compartilhada dos filhos. A troca ocorria nas manhãs de domingo, contou-lhe a mulher, então, cada um tinha um dia do fim de semana para si. Ela tinha começado a ir sozinha ao cinema nas noites de sábado e recentemente descobrira que o ex-marido vai sozinho de domingo à noite. Muitas vezes, acaba que escolhiam ver o mesmo filme. Ingrid falou que o último foi *X-men: primeira classe*.

— Martha, você já ouviu alguma coisa mais deprimente? Tipo, vai junto, cacete. Já, já os dois vão estar mortos.

Durante a nossa infância, nossos pais se separavam mais ou menos a cada dois anos. A separação era sempre prenunciada por uma mudança de clima que em geral acontecia do dia para a noite e, embora Ingrid e eu nunca soubéssemos por que aquilo tinha acontecido, sabíamos instintivamente que não era sábio falar mais alto que um sussurro, nem pedir nada, nem pisar nas tábuas que faziam barulho até nosso pai ter colocado as roupas e a máquina de escrever num cesto de roupa suja e se mudado para o Hotel Olympia, uma pousada no fim da rua.

Minha mãe começava a passar o dia todo e a noite toda no galpão de reaproveitamento de materiais no fim do jardim, enquanto Ingrid e eu ficávamos sozinhas na casa. Na primeira noite, Ingrid arrastava suas roupas de cama para o meu quarto e a gente deitava cabeça com pé, sem conseguir dormir com o som de ferramentas de metal caindo no chão de concreto e a música folk lamurienta e dissonante que nossa mãe ouvia para trabalhar entrando por nossa janela aberta.

DEVE TER ALGO *errado* **COMIGO**

Durante o dia, ela dormia no sofá marrom, que tinha pedido para Ingrid e eu levarmos para lá com esse propósito. E, apesar de uma placa permanente na porta que dizia "MENINAS: antes de bater, perguntem-se — tem algo pegando fogo?", antes da escola, eu entrava e recolhia os pratos e canecas sujas e, cada vez mais, as garrafas vazias, para que Ingrid não as visse. Por muito tempo, achei que minha mãe não acordava porque eu era muito silenciosa.

Não lembro se tínhamos medo, se achávamos que daquela vez era de verdade, nosso pai não ia voltar e naturalmente usaríamos frases como "o namorado da minha mãe" e "deixei na casa do meu pai", usando-as com tanta facilidade quanto nossos colegas de classe que alegavam amar ter dois Natais. Nenhuma de nós confessava estar preocupada. Só esperávamos. Conforme crescíamos, passamos a referir-nos a essas separações como As Partidas.

No fim, nossa mãe mandava uma de nós buscá-lo no hotel, porque, dizia, todo aquele negócio era ridículo, embora, invariavelmente, tivesse sido ideia dela. Quando meu pai voltava, ela o beijava contra a pia, eu e minha irmã assistindo, mortas de vergonha, enquanto a mão dela subia pelas costas da camisa dele. Depois, não se falava mais naquilo exceto como brincadeira. E, aí, havia uma festa.

Todas as blusas de lã de Patrick têm buracos nos cotovelos, mesmo as que não são muito velhas. Um lado do colarinho sempre está para dentro do pescoço e, o outro, para fora, e, apesar do constante ajuste, uma ponta da camisa sempre acaba escapando da calça nas costas. Três dias depois de cortar o cabelo, ele precisa de um corte de cabelo. Ele tem as mãos mais lindas que eu já vi.

Exceto pela recorrente expulsão de nosso pai, as festas eram a principal contribuição de nossa mãe à vida doméstica, aquilo que nos tornava tão propensas a perdoar suas inadequações em comparação com o que sabíamos sobre as mães dos outros. Elas faziam a casa transbordar, iam das noites de sexta às manhãs de domingo e eram habitadas pelo que nossa mãe descrevia como a elite artística do oeste de Londres, embora os únicos critérios para participar aparentemente fossem uma vaga associação com as artes, tolerância a fumaça de maconha e/ou a posse de um instrumento musical.

Mesmo quando era inverno, com todas as janelas abertas, a casa ficava quente e palpitante e cheia de fumaça doce. Ingrid e eu não éramos excluídas nem mandadas para a cama. A noite toda, entrávamos e saíamos de cômodos, abrindo espaço entre a multidão — homens que usavam botas de cano alto ou macacões e joias femininas, e mulheres que usavam anáguas como vestidos por cima de jeans sujos e coturnos Doc Marten. Não estávamos tentando chegar a lugar nenhum, só o mais perto possível deles.

Se nos chamassem para conversar, tentávamos brilhar na conversa. Alguns nos tratavam como adultas, outros riam de nós quando não estávamos querendo ser engraçadas. Quando precisavam de um cinzeiro, outra bebida, quando queriam saber onde ficavam as panelas porque tinham decidido fritar ovos às três da manhã, Ingrid e eu disputávamos a missão.

Em algum momento, minha irmã e eu pegávamos no sono, nunca em nossas camas, mas sempre juntas, e acordávamos com a bagunça e os murais espontaneamente pintados nos pedaços de parede onde o Nascer do Sol na Úmbria ainda não tinha nascido. O último produzido ainda está lá, numa parede do banheiro, desbotado mas não o suficiente para ser possível evitar analisar o braço esquerdo encurtado do nu central quando se está no banho. Na primeira vez que o vimos, Ingrid e eu tememos que a modelo tivesse sido nossa mãe.

Nossa mãe que, naquelas noites, bebia vinho direto da garrafa, arrancava cigarros da boca das pessoas, soprava fumaça para o teto, ria com a cabeça para trás e dançava sozinha. O cabelo dela ainda era longo, ainda era da cor natural, e ela ainda não era gorda. Usava vestidos de alcinha e peles de raposa ásperas, meia-calça preta, nenhum sapato. Houve, brevemente, um turbante de seda.

DEVE TER ALGO *errado* **COMIGO**

De modo geral, meu pai ficava no canto de um cômodo conversando com uma pessoa; ocasionalmente, segurava um copo de alguma coisa e recitava "A balada do velho marinheiro" com sotaques regionais para uma plateia pequena, mas apreciativa. De toda forma, ele desistia e se juntava à minha mãe assim que ela começava a dançar, porque ela não pararia de chamá-lo enquanto ele não viesse.

Ele tentava imitá-la e pegá-la quando ela tinha girado tanto que não conseguia ficar de pé. E ele era bem mais alto do que ela — é disso que me lembro, ele parecia muito alto.

Eu não tinha como descrever minha mãe, como ela me parecia, a não ser me perguntar se ela era famosa. Todo mundo se afastava para lhe assistir dançando, apesar de ela só girar, abraçar o próprio corpo ou balançar os braços acima da cabeça como se tentasse imitar o movimento das algas marinhas.

Exausta, ela caía nos braços do meu pai, mas, vendo-nos na beira do círculo, dizia:

— Meninas! Meninas, venham aqui! — Ela se animava de novo. Ingrid e eu nos recusávamos, mas só uma vez, porque, quando estávamos dançando com eles, sentíamo-nos adoradas por nosso pai alto e nossa mãe engraçada e cambaleante, e adorados, nós quatro, pelas pessoas que estavam assistindo, mesmo que não soubéssemos quem eram.

Pensando em retrospecto, é improvável que minha mãe as conhecesse também — o objetivo de suas festas parecia ser encher a casa de estranhos extraordinários e ser extraordinária na frente deles, em vez de alguém que morava em cima de um chaveiro. Não era suficiente ser extraordinária só para nós três.

Por um tempo, quando morei em Oxford, minha mãe me mandava e-mails curtos sem nada no assunto. O último dizia: "Estou sendo sondada pelo pessoal do Tate". Desde que saí de casa, meu pai me mandava pelo correio fotocópias de coisas escritas por outras pessoas. Abertas e apertadas contra o vidro, as páginas do livro parecem asas de borboleta cinza, e a sombra gorda e escura no centro parece o corpo. Guardei todas.

A última que ele enviou era algo de Ralph Ellison. Com lápis de cor, ele tinha sublinhado uma linha que dizia: "O fim é o começo e está muito distante". Ao lado, numa letra cursiva minúscula na margem: "Talvez haja algo nisso para você, Martha". Patrick tinha acabado de ir embora. Escrevi no topo da página: "O fim é agora e não consigo me lembrar do começo, esse é todo o problema", e a enviei de volta.

Voltou dias depois. A única adição dele: "Não quer tentar?".

Eu tinha dezesseis anos quando conheci Patrick. 1977 + 16 = 1993. Era Natal. Ele estava parado no vestíbulo da casa dos meus tios com Oliver, o filho do meio deles, usando um uniforme escolar completo e segurando uma mala de lona. Eu tinha acabado de tomar banho e estava descendo para ajudar a pôr a mesa antes de sairmos para a igreja.

Minha família nunca passava o Natal em nenhum outro lugar que não em Belgravia. Winsome exigia que dormíssemos lá na véspera de Natal, porque dizia que isso tornava as coisas mais festivas. E, ela não dizia, significava que não haveria problemas de atraso no dia — nós quatro chegando às onze e meia para o café da manhã marcado para as oito. Fuso horário de Belgravia, dizia minha mãe.

Ingrid e eu dormíamos no chão do quarto de nossa prima Jessamine. Era a bebê temporã de Winsome, cinco anos mais nova do que Oliver, que costumava chamá-la de O Acidente quando não havia adultos por perto e A SM, Surpresa Maravilhosa, quando havia, até ser grande o bastante para perceber que ele também era uma surpresa — seu irmão mais velho, Nicholas, é adotado. Por que quatro anos de casamento com Rowland não tinham produzido o bebê que minha tia tanto desejava nunca foi discutido, e possivelmente o motivo era desconhecido. Qualquer que fosse, disse minha mãe, depois daquele tempo todo, o labirinto legal da adoção deve ter parecido preferível aos dois do que mais trabalho na cama.

Nicholas, que tem a mesma idade que eu, tinha outro nome quando o pegaram, e suas origens nunca foram discutidas além de se referirem a elas como suas origens. Mas ouvi meu tio dizer, ao alcance dos ouvidos do filho, que, no que diz respeito a adotar bebês na Grã-Bretanha, dá para pegar a cor que você quiser, desde que seja marrom. E ouvi Nicholas dizer, na cara do pai:

— Se você e a mamãe tivessem se esforçado um pouco mais, só iam ter dois brancos.

No primeiro ano de Patrick conosco, Nicholas já estava saindo dos trilhos e nunca mais voltou a eles.

Oliver e Patrick tinham treze anos e estudavam juntos em um internato na Escócia. Patrick estava lá desde os sete. Oliver, que estava há um semestre, devia ter chegado na véspera do Natal, mas perdeu o voo e foi colocado num trem noturno. Rowland foi à estação de Paddington buscá-lo no Daimler preto que minha mãe chamava de Babacamóvel e voltou com os dois.

Enquanto eu descia as escadas, vi meu tio, ainda de casaco, dando bronca no filho por trazer um amigo para a porcaria do Natal sem nem pedir uma porcaria de permissão. Parei na metade da escada e fiquei assistindo. Patrick estava segurando a barra de sua blusa de lã, enrolando-a e desenrolando-a enquanto Rowland falava.

Oliver disse:

— Eu já te falei. O pai dele se esqueceu de reservar o voo para ele ir para casa. O que eu ia fazer, largar ele na escola com o diretor?

Rowland sussurrou algo duro, depois virou-se para Patrick.

— O que eu queria saber é que tipo de pai se esquece de reservar o voo do próprio filho para casa no Natal. Para a porcaria de Singapura.

Oliver disse porcaria de Hong Kong.

Rowland o ignorou.

— E a sua mãe?

— Ele não tem mãe. — Oliver olhou para Patrick, que continuou brincando com a blusa, incapaz de falar algo.

Devagar, Rowland tirou o cachecol e, depois que o pendurou, disse a Oliver que a mãe dele estava na cozinha.

— Sugiro que ajude em alguma coisa. E — virando-se para Patrick — você, como disse que se chama?

— Patrick Friel, senhor — ele respondeu de uma forma que soava como uma pergunta.

— Bom, você, senhor Patrick Friel, pode parar com a choradeira, já que agora está aqui. E solte a porcaria da sua mala. — Ele disse a Patrick que podia chamar a ele e à mãe de Oliver de sr. e sra. Gilhawley, depois saiu pisando duro.

Voltei a descer a escada. Os dois levantaram os olhos para mim ao mesmo tempo. Oliver falou:

— Essa é minha prima Martha blá-blá. — Agarrou a manga de Patrick e o puxou na direção da escada que descia para a cozinha.

Meses antes, Margaret Thatcher tinha se mudado para uma casa do outro lado da praça. Winsome incluía a informação de forma natural e não natural em todas as conversas e, no dia do Natal, o fato foi mencionado duas vezes no café da manhã e mais uma vez quando estávamos nos arrumando para ir à igreja da praça, mais próxima da casa dos meus tios do que da casa da primeira-ministra.

O que as pessoas notam e, com o tempo, acabam parando de notar em minha tia é que, sempre que ela discorre sobre um assunto importante, fala com o queixo levantado e os olhos fechados. No ponto crucial, eles se abrem e se esbugalham como se tivesse sido acordada com um choque. Terminando, ela suga o ar pelas narinas alargadas e o segura por um período que se torna preocupante antes de lentamente expeli-lo. No tópico Margaret Thatcher, minha tia sempre abria os olhos quando dizia que nossa primeira-ministra tinha escolhido "o lado menos bom". Isso enfurecia minha mãe, que se perguntou em voz alta a caminho da igreja por que seria que, em vez de caminharmos direto para lá, Winsome nos estava fazendo contornar os três lados da praça.

Assim que voltamos, minha mãe levou tortinhas de carne para os policiais que ficavam na frente da casa de Margaret Thatcher e voltou com o prato vazio. Winsome faz sua própria conserva de carne picada, em abril, e seu sorriso só aumentava enquanto minha mãe lhe dizia que os policiais não tinham permissão de aceitá-las, e por isso ela jogara tudo numa lata de lixo no caminho de volta.

Antes do almoço, coloquei um moletom do Mickey Mouse e shorts de ciclista pretos, e voltei à sala de jantar descalça — lembro isso porque, quando estávamos tomando nossos lugares, Winsome me disse que eu tinha tempo de subir e colocar outra roupa, porque Lycra não era de fato o costume à mesa de Natal e talvez, enquanto estivesse lá em cima, eu pudesse colocar uns sapatos. Minha mãe falou:

— É, Martha, e se a sra. Thatcher estiver vindo lá do lado menos bom da praça agora mesmo? Aí, como a gente vai ficar? — Ela aceitou uma taça de vinho de Rowland. Vendo-a esvaziá-la, ele disse:

— Por Deus, Celia, não é uma porcaria de remédio. Pelo menos finja que está gostando.

Ela estava gostando. Ingrid e eu não estávamos. Em casa, nas festas, a bebedeira de nossa mãe sempre nos fora uma fonte de diversão. Estava se tornando cada vez menos agora que éramos mais velhas, e ela era mais velha e já não bebia só quando havia pessoas interessantes na casa, ou qualquer pessoa. E nunca tinha sido divertido em Belgravia, onde meu tio e tia bebiam de uma forma que não produzia alteração de humor, e Ingrid e eu aprendemos que era possível fechar garrafas com a rolha novamente e guardá-las, e que taças podiam ser deixadas na mesa pela metade. Naquele dia, que acabou com Winsome de quatro no chão ao lado da cadeira da nossa mãe, dando batidinhas para tirar o vinho do tapete, ficamos com vergonha. Nossa mãe nos envergonhava.

Quando estávamos todos sentados e Winsome tinha começado o passar das bandejas, obrigatoriamente para a esquerda, ao redor da mesa, Rowland, na ponta dos adultos, perguntou a Patrick, na ponta das crianças, se ele era de origem étnica.

— Pai, você não pode perguntar isso às pessoas.

Rowland respondeu:

— Evidentemente, posso, porque acabei de perguntar. — Ele olhou de maneira incisiva para Patrick, que obedientemente respondeu, dizendo que seu pai nascera nos Estados Unidos mas na verdade é escocês, e sua mãe era — sua voz tremeu nesse momento —, sua mãe era da Índia Britânica.

Nesse caso, disse meu tio, era peculiar que Patrick falasse com um sotaque mais elegante do que seus próprios filhos, se nenhum de seus pais era inglês. Nicholas falou meu Deus do céu bem baixinho e foi mandado sair da sala, mas não saiu. Nos anos críticos dele, uma vez nos disse minha mãe, tanto Winsome quanto Rowland não tiveram firmeza com o filho mais velho, uma declaração que surpreendeu a mim e a Ingrid, porque ela não nos disciplinava em nada.

Com uma alegria forçada, Winsome perguntou os nomes dos pais de Patrick. Ele respondeu que o pai se chamava Christopher Friel e, numa voz quase inaudível, que o nome da mãe era Nina. Rowland começou a puxar pedacinhos de pele das fatias de peru que minha tia havia posto no prato dele, dando-os um a um ao *whippet* sentado aos seus pés, cachorro que adquirira semanas antes e batizara de Wagner. Infelizmente, as pessoas só entendiam a piada se ele explicasse, a pronúncia alemã versus a ortografia.[1] Muitas vezes, ele precisava escrever e mostrar o nome. Ao aparecer no café da manhã naquele dia, minha mãe falou que preferia ter que escutar um violinista iniciante tocar todo o *Anel do Nibelungo* a ouvir o cachorro choramingando a noite toda na casinha.

À próxima pergunta de Rowland, sobre o que o pai dele fazia, Patrick respondeu que trabalhava para um banco europeu, mas que não conseguia lembrar qual era, perdão. Meu tio deu um golão no que quer que estivesse em sua taça e disse:

— Então, diga-nos, o que acometeu sua mãe?

As bandejas tinham terminado de ser passadas, mas ninguém começara a comer por causa da conversa mantida de uma ponta da mesa à outra. Esforçando-se para não chorar, Patrick explicou

---

1   Em alemão, o "W" se pronuncia como "V", tornando a pronúncia de Wagner a mesma do Brasil. A piada está no fato de que *wag* pode significar "abanar o rabo". (N. T.)

que ela tinha se afogado numa piscina de hotel quando ele tinha sete anos. Rowland falou que azar e sacudiu o guardanapo, indicando que a entrevista acabara. Imediatamente, Oliver e Nicholas pegaram os talheres e começaram a comer como se uma pistola de largada tivesse sido disparada, ambos com a cabeça abaixada, braço esquerdo ao redor do prato como se defendendo-o de um roubo enquanto enfiavam comida na boca com o garfo na mão direita. Patrick comia da mesma forma.

Ele foi mandado para o internato uma semana depois do velório da mãe. É esse o tipo de pai que consegue esquecer-se de reservar um voo para o próprio filho voltar para casa.

Alguns minutos depois, durante uma pausa na conversa dos adultos, Patrick parou de engolir a comida, levantou a cabeça e disse:

— Minha mãe era médica.

Ninguém tinha perguntado, nem naquela hora, nem antes. Ele falou como se tivesse se esquecido e acabado de lembrar.

Acho que para evitar que Rowland retomasse o assunto ou selecionasse um pior, meu pai começou a explicar o Paradoxo do Navio de Teseu para a mesa toda. Era, disse ele, um enigma filosófico do século I: se um navio de madeira tem cada uma de suas tábuas trocadas durante a viagem através do oceano, ainda é tecnicamente a mesma embarcação quando chegar ao outro lado? Ou, colocado de outra forma, continuou, porque nenhum de nós entendeu do que ele estava falando:

— A barra de sabonete de Rowland ainda é a mesma que ele comprou em 1980 ou é uma completamente diferente?

Minha mãe disse:

— O Paradoxo da Barra de Sabonete. — E esticou o braço na frente dele para pegar uma garrafa aberta.

Depois do almoço, Winsome nos convidou a passarmos todos para a sala de estar formal para "uma pequena digestão". E, para mim e Ingrid, uma pequena descoberta de que o dinheiro com o qual vivíamos não vinha de nossos pais.

Nós duas, à época, frequentávamos uma escola que era particular, seletiva e só para mulheres. Eu tinha bolsa porque, segundo me disse uma menina mais velha no meu primeiro dia, fiquei em segundo lugar na prova e a menina que ficou em primeiro tinha morrido durante as férias.

A lista de uniformes tinha cinco páginas, frente e verso. Minha mãe a leu em voz alta na mesa, rindo de uma forma que me deixou nervosa.

— Meias de inverno, com brasão. Meias de verão, com brasão. Meias esportivas, com brasão. Maiô, com brasão. Touca de natação, com brasão. Absorventes, com brasão. — Ela jogou a lista no aparador e disse: — Martha, não faça essa cara, estou brincando. Tenho certeza de que você pode usar absorventes não regulamentados.

Como Ingrid não conseguiu uma bolsa, nossos pais a matricularam numa escola perto da nossa casa, que era gratuita, mista e oferecia a alunas dois tipos de uniforme, disse ela às pessoas, o normal e o de gestante. Mas, no último minuto, mudaram de ideia e a colocaram na minha. Minha mãe falou que tinha vendido uma peça. Ingrid e eu fizemos um bolo.

No carro, a caminho de Belgravia naquela véspera de Natal, tínhamos perguntado à nossa mãe por que ela não gostava de Winsome, por que tinha passado as últimas horas se recusando a se arrumar, fazendo sua ameaça anual de não ir sempre que meu pai tentava apressá-la, só concordando quando já houvera súplicas suficientes. Ela nos disse que era porque Winsome era controladora e obcecada por aparências e, sua irmã ou não, ela não conseguia se relacionar com alguém cujas maiores paixões eram reformas e serviço de bufê para grandes grupos.

Mesmo assim, minha mãe sempre lhe dava presentes extravagantes — a todo mundo, mas especialmente a Winsome, que abria o dela só o bastante para ver o que tinha dentro, aí tentava grudar de novo a fita adesiva, dizendo que era demais. Minha mãe sempre se levantava e saía da sala ofendida, e Ingrid dizia algo engraçado para ficar tudo bem, mas, em vez disso, naquele ano, ela ficou onde estava, jogou as mãos ao alto e disse:

— Por quê, Winsome? Por que você nunca, nunca agradece as coisas que eu te compro?

Minha tia pareceu profundamente envergonhada, os olhos buscando por toda a sala um lugar onde se fixar. Rowland, que acabara de lhe dar, seguindo a tradição, um vale-presente da loja Marks & Spencer no valor de vinte libras, respondeu:

— Porque é a porcaria do nosso dinheiro, Celia.

Ingrid e eu estávamos dividindo a mesma poltrona e nos demos as mãos. A dela estava quente e grudenta enquanto víamos nossa mãe se levantar com dificuldade, dizendo:

— Ah, bem, Rowland, não se pode ganhar todas. — Ela riu da própria piada até chegar à porta.

Mesmo naquela idade, nunca nos tinha ocorrido que um poeta com bloqueio e uma escultora que ainda não alcançara o patamar de ligeiramente importante não ganhavam nada e nossos maiôs com brasão eram, como todo o resto, pagos por nossos tios. Quando nossa mãe saiu da sala, Ingrid disse a Winsome:

— O que é? Eu fico com ele, desde que não seja uma escultura. — E tudo ficou bem.

A regra em Belgravia era que as crianças abriam os presentes em ordem crescente de idade. Jessamine primeiro, Nicholas e eu por último. Quando se aproximava a vez de Oliver, Winsome desapareceu e voltou com um presente que, sem ninguém ver a não ser eu, foi colocado embaixo da árvore. Um momento depois, ela o pegou e disse:

— Um para você, Patrick.

Ele pareceu chocado. Era algum tipo de anuário de quadrinhos. Ingrid sussurrou "decepcionante" ao ver o que era, mas eu achei que nunca vira um garoto sorrir tanto quanto Patrick quando levantou os olhos do presente para agradecer a minha tia.

Como havia um presente para ele, embora ninguém soubesse que ele viria, permaneceu um mistério para ele até anos depois; estávamos fazendo a mudança para Oxford. Patrick achou o livro na prateleira e me perguntou se eu lembrava. Ele disse:

— Foi um dos melhores presentes que recebi de criança. Não tenho ideia de como Winsome sabia que devia comprá-lo para mim.

— Era do armário de presentes de emergência, Patrick.

Ele pareceu vagamente decepcionado, mas respondeu:

— Mesmo assim. — E ficou de pé lendo até eu tirá-lo das mãos dele.

Só falei com Patrick uma vez naquele primeiro ano, na caminhada até o Hyde Park e ao redor dos Jardins de Kensington, que sempre éramos obrigados a fazer à tarde para Rowland poder ver o Discurso da Rainha em relativa paz. Relativa porque minha mãe começava a fazer sermões contra a monarquia desde a primeira imagem aérea do Castelo de Windsor e continuava por toda a duração do pronunciamento de Sua Majestade, enquanto meu pai lia em voz alta trechos de um livro que tinha dado a si mesmo de presente de Natal.

Ingrid e eu estávamos caminhando bem atrás de Patrick quando, perto do topo da Broad Walk, ele parou de repente e saltou para pegar uma bola de tênis que Oliver acabara de lhe jogar. Minha irmã não parou a tempo e foi atingida com tudo no peito por seu braço estendido. Ela xingou e disse a Patrick que ele tinha machucado muito o peito dela. Ele pareceu aflito e pediu desculpa. Eu lhe disse para não se preocupar, era difícil não atingir o peito de Ingrid. Ele pediu desculpa por isso também e correu à frente.

Patrick voltou no ano seguinte, desta vez por um acordo com Winsome, porque o pai dele tinha acabado de se casar de novo — com uma advogada sino-americana chamada Cynthia — e estava em lua de mel. Eu tinha dezessete anos. Patrick tinha catorze. Disse oi quando ele apareceu na cozinha com Oliver; ele parou perto da porta, fazendo a mesma coisa de enrolar a barra da blusa enquanto meu primo procurava o que quer que tivesse vindo procurar.

Em algum ponto daquele dia, todos subimos para o quarto de Jessamine e sentamos nos colchões infláveis desarrumados, exceto Nicholas, que foi para a janela e tirou do bolso um cigarro que ele mesmo tinha enrolado, e agora estava solto e se desfazendo. Jessamine, que tinha nove anos, abanou as mãos e começou a chorar enquanto ele tentava acendê-lo.

Ingrid disse:

— Ninguém acha que você é descolado, Nicholas. — E pediu para Jessamine se sentar entre nós duas. — Parece um saquinho de chá enrolado em papel higiênico.

Ofereci-me para ir buscar um pouco de fita adesiva para ele, depois perguntei a Jessamine se ela queria ver um truque. Ela fez que sim e deixou Ingrid secar o rosto dela com a manga da blusa de lã. Eu usava aparelho na época e, com todo mundo olhando, comecei a passar a língua pela bochecha. Um segundo depois, abri a boca em um O e um dos elásticos saiu voando. Caiu no dorso da mão de Patrick. Ele o olhou incerto por um momento, depois o pegou cuidadosamente.

Em casa mais tarde, Ingrid veio até o meu quarto para podermos dispor todos os presentes no chão e ver quem tinha ganhado mais e dividir em pilhas de Gosto e Não Gosto, embora estivéssemos ficando velhas demais para isso. Ela me contou que viu Patrick colocar o elástico no bolso quando achava que não tinha ninguém olhando.

— Porque ele te ama.

Eu respondi que aquilo era nojento.

— Ele é uma criança.

— A diferença de idade não vai importar quando vocês se casarem.

Fingi que estava vomitando.

DEVE TER ALGO *errado* **COMIGO**

Ingrid falou:

— Patrick ama Martha. — E pegou o *Hot Tracks 93* da minha pilha de Não Gosto e o colocou no meu CD player.

Foi o último Natal antes de uma pequena bomba explodir no meu cérebro. O fim, escondido no começo. Patrick voltava a cada ano.

NA MANHÃ DO MEU exame pré-universitário de francês, acordei sem sentir as mãos e os braços. Estava deitada de costas e já havia lágrimas saindo do canto dos meus olhos, escorrendo por minhas têmporas até meu cabelo. Levantei e fui ao banheiro, e vi no espelho que tinha um círculo roxo-escuro, como um hematoma, ao redor da boca. Eu não conseguia parar de tremer.

Na prova, não consegui ler o papel e fiquei olhando para a primeira página até o fim, sem escrever nada. Assim que cheguei em casa, subi as escadas, enfiei-me no espaço sob minha escrivaninha e fiquei parada como um animalzinho que sabe instintivamente que está morrendo.

Fiquei lá por dias, descendo para comer e usar o banheiro, e, por fim, só para usar o banheiro. Não conseguia dormir à noite nem ficar acordada durante o dia. Minha pele formigava com coisas que eu não conseguia ver. Adquiri um terror de barulhos. Ingrid não parava de entrar e me implorar para parar de ser esquisita. Eu dizia para ela por favor, por favor, ir embora. Aí, escutava-a gritando do corredor:

— Mãe, a Martha está embaixo da mesa de novo.

Minha mãe, no início, teve empatia, me levando copos d'água, tentando me convencer a descer de várias formas. Aí aquilo começou a irritá-la e depois disso, quando Ingrid chamava, ela dizia:

— A Martha vai sair quando quiser.

Ela já não entrava no meu quarto, exceto uma vez com o aspirador. Ela fingiu não me notar, mas fez questão de aspirar ao redor dos meus pés. É a única lembrança que tenho envolvendo minha mãe e qualquer tipo de faxina.

As festas da Goldhawk Road foram suspensas a pedido do meu pai. Ele disse a minha mãe que era só até eu melhorar. Ela respondeu:

— Afinal, quem precisa se divertir, né? — E subsequentemente cortou o cabelo bem curto e começou a tingi-lo de cores que não existem na natureza.

Supostamente, foi o estresse da minha doença que a fez engordar. Ingrid diz que, se isso for verdade, também é culpa minha ela ter começado a usar vestidos largos; sem cintura, de musselina ou linho, invariavelmente roxos, um por cima do outro, de modo que as barras desiguais caíam ao redor dos tornozelos dela como cantos de uma toalha de mesa. Desde então, ela não mudou de estilo, exceto por adquirir uma camada adicional ao ganhar mais seis quilos. Agora que ela é essencialmente esférica, a impressão é de muitos cobertores jogados de qualquer jeito por cima de uma gaiola.

Antes de eu ficar doente, o apelido que minha mãe me dera era Lalalá, porque, quando criança, eu cantava uma única música sem melodia, sinuosa e inventada, que começava assim que eu acordava e continuava até alguém me pedir para parar. As lembranças que tenho disso são, em sua maioria, de outras pessoas — que eu uma vez cantei sobre meu amor por pêssegos enlatados durante toda uma viagem de seis horas até a Cornualha, que eu podia ficar tão afetada por uma música sobre um cachorro sem mãe ou uma caneta hidrográfica perdida que chorava, e chorei tanto em uma ocasião que vomitei na banheira.

Na única lembrança que é minha, estou no jardim sentada na grama não cortada em frente ao galpão da minha mãe, cantando sobre a farpa no meu pé, e a voz dela vem lá de dentro e ela está cantando:

— Entre aqui, Lalalá, e eu tiro para você.

Ela parou de me chamar de Lalalá quando fiquei doente e começou a me chamar de Nossa Crítica Residente.

Ingrid diz que ela sempre teve tendências de ser vaca, mas fui eu que realmente as ressaltou.

No ano passado, fiz óculos dos quais não preciso porque o optometrista caiu de sua banqueta de rodinhas durante o teste de visão. Ele pareceu tão envergonhado que comecei a errar as letras de propósito. Eles estão no porta-luvas, ainda na sacola.

Desde o início, meu pai ficava acordado comigo à noite, sentado no chão, apoiado na minha cama. Ele se oferecia para me ler poesia e, se eu não quisesse, falava de coisas aleatórias numa voz muito baixa, sem exigir resposta. Ele nunca estava de pijama, acho, porque, se não trocasse de roupa, podíamos fingir que ainda era cedo e estávamos fazendo uma coisa normal.

Mas eu sabia que ele estava preocupado e, como fiquei muito envergonhada pelo que estava fazendo e, depois de um mês, não sabia como parar de fazer aquilo, deixei que ele me levasse a um médico. A caminho de lá, deitei no banco traseiro.

O médico fez algumas perguntas ao meu pai enquanto eu encarava o chão sentada na cadeira ao lado dele e acabou dizendo que, com base na fadiga, na palidez, no desânimo, era tão provável ser mononucleose infecciosa que não tinha por que fazer um exame de sangue. Da mesma forma, não havia nada que ele pudesse me receitar — mononucleose infecciosa só podia passar sozinha —, mas, disse, algumas garotas gostavam da ideia de tomar algo, nesse caso, um comprimido de ferro. Ele deu um tapa nas coxas e se levantou. À porta, ele inclinou a cabeça para mim enquanto dizia ao meu pai:

— Evidentemente, alguém andou beijando meninos.

A caminho de casa, meu pai me comprou um sorvete, que tentei comer mas não consegui, então ele precisou segurar a casquinha derretendo para fora da janela pelo resto do caminho. Em frente à porta de casa, ele parou e disse que, em vez de ir direto para o meu quarto, eu sempre podia também ir descansar no escritório dele. É o primeiro cômodo chegando da rua. Ele disse que era para uma mudança de cenário, o cenário sendo o espaço sob minha escrivaninha, embora ele não tenha dito isso. Ele me disse que tinha coisas a fazer — não precisávamos conversar. Eu falei que sim, porque sabia que ele queria e porque tinha acabado de subir os seis degraus da entrada e precisava me sentar antes de subir a escada para o meu quarto.

Esperei à porta enquanto ele tirava livros e pilhas de papel do sofá marrom que tinha migrado de novo para dentro e estava encostado na parede embaixo das janelas da frente. Coisas escorregaram de seus braços porque ele estava tentando fazer aquilo muito rápido, como se eu pudesse mudar de ideia e ir embora se ele demorasse demais. Até então, sempre pensei que não deveria entrar lá, mas, esperando, percebi que era só porque minha mãe dizia por que alguém ia querer entrar lá sem precisar? De todos os cômodos na casa, era o que ela mais detestava, porque, dizia, tinha uma aura de improdutividade.

Quando ele terminou, entrei e deitei de lado com a cabeça no braço baixo do sofá, de frente para a mesa dele. Meu pai deu a volta para sentar-se em sua cadeira e ajustou uma folha de papel na máquina de escrever, depois esfregou as palmas das mãos. Antes, sempre que ouvia o som dele digitando de outra parte da casa ou passava pela porta fechada do escritório ao sair da casa, imaginava-o atormentado, porque ele sempre parecia exaurido quando emergia para assar costeletas. Mas, assim que ele começou a bater nas teclas com seus dedos indicadores, o rosto do meu pai assumiu uma expressão de felicidade particular. Dentro de um minuto, ele parecia ter esquecido que eu estava lá. Fiquei deitada observando-o — parando no fim da linha para reler o que quer que tivesse acabado de escrever, lendo de maneira inaudível para si mesmo, em geral sorrindo. Aí, batendo na alavanca com a mão esquerda para fazer o carro voltar à margem, mais um esfregar de palmas, outra linha. As teclas da máquina de escrever dele não faziam um estalo agudo, mas um baque entorpecido. Não fiquei agitada com o barulho, só tranquilizada a ponto do torpor pela repetição de seu processo e de sua presença — a sensação de estar num cômodo com alguém que queria, sim, estar vivo.

✗

Comecei a passar todos os dias lá. Depois de um tempo, parei de me deitar no sofá e, em vez disso, me sentava olhando para a rua. Um dia, achei uma caneta entre as almofadas do sofá e, quando meu pai me notou desenhando indiferentemente no meu braço, levantou-se e me trouxe papéis e uma edição abreviada do *Dicionário Oxford*. Empoleirando-se ao meu lado por um segundo, ele escreveu o alfabeto na margem esquerda e me disse para escrever uma história em uma frase, usando cada letra em ordem. Falou que o dicionário era só para apoio e voltou à sua mesa.

Escrevi centenas. Elas ainda estão em alguma caixa, mas só me lembro de uma daquela época, porque, quando eu a terminei, meu pai disse que, um dia, seria reconhecida como o ponto alto de minha obra.

Após
Bárbara
Contenciosamente
Divorciar-se,
Eles
Ficaram
Genuinamente
Horrorizados,
Incluindo
Justificadamente
Kin

Lamentou
Melancolicamente
Notando
Ou
Possivelmente
Questionando
Rumores
Sugerindo
Ter-se
Unido
Vincent na
Westfália com uma
eXuberante
Yogi
Zimbabuense

Às vezes até hoje, quando não consigo dormir, eu as crio na minha mente. O K é o mais difícil.

Uma amiga de Ingrid, que apareceu uma vez quando eu estava lá, me disse que o aplicativo Headspace tinha mudado a vida dela. Quis perguntar como era a vida dela antes e como era agora.

Senti-me ok em setembro. Meu pai e eu decidimos que eu devia começar a universidade. Mas eu só ficava ok quando estava naquele escritório com ele. Desde o início, não conseguia aguentar uma aula inteira. Perdi dias inteiros e, depois, semanas inteiras. Comecei a voltar para baixo de minha escrivaninha quando estava em casa. Perto do fim do semestre, o reitor me deu um ultimato. Ofereceu-me um panfleto sobre gestão do estresse e me disse que eu precisaria ir bem nas minhas provas se decidisse voltar em janeiro.

Eu devia usar as festas para pensar bem. Acompanhando-me até a porta de seu escritório, ele disse:

— Em toda turma tem um de vocês. — E me desejou Feliz Natal.

No último andar da casa na Goldhawk Road, há uma sacada de ferro à qual não íamos, porque estava enferrujada e se soltando da parede. Uma noite, durante as férias de Natal, fui até lá e fiquei parada sobre o chão de grade com os pés descalços, olhando por cima do corrimão para o longo retângulo preto de jardim quatro andares abaixo.

Tudo doía. A sola dos meus pés, meu peito, meu coração, meus pulmões, meu couro cabeludo, o nó dos meus dedos, minhas maçãs do rosto. Doía falar, respirar, chorar, comer, ler, ouvir música, estar num cômodo com outras pessoas e ser eu mesma. Fiquei lá por um bom tempo, sentindo a sacada se mexer às vezes de acordo com o vento.

Pessoas normais dizem: não consigo imaginar me sentir tão mal que genuinamente queira morrer. Eu não tento explicar que não é que você queira morrer. É que você sabe que não devia estar viva, sentindo um cansaço que transforma seus ossos em pó, um cansaço com tanto medo. A anormalidade de estar viva é algo que você deve, em algum momento, corrigir.

Esta é a pior coisa que Patrick já me disse:

— Às vezes, fico me perguntando se na verdade você gosta de ser assim.

Estes são os motivos para eu ter entrado de volta na casa. Porque não queria que pensassem que meu pai não era um bom pai. Não queria que Ingrid reprovasse nas provas. Não queria que minha mãe um dia transformasse aquilo em arte.

Mas Patrick é o único que sabe a principal razão, porque é a pior coisa que já pensei. Entrei de volta porque, mesmo no estado em que estava, eu me achava inteligente e especial demais, melhor que qualquer um que fizesse o que eu tinha ido fazer lá fora, eu não era a uma em toda turma. Entrei de volta porque era orgulhosa demais.

Uma vez, na minha coluna gastronômica engraçada, eu disse que presunto de Parma tinha se tornado prosaico. Depois que a revista saiu, uma leitora me escreveu dizendo que eu parecia ser desagradavelmente superior e que ela ia, sim, continuar apreciando presunto de Parma. Imprimi o e-mail e o mostrei a Patrick. Ele ficou lendo com o braço ao redor do meu ombro, aí me puxou para mais perto e disse, com o rosto virado para o topo da minha cabeça:

— Que bom.

Respondi:

— Que ela não vai parar de comer presunto?

— Que você é desagradavelmente superior. — Ele quis dizer: porque é por isso que você ainda está viva.

Provavelmente, não é a pior coisa que já pensei. Mas está entre as cem piores.

Esta é a pior coisa que Ingrid já me disse:
— Você basicamente virou a mamãe.

Há alguns meses, Ingrid ligou e comentou sobre um tipo de creme clareador que tinha começado a usar para acabar com uma mancha marrom que aparecera no rosto dela. Na parte de trás do tubo, estava escrito que podia ser usado na maioria das áreas problemáticas.

Perguntei se ela achava que ia funcionar na minha personalidade. Ela disse que talvez.

— Mas não vai sumir completamente.

✗

Depois daquela noite na sacada, perguntei a meu pai se podia ir a um outro médico. Contei o que tinha acontecido. Ele estava na cozinha comendo um ovo cozido e se levantou tão rápido que a cadeira em que estava caiu para trás. Deixei que ele me abraçasse pelo que pareceu um longo tempo. Aí, ele me disse para esperar enquanto achava a lista de outros médicos que tinha feito num bloco de anotações que estava em algum lugar do escritório dele.

A médica que escolhemos da lista, porque era a única mulher, tirou um questionário plastificado de um organizador de documentos e começou a lê-lo segurando um pincel atômico vermelho na mão. O cartão estava vagamente cor-de-rosa de tanto marcar e apagar as respostas de outras pessoas.

— Com que frequência você se sente triste sem motivo, Martha? Sempre, às vezes, raramente, nunca? — Ela disse: — Está bem, sempre. — Depois, conforme eu respondia a cada uma das perguntas seguintes: — Ok, sempre de novo; sempre para esta também; vou adivinhar: sempre? — No fim, falou: — Bom, não há necessidade de somar a pontuação, né, acho que podemos pressupor com segurança... — E receitou um antidepressivo que, comentou, era "especificamente formulado para adolescentes", como se fosse uma espécie de creme para acne.

Meu pai pediu para que ela explicasse como exatamente ele se diferenciava dos formulados para adultos. A médica se aproximou dele dando uma série de passos sentada na cadeira de escritório e falou mais baixo:

— Tem menos efeito na libido.

Meu pai pareceu atormentado e disse:

— Ah.

Ainda para ele, a médica acrescentou:

— E suponho que ela seja sexualmente ativa.

Quis sair correndo do consultório quando ela continuou explicando, ainda em voz baixa, que, embora a libido já mencionada não fosse ser afetada, eu precisaria tomar mais cuidado do que o normal para prevenir uma gravidez acidental, porque o medicamento não era seguro para um feto em desenvolvimento. Ela queria ser absolutamente explícita sobre esse ponto.

Meu pai anuiu, e a médica disse "excelente", aí andou com a cadeira na minha direção e começou a falar mais alto do que o normal, para reforçar a farsa de que eu não tinha conseguido escutar o que ela estivera falando antes. Ela me disse que eu ia ter dor de cabeça por duas semanas, e possivelmente a sensação de boca seca, mas, em algumas semanas, ia me sentir de novo como a Martha de sempre.

Ela entregou a receita ao meu pai e, enquanto levantávamos, perguntou se tínhamos feito todas as nossas compras de Natal. Ela nem tinha começado as dela. Parecia chegar cada ano mais rápido.

No carro para casa, meu pai me perguntou se eu estava chorando pelo motivo de sempre ou por um motivo específico.

Respondi:

— A palavra feto.

— Devo perguntar — os nós dos dedos dele estavam brancos agarrando o volante — se ela tinha razão de pressupor que você, de fato, é...

— Não sou.

Ao estacionar na frente da farmácia, ele me disse que eu não precisava sair, porque levaria apenas um instante.

As cápsulas eram marrom-claras e marrom-escuras e, como eram de baixa dosagem, era preciso tomar seis por dia, mas essencial aumentar a quantidade gradativamente até chegar a esse número, durante duas semanas; a médica também quis ser absolutamente explícita sobre esse ponto. Mesmo assim, decidi começar direto e fui ao banheiro assim que chegamos em casa. Ingrid estava lá cortando uma franja em seu cabelo. Ela pausou e me observou tentar colocar os seis comprimidos de uma vez na boca. Quando todos caíram, ela disse:

— Ei, é o seu amigo Come Come. — E fez como se fosse colocar tudo de novo na boca, dizendo "Mim quer biscoito" sem parar.

Eles pareciam feitos de plástico e deixaram um gosto de xampu na minha boca. Cuspi na pia e ia sair, mas Ingrid me pediu para ficar um pouco. Entramos na banheira vazia e deitamos em lados opostos com as pernas de cada uma pressionando a lateral do corpo da outra. Ela falou de coisas normais e fez imitações da nossa mãe. Desejei conseguir rir, porque ela parecia muito triste quando eu não ria. No fim, ela levantou porque precisava checar a franja no espelho e disse:

— Meu Deus, já quero que isso cresça.

Até hoje, sempre que preciso engolir um comprimido, penso em Come Come.

Dos filhos de Ingrid, o do meio é meu favorito porque é tímido e ansioso e, desde que começou a andar, um constante agarrador de coisas — a saia dela, a perna do irmão mais velho, as beiradas das mesas. Já o vi esticar a mão e enfiar a ponta dos dedos no bolso de Hamish quando estão caminhando um ao lado do outro, dando dois passos a cada um do pai.

Uma vez, colocando-o para dormir, perguntei por que ele gostava de ter alguma coisa na mão. Na hora, ele estava segurando a tira de flanela com que dormia.

Ele disse:

— Eu não gosto.

Perguntei por que, então, ele fazia isso.

— Para não afundar. — Ele me olhou nervoso, como se eu pudesse rir dele. — Minha mamãe não conseguiria me achar.

Respondi que sabia como era essa sensação de não querer afundar. Ele mostrou o trapo de flanela e me perguntou se eu precisava dele; ele poderia me dar.

— Eu sei que sim, mas não precisa. Obrigada. É a sua coisa linda.

Com a flanela ainda na mão, ele esticou gentilmente a mão, puxou a ponta do meu cabelo até meu rosto ficar bem perto do dele e sussurrou:

— Na verdade, eu tenho duas iguais.

Se eu mudasse de ideia, era só lhe dizer. Ele virou de lado e fechou os olhos com os dedos da outra mão agarrando o meu dedão.

TIVE DOR DE CABEÇA por duas semanas, e possivelmente a sensação de boca seca. Ainda estava com dor de cabeça na véspera de Natal e disse a minha mãe que não me sentia bem o bastante para dormir em Belgravia e que também não queria ir no dia seguinte.

Nós quatro estávamos na cozinha. Já estávamos atrasados, e era por isso que meu pai estava abrindo as páginas do Suplemento Literário do *Times* no chão para polir os sapatos, não só os que ele ia usar — todos os sapatos —, e minha mãe tinha acabado de decidir tomar um banho de banheira, que estava sendo enchida com ruído no cômodo ao lado. Ela estava usando um quimono de seda gasto que ficava se abrindo. A cada vez, Ingrid, que estava à mesa embrulhando presentes rápido e mal, parava e colocava as mãos nos olhos, gritando silenciosamente como se tivesse perdido a visão na explosão de uma fábrica. Eu não estava fazendo nada, só sentada num degrau no canto observando a todos.

Minha mãe foi ao banheiro e voltou com o cesto de roupa suja. Olhei enquanto ela colocava todos os presentes nele e a ouvi dizer vagamente que, se só fôssemos a Belgravia quando tivéssemos vontade, ela teria estado lá um total de uma vez. Fiquei distraída com o cesto porque era o que meu pai usava quando se mudava para o Hotel Olympia.

Olhei-o de relance, tirando verniz marrom de um sapato preto com papel-toalha. Ele tinha começado a sair tão raramente de casa que era estranho vê-lo fazendo qualquer tipo de preparação para isso. Mesmo quando minha mãe mandava ou Ingrid implorava por uma carona para algum lugar, ele não saía. Minha mãe achava suas razões para recusar — estava esperando uma ligação de um editor, tinha esquecido onde colocara a carteira de motorista, mil variações sobre cartas registradas — desprezíveis, que era óbvio que ele estava tentando se livrar de ajudá-la com a gente.

Ela falou Martha. Pisquei para ela.

— Você ouviu o que eu falei?

— Posso ficar em casa sozinha.

— Ah, todos nós amaríamos ficar em casa sozinhos. — Ela falou que havia meses esse prazer lhe era negado, com o mais breve olhar ao meu pai, e me perguntei por que não tinha me ocorrido até aquele momento que, desde a noite da sacada, ele estava garantindo que eu nunca, nunca ficasse sozinha.

Ele parecia extremamente cansado. Minha mãe abriu uma garrafa de vinho e a levou para o banheiro com ela, ligando o rádio ao passar.

Horas depois, entramos no carro e fomos até Belgravia, o cesto de roupa suja cheio de presentes no colo de Ingrid e minha cabeça no ombro dela. Winsome era a única que tinha nos esperado acordada. Estava furiosa demais para cumprimentar minha mãe e só deu um aceno de cabeça duro para meu pai. Deu um beijo em mim e em Ingrid e me disse que tinha feito uma caminha no sofá no aconchego, que era como mandavam meus primos chamarem a sala de televisão no andar do porão, perto da cozinha. Ela falou:

— Seu pai ligou hoje de manhã e disse que você não anda bem e não ia querer dormir com os outros. — E que, agora que tinha me visto, eu parecia mesmo exaurida.

Não levantei de manhã. Ninguém tentou me obrigar. Ingrid me levou café da manhã, embora soubesse que eu não ia comer. Falou que eu tinha que beber o chá.

Eu estava acordada há horas, sem sentir o temor que parecia preceder a consciência ou a tristeza devoradora que o acompanhava havia tantos meses. No escuro, deitada imóvel, perguntei-me se era porque tinha acordado em um lugar diferente.

Depois que Ingrid saiu, eu me sentei e escutei o som de vozes na cozinha, as canções natalinas no rádio, meus primos fazendo estrondo ao subir e descer as escadas, o vibrato do assobio de Rowland ao passar pela porta e, em vez de terror, senti-me reconfortada pelo barulho, até pelos sons cortantes e isolados de portas sendo fechadas com força demais no andar de cima e o latido ensandecido de Wagner. Perguntei-me se estava melhor. Bebi o chá.

Perto das nove, o barulho se concentrou no vestíbulo, os gritos chegaram ao ápice e aí a casa caiu em quase perfeito silêncio. A única outra pessoa que não tinha ido à igreja, eu soube quando ouvi o rádio mudar de canções natalinas para a voz de um homem fazendo alguma espécie de leitura dramática, era meu pai.

Jessamine bateu à porta logo depois que ouvi todos voltarem. Ela tinha dez anos e estava vestida como um dos netos da rainha. Tinham-na mandado me dizer que o almoço estava pronto e também que eu não precisava ir comer.

— Ou — ela coçou as coxas —, se você quiser comer aqui, você pode e alguém vai trazer.

Falei que não queria nada. Ela ficou vesga para indicar que eu era louca e saiu, deixando a porta aberta.

Levantei para fechá-la. Patrick estava parado do lado de fora. Estava uns trinta centímetros mais alto do que no ano anterior e disse oi numa voz tão diferente da que eu estava esperando que ri.

Envergonhado, ele baixou os olhos. Eu estava vestindo o conjunto de moletom com que tinha chegado, mas havia tirado o sutiã e, de repente, fiquei muito consciente disso. Cruzei os braços em frente ao peito e perguntei o que ele estava fazendo. Ele respondeu, mexendo num punho da blusa e depois no outro, que precisava ligar para o pai e Rowland lhe tinha dito para usar o telefone do aconchego, mas que Jessamine tinha acabado de falar que eu estava lá.

— Eu posso sair.

Patrick disse que não tinha problema, ele podia procurar outro, depois olhou rápido para os dois lados como se meu tio estivesse prestes a irromper de um deles. Dei meio passo para o lado, e ele entrou rápido.

Por alguns minutos, ele falou com o pai por monossílabos. Esperei do lado de fora até ouvi-lo se despedindo. Ele estava parado ao lado da mesa do telefone, olhando fixamente para uma pintura acima dela que mostrava um leão atacando um cavalo. Houve um momento antes de ele me notar e, quando ele notou, pediu desculpa por ter demorado tanto. Achei que ele fosse sair, mas só ficou parado lá enquanto eu voltava para o sofá e me sentava de pernas cruzadas em cima das cobertas, abraçando uma almofada em frente ao peito e silenciosamente desejando que ele fosse embora para eu poder me deitar de novo. Patrick ficou onde estava. Como não conseguia pensar em outra pergunta, falei:

— Como vai a escola?

— Bem. — Ele se virou, pausou, depois disse: — Sinto muito por você estar doente.

Dei de ombros e puxei um fio da capa da almofada. Embora fosse seu terceiro ano conosco, eu não conseguia me lembrar de ter conversado apenas com Patrick sobre nada que não fosse que horas eram ou onde colocar os pratos que ele havia levado à cozinha. Mas, depois de mais um momento em que ele não foi embora, falei:

— Você deve sentir saudade do seu pai.

Ele sorriu e assentiu de uma forma que deixava claro que não sentia.

— Você sente saudade da sua mãe?

Assim que perguntei, o rosto dele mudou, não para alguma emoção que eu pudesse nomear, mais para a ausência de qualquer emoção. Ele foi até a janela, ficando de costas com as mãos ao lado do corpo, sem falar por tanto tempo que, quando por fim disse "sim", parecia que não era em referência a nada. Seus ombros subiram e desceram com uma respiração pesada, e me senti culpada por nunca ter considerado como ele devia se sentir solitário por ser o único não parente na casa, que passar o Natal com outra família todo ano provavelmente era menos uma preferência que um motivo de vergonha.

Mudei um pouco de posição e falei:

— Como ela era?

Ele ficou na janela.

— Era muito legal.

— Você se lembra de alguma coisa específica sobre ela? Já que você tinha sete anos.

— Não muito.

Puxei outro fio da almofada.

— Que triste.

Patrick finalmente se virou e disse em voz baixa que a única coisa de que se lembrava que não era de uma foto era de uma vez na cozinha da casa em que tinham morado antes de ela morrer. Ele pediu uma maçã e, quando ela a estava entregando, disse: você quer que eu comece para você?

— Não sei por quê.

— Quantos anos você tinha?

— Uns cinco.

Falei:

— Você provavelmente não tinha os dentes da frente.

Não existe um nome para a emoção que se registrou no rosto dele nessa hora. Eram todas. Depois disso, Patrick foi embora.

Havia um café, a poucos minutos da Casa Executiva, ao qual eu costumava ir toda manhã. O barista era muito jovem e parecia algum famoso não específico. Um dia, fiz uma piada quando ele colocou a tampa do meu café. Ele respondeu algo decepcionantemente galanteador e, no final da semana, eu tinha me envolvido numa relação obrigatória de provocações com ele. Rapidamente ficou oneroso e passei a frequentar um lugar mais distante, cujo café era pior e onde eu não precisava falar.

X

Sozinha novamente, saí do sofá e tentei achar algo para ler. Só havia um guia de programação *Radio Times* e uma edição completamente revista e atualizada de *O guia completo sobre o whippet* na mesa de centro, além de algumas partituras na escrivaninha da minha tia.

Eu já sabia que ela tinha entrado no Royal College of Music "na tenra idade de dezesseis anos", porque, segundo minha mãe, ela devia ter sussurrado isso no meu berço. Portanto, nunca me pareceu algo extraordinário. Nunca tinha pensado em como ela tinha conseguido fazer aquilo com uma mãe litorânea em depressão e um pai inútil e sem dinheiro. E, percebi, pegando as partituras e folheando-as, chocada pela concentração de notas, que não tinha lembrança de já tê-la ouvido tocar. Eu só pensava no piano de cauda na sala de estar formal como algo em que não se devia colocar bebidas nem nada molhado.

Enquanto eu estava lá parada, a porta se abriu pela metade e Winsome entrou com uma bandeja. Estava usando um avental úmido. Devolvi as partituras e pedi desculpas, mas, assim que reconheceu o que eu estava segurando, pareceu felicíssima. Contei-lhe que nunca tinha visto uma música tão complicada. Ela falou que era só um pouco do velho Bach, mas pareceu relutante em levar a conversa ao assunto da bandeja e o que havia nela, só fazendo isso quando ficou claro que eu não tinha mais nada a dizer.

Voltei ao sofá e me sentei. Era, na descrição dela, um pouco do que havia sobrado, mas, quando ela colocou a bandeja em meu colo, vi que era um almoço de Natal completo em miniatura, disposto num prato de jantar, com um guardanapo de linho em um anel de prata ao lado, além de uma taça de cristal com suco de uva frisante. Meus olhos se encheram de lágrimas. Imediatamente, Winsome disse que eu não tinha obrigação de comer se não estivesse com vontade. Desde o verão, ver comida me era insuportável, mas não era por isso que só consegui ficar olhando. Era o cuidado no arranjo da minha tia, a beleza de natureza-morta e, pensando agora, a sensação de segurança que meu cérebro leu nas porções de tamanho infantil.

Minha tia disse tudo bem, então — talvez ela voltasse mais tarde —, e fez menção de sair.

Quando ela chegou à porta, me ouvi dizendo:

— Fica.

Winsome não era minha mãe, mas era maternal — o exato oposto da minha mãe —, e eu não queria que ela fosse embora. Ela perguntou se eu precisava de mais alguma coisa.

Falei que não, enquanto tentava inventar uma razão alternativa que a impediria de ir embora.

— Estava só pensando… Antes de você chegar, estava pensando em quando você entrou no conservatório. Estava me perguntando sobre quem te ajudou.

Ela disse:

— Ninguém me ajudou! — E entrou devagar na sala depois de eu pegar o garfo minúsculo, espetar uma batatinha e lhe perguntar, então, como ela tinha conseguido. Sentada no espaço que tentei alisar para ela, Winsome começou sua história, sem se deixar distrair pelo fato de que eu agora estava comendo a batata exatamente da forma como os filhos dela não podiam fazer, direto do garfo como se fosse um sorvete.

Ela falou que tinha aprendido a tocar sozinha num piano que ficava em seu colégio. Alguém havia escrito o nome das notas a lápis nas teclas e, quando ela fez doze anos, tinha terminado todos os livros de música da biblioteca e começado a encomendar partituras. O Royal College of Music e seu endereço na Prince Consort Road, em Londres, sempre vinham impressos no verso e, com o tempo, ela ficou desesperada para ver o lugar de onde vinha a música. Aos quinze anos, foi sozinha para Londres, pretendendo só ficar na frente do prédio até o horário do trem de volta. Mas a visão dos estudantes entrando e saindo, vestidos de preto, carregando seus instrumentos, a deixou doente de inveja e, de alguma forma, ela se convenceu a entrar e perguntar à pessoa na recepção se qualquer um podia se candidatar. Recebeu um formulário, que preencheu em casa à noite, primeiro a lápis e depois a caneta, e, duas semanas depois, foi convidada para uma audição.

DEVE TER ALGO *errado* **COMIGO**

Interrompi e perguntei como ela podia provar seu nível se não tinha feito nenhuma prova.

Minha tia fechou os olhos, levantou o queixo, respirou fundo e disse, ao abrir os olhos:

— Eu menti.

A exalação dela foi gloriosa.

No dia, ela tocou de forma impecável. Mas, depois, os examinadores lhe pediram para mostrar os certificados, e ela confessou.

— Esperava ser presa, mas — disse Winsome — eles me deram uma vaga na hora, assim que descobriram que eu nunca tinha feito uma aula.

Ela uniu as mãos e colocou uma sobre a outra no colo.

Pousei meu garfo.

— Se eu saísse, você tocaria algo?

Ela disse que estava muito enferrujada, mas instantaneamente ficou de pé e pegou a bandeja do meu colo.

Levantei e perguntei se ela precisava das partituras na mesa. Minha tia riu e fez um gesto para que eu saísse.

De onde ela me mandou sentar, eu a vi abrir a tampa do piano, ajustar a banqueta, depois levantar as mãos, pulsos delicados se levantando antes dos dedos, e as manter pairando ali por alguns segundos antes de deixá-los cair sobre as teclas. Desde o primeiro compasso devastador do que quer que ela estivesse tocando, os outros começaram a entrar na sala um a um, até os meninos, até minha mãe.

Ninguém falou nada. A música era extraordinária. A sensação que provocava era física, como água quente sendo jogada em cima de uma ferida, dolorida, purificante, curativa. Ingrid se aproximou e se encaixou na poltrona comigo enquanto Winsome entrava numa parte que ficava cada vez mais rápida até não parecer mais que a música estava sendo produzida por ela. Minha irmã disse puta merda. Uma série de acordes violentos seguidos por uma desaceleração repentina pareceu sinalizar o fim, mas, em vez de parar, minha tia emendou os compassos finais no início de "O Holy Night".

Minha percepção de Winsome pertencia à minha mãe — eu a achava velha, meticulosa, alguém sem uma vida interior ou paixões que valessem a pena. Era a primeira vez que a via por mim mesma. Winsome era uma adulta, alguém que se responsabilizava, que amava ordem e beleza, e se esforçava para criar isso como um presente aos outros. Ela levantou os olhos para o teto e sorriu. Ainda estava usando seu avental úmido.

A primeira pessoa a dizer alguma coisa em voz alta foi Rowland, que tinha entrado por último e estava parado em frente à lareira com o cotovelo na cornija como alguém posando para um retrato a óleo de corpo inteiro. Ele pediu algo um pouco mais alegre, caramba, e Winsome mudou rapidamente para "Joy to the World".

Minha mãe a interrompeu cantando — uma música diferente, que minha tia não conseguia acompanhar porque ela a estava inventando. A voz dela ficou cada vez mais alta até Winsome improvisar um final e tirar as mãos do piano, dizendo que provavelmente era hora da rainha. Mas, segundo minha mãe, estávamos todos nos divertindo.

— E — disse ela —, preciso contar a todos vocês, por favor, que, quando era adolescente, minha irmã aqui estava tão convencida de que ia ser famosa que costumava ensaiar com a cabeça virada para o lado — não é, Winnie? —, para se preparar quando tivesse de tocar olhando para sua vasta plateia.

Winsome tentou rir antes de Rowland dizer está bem e ordenar que todos os nascidos após a coroação sumissem dali, desnecessariamente, já que Ingrid, meus primos e Patrick tinham começado a evacuar a sala durante o discurso da minha mãe. Levantei e caminhei até a porta. Queria pedir desculpas a Winsome, mas, ao passar por ela, olhei para o chão e voltei à sala do andar de baixo. Só saí de novo quando era hora de ir embora. No banco de trás do carro, Ingrid me disse que tinha desembrulhado meus presentes para mim. Ela falou:

— Um monte de merda para a pilha de Não Gosto.

Eu não estava melhor. Só tinha recebido uma parte do dia de Natal de folga. Na próxima vez que fui a Belgravia, o piano estava fechado e coberto.

Voltei à universidade em janeiro e fiz minhas provas. A de Fundamentos da Filosofia 1 era para ser feita em casa. Fiz no chão do escritório do meu pai, usando como apoio o *Dicionário Oxford*.

A prova voltou com um comentário no fim: "Você escreve de forma belíssima e diz muito pouco". Meu pai leu o ensaio e disse:

— Sim. Acho que você mastigou mais do que tinha na boca.

Aqui jaz Martha Juliet Russell
25 de novembro de 1977 — a confirmar
Mastigou mais do que tinha na boca

Quando fizeram efeito, mais de um mês depois que comecei a tomá-los, os comprimidos não fizeram com que eu me sentisse como a Martha de sempre. Eu não estava mais deprimida. Estava eufórica, o tempo todo. Nada me assustava. Tudo era engraçado. Comecei o segundo semestre e fiz amizade, à força, com todo mundo nas minhas aulas. Uma garota falou:

— Que curioso, você é tão divertida. Todo mundo achava que você era uma vaca.

O menino com ela disse:

— As pessoas achavam isso, a gente só achava que você era fria.

— A questão é — disse a garota — que você não falou com absolutamente ninguém por, tipo, todo o começo do ano.

Ingrid falou que eu era menos esquisita quando estava embaixo da mesa.

Perdi minha virgindade com um aluno de doutorado designado, já que minhas notas melhoraram, disse o reitor, "para achar qualquer lacuna e preenchê-las". Fui embora do apartamento dele assim que acabou. Era de tarde, mas ainda inverno, e já estava escuro. Na rua, só vi mães com carrinhos de bebê. Parecia um desfile, convergindo de múltiplas direções. Passando sob os postes de luz, o rosto dos bebês parecia pálido e enluarado, tingido de laranja. Eles choravam e se contorciam inutilmente contra as tiras que os seguravam. Entrei numa farmácia, e o farmacêutico reprovador me disse que eu precisava de uma receita para a pílula do dia seguinte, ele não podia só me vender como se fosse remédio para dor de cabeça. Havia uma clínica no fim da rua que atendia sem hora marcada; se ele fosse eu, iria direto para lá.

Esperei horas para ser atendida, e uma médica que não parecia muito mais velha do que eu me assegurou que eu estava tranquilamente dentro da janela de oportunidade:

— Por assim dizer — disse ela, e deu uma risadinha.

Naquela noite, não tomei meu remédio. Não o tomei no dia seguinte nem no outro, até parar completamente. A médica que me tinha receitado não foi específica sobre os danos que causaria, não sabia me dizer quanto tempo "ficava no sistema". Mas eu só conseguia pensar na maneira como ela havia sussurrado a palavra "feto".

Portanto, fiz um teste de gravidez todos os dias até menstruar, convencida, apesar das precauções que havia tomado durante e depois, apesar do fato de que todos os testes deram negativo, de que estava gestando um bebê com cara de lua que se contorcia. Na manhã seguinte à minha menstruação, sentei-me na beira da banheira e fiquei enjoada de alívio. Sem meu remédio, eu não estava mais eufórica. Não estava deprimida, não era um velho eu ou um novo eu. Eu só era.

Falei a Ingrid que tinha transado com o doutorando, mas nada do que me acontecera depois, para ela não rir e me dizer que eu era paranoica. Ela falou uau.

— Considere suas lacunas encontradas e preenchidas.

Quando me perguntou como era a primeira vez, fiz parecer que era incrível, porque ela estava ativamente procurando alguém, falou, para preencher suas próprias lacunas.

Depois que me formei, com atraso, consegui um emprego na *Vogue* porque eles estavam criando um site e eu falei, na minha candidatura, que, além de ter um diploma de filosofia, estava familiarizada com a internet. Ingrid disse que consegui o emprego porque sou alta.

Um dia antes de começar, fui à livraria Waterstones da Kensington High Street e achei um livro sobre HTML, que fiquei lendo em pé no corredor, porque a capa era de um tom tão agressivo de amarelo que não suportava a ideia de comprá-lo. Era tão confuso que fiquei com raiva e fui embora.

Nós — eu e a outra garota que fazia o site — sentávamos longe do pessoal da revista, mas bizarramente próximas uma da outra num cubículo feito de estantes. Estávamos ambas, ficava claro, muito preocupadas em não irritar a outra, e foi por isso que descobri como comer uma maçã em silêncio absoluto — cortando-a em dezesseis partes e mantendo cada uma na boca até se dissolver como uma hóstia — e que, sempre que o telefone dela tocava, ela se jogava em cima do aparelho, tirava-o um centímetro do gancho e logo o colocava de volta para que parasse de tocar. As ligações não podiam ser para nós, já que ninguém sabia que estávamos lá. Começamos a chamar o lugar de gaiola de bezerros.

Nos meus primeiros seis meses, perdi treze quilos. Ingrid disse que eu estava linda de uma forma escrota e se podia tentar conseguir um emprego para ela lá também. Não foi de propósito — me disseram que acontecia inconscientemente com todo mundo, estávamos todos nos preparando para o dia em que íamos chegar e descobrir que as portas tinham sido modificadas de forma que só garotas com as dimensões aprovadas pudessem passar por elas. Como os medidores de bagagem nos aeroportos; as malas de mão devem caber aqui.

Eu amava o lugar. Fiquei até descobrirem que eu não estava familiarizada com a internet e me fazerem mudar para a *World of Interiors*, no andar de baixo, onde eu escrevia de forma belíssima sobre cadeiras e dizia muito pouco. Ingrid fala que, graças ao trabalho duro e à determinação, estou desde então descendo continuamente na carreira.

Depois de fazer os exames pré-universitários, Ingrid fez o primeiro ano de um curso de marketing numa faculdade regional, que ela disse que a deixou mais burra do que já era, depois se mudou de volta para Londres e tornou-se agente de modelos. Pediu demissão assim que engravidou e nunca voltou porque, segundo ela, não tem interesse em pagar uma babá para poder passar nove horas por dia olhando para meninas de dezesseis anos do Leste Europeu com IMC negativo.

Durante as férias, certo ano, li trinta páginas de *Grana* até lembrar que não entendo Martin Amis. O personagem principal do livro é um fumante inveterado. Ele diz: "Comecei a fumar outro cigarro. A não ser que eu especificamente o informe do contrário, sempre estou fumando outro cigarro".

A não ser que eu especificamente o informe do contrário, em intervalos, durante os meus vinte anos e a maior parte dos meus trinta, eu estava em depressão, leve, moderada, grave, por uma semana, duas semanas, meio ano, um ano inteiro.

Comecei um diário no meu aniversário de vinte e um anos. Achei que estava escrevendo, em geral, sobre minha vida. Ainda o tenho; parece aqueles diários que psiquiatras mandam escrever para registrar quando se está deprimido, ou saindo de uma depressão, ou antecipando o início de uma. Ou seja, sempre. Era a única coisa sobre a qual sempre escrevi. Mas os intervalos eram longos o bastante para que eu pensasse em cada episódio como discreto, com sua própria causa particular e circunstancial, mesmo que, na maior parte do tempo, eu tivesse dificuldade de identificá-la.

Depois, eu não pensava que ia acontecer de novo. Quando acontecia, eu ia a um médico diferente e colecionava diagnósticos como se estivesse tentando completar a coleção. Comprimidos viravam combinações de comprimidos, pensadas por especialistas. Eles falavam sobre alterar e ajustar doses; a expressão "tentativa e erro" era muito popular. Certa vez, vendo-me colocar certa quantidade de comprimidos e cápsulas numa tigela, Ingrid, que estava comigo na cozinha, fazendo café da manhã, disse:

— Parece bem nutritivo — e me perguntou se eu queria pôr leite para acompanhar.

As misturas me assustavam. Eu odiava as caixas no armário do banheiro, as cartelas amassadas meio usadas, os pedaços de papel-alumínio na pia, a sensação insolúvel das cápsulas na minha garganta. Mas tomava tudo o que me davam. Parava se fizessem com que eu me sentisse pior ou porque tinham feito com que eu me sentisse melhor. Na maior parte, faziam com que eu me sentisse igual.

É por isso que, por fim, parei de tomar qualquer coisa, por isso que parei de ver tantos médicos, e depois não vi nenhum por um tempo, e é por isso que, por fim, todo mundo — meus pais, Ingrid e mais tarde Patrick — concordou com meu autodiagnóstico de ser difícil e sensível demais, por isso que ninguém pensou em se perguntar se aqueles episódios eram miçangas separadas em um longo cordão.

DA PRIMEIRA VEZ QUE me casei, foi com um homem chamado Jonathan Strong. Ele era vendedor de arte com foco em arte pastoral, atendendo oligarcas. Eu tinha vinte e cinco anos e ainda estava no peso da *Vogue* quando o conheci numa festa de verão dada pelo editor-chefe da *World of Interiors*, que estava na casa dos sessenta anos, tinha cabelo branco e, em termos de guarda-roupa, favorecia veludo. Seu nome era Peregrine, e, segundo as pessoas do escritório, seu sobrenome tinha sido configurado como atalho de teclado em todos os computadores da *Tatler*, de tanto que aparecia nas colunas sociais. Assim que descobriu que minha mãe era a escultura Celia Barry, ele me convidou para almoçar, porque embora, disse, não se comovesse com o trabalho de minha mãe, exceto nas ocasiões em que se sentia ativamente repelido por ele, gostava de artistas e arte e beleza e loucura, e supunha que eu seria interessante nas quatro áreas.

Gastei o pouco assunto que tinha antes de Peregrine terminar suas ostras, mas ele me chamou para almoçar de novo na semana seguinte e todas as semanas depois disso, alegando estar cativado por minha infância e pelas histórias que eu contava sobre ela — as festas, o labor artístico e doméstico de meu pai, a obra não finalizada, o Nascer do Sol na Úmbria e o mil-folhas de papel-alumínio. Acima de tudo, ele estava entusiasmado por meus flertes com a insanidade. Disse que não confiava em ninguém que não tivesse tido um colapso nervoso — pelo menos um — e sentia muito pelo seu ter sido há trinta anos e, de modo pouco imaginativo, após um divórcio.

Contei a ele sobre o jogo do alfabeto do meu pai. Peregrine quis tentar imediatamente. Depois disso, virou um hábito nosso tentar escrever os poemas assim que ele fazia nosso pedido, em cartões tirados do bolso da camisa dele.

No dia em que produzi um — não lembro inteiro — que começava com A Bela Composição de Degas Excita Faíscas —, Peregrine me disse que tinha passado a pensar em mim como a filha que nunca teve, embora tivesse duas. Mas, como explicou, em vez de se tornarem artistas como ele esperava, as duas haviam estudado contabilidade na universidade.

— Para a decepção do pai delas — falou.

Ainda hoje, anos depois, ele achava difícil aceitar o estilo de vida que elas haviam escolhido, que envolvia passar muito o aspirador em casas semigeminadas em partes feias de Surrey e comprar coisas em supermercados, ter maridos e tudo o mais. O estilo de vida de Peregrine era dividir uma antiga estrebaria em Chelsea com um senhor mais velho chamado Jeremy que fazia todas as compras deles na loja de departamentos de luxo Fortnums.

Quando Peregrine terminou de falar, pedi que lesse o que tinha escrito. Ele falou:

— Está longe de ser o meu melhor, mas, como queira. A Bernard, Cabia Digerir e Engolir Facilmente o Gamão. Hoje, o Intestino Jorrava... — E, aí, foi interrompido pela chegada de nossas ostras.

O filho mais velho de Ingrid teve uma fase de escrever cardápios de mentirinha. Ela me mandava fotos deles por mensagens. Em um, ele havia escrito:

1. vino vermeio 20
2. vinos branco 20
3. mestura de todos vinos, 10

Na mensagem, Ingrid dizia ter pedido um número 3 grande, uma questão básica de economia.

Foi Peregrine quem apontou para Jonathan na festa e, como disse um ano depois enquanto implorava pelo meu perdão, "coreografou sem saber seu devastador *pas de deux*".

Jonathan estava parado no meio da sala conversando com três mulheres loiras vestidas com variações da mesma roupa. Peregrine disse que estavam todas encrencadas, correndo o risco de serem seduzidas ou convencidas a comprar uma paisagem horrível, e pediu desculpas por precisar me deixar sozinha, pois tinha que ir dar oi para alguém entediante.

Passei por Jonathan a caminho do terraço e o senti virando-se para me ver ir até a porta. Quando entrei de novo e voltei ao lugar onde estava com Peregrine, Jonathan se afastou de seu grupo. Decidi odiá-lo enquanto ele cortava caminho até mim, porque o cabelo dele parecia molhado embora não estivesse e, ao passar por um garçom, ele pegou duas taças de champanhe da bandeja sem nem cumprimentá-lo. Ele colocou uma na minha mão e, ao fazer isso, a manga de seu blazer subiu e revelou um relógio de pulso que tinha o tamanho de um de parede.

Como ele só tinha deixado poucos centímetros entre nós, bateu na borda da minha taça inclinando a sua apenas um pouquinho e falou:

— Meu nome é Jonathan Strong, mas estou muito mais interessado no seu.

Eu me rendi a ele um minuto depois. Ele tinha uma energia extravagante que o animava e anestesiava qualquer um com quem conversava, e sabia muito bem quanto era bonito. Quando lhe falei que ele tinha os olhos brilhantes de uma criança vitoriana que morreria na mesma noite de febre escarlate, ele riu excessivamente.

Seu comentário recíproco foi tão banal — meu vestido, aparentemente, fazia com que eu parecesse uma estrela de cinema dos anos 1930 — que supus que fosse uma piada. Jonathan nunca fazia piadas, mas demorei muito para perceber isso.

Na época, eu estava tomando um remédio que diminuía minha tolerância ao álcool, e fiquei bêbada antes de terminar o champanhe

DEVE TER ALGO *errado* **COMIGO**

que ele me dera. A distância entre nós estivera diminuindo durante todo o tempo em que conversamos, e, quando se tornou inexistente, quando ele estava sussurrando perto do meu rosto, deixá-lo me beijar pareceu uma continuação de nosso avanço na direção um do outro. Depois, deixá-lo pegar meu número de telefone e, no dia seguinte, deixá-lo me levar para jantar.

Ele me levou para comer sushi em um restaurante de Chelsea pelo qual, por um breve período, foi cem por cento apaixonado, antes de decidir que comida girando e girando numa esteira era incrivelmente juvenil. Reavivei minha decisão de odiá-lo no momento em que nos sentamos e, naquela noite, transei com ele.

Esta foi a raiz do enorme mal-entendido que foi o nosso casamento: o fato de ele achar que eu era tão desinibida, engraçada, uma pessoa magérrima interessada em moda, alguém que ia a festas de revistas, e eu achar que ele não consumia quantidades imensas de cocaína.

Na metade do jantar, Jonathan fez um pequeno tratado sobre doenças mentais e as pessoas que as escolhiam ter, sem nenhuma relação com o que estávamos falando antes.

O tipo de pessoa que fazia questão de contar que tinha algum tipo de transtorno psicológico era, segundo a experiência dele, ou tediosa e desesperada para parecer interessante, ou incapaz de aceitar que eram fodidas de alguma maneira extraordinária, provavelmente por sua própria culpa e não por causa da infância sobre a qual tinham igual pressa de lhe contar.

Não respondi nada, distraída com o fato de que, enquanto estava falando, Jonathan tirou uma bandeja de sashimi da esteira, removeu a tampa, comeu meio pedaço com seus pauzinhos, fez uma careta, colocou o resto de volta na bandeja, recolocou a tampa e a mandou de volta.

Jonathan continuou, dizendo que todo mundo hoje em dia tomava algum tipo de remédio, mas de que adiantava — a população geral parecia mais infeliz do que nunca.

Não consegui tirar meus olhos da bandeja que continuou o circuito, passando na frente de outros comensais. Remotamente, escutei-o dizendo:

— Talvez, em vez de engolir essas merdas de medicamentos como se fossem barrinhas de cereais na vaga esperança de melhorar, as pessoas devessem pensar em criar um pouco de coragem.

Tomei um gole de saquê que tinha recusado e ele me servira mesmo assim, e vi, por cima do ombro dele, um homem mais para o fim da fileira pegar a bandeja de sobras de Jonathan da esteira e entregar à esposa. Ela pegou os pauzinhos e apanhou o meio pedaço. Fui poupada do horror de assistir a ela comendo por Jonathan dizendo meu nome e depois:

— Tenho razão, certo?

Dei risada e falei:

— Você é hilário, Jonathan.

Ele abriu um sorriso e encheu de novo meu copo de saquê. Quando repetiu seu tratado sobre doença mental algumas semanas depois, eu estava apaixonada e continuava achando que era piada.

Quando contei a Peregrine que tinha começado a sair com Jonathan, ele respondeu que preferiria que eu me tivesse deixado convencer pela pintura horrenda do que pelo sexo.

INGRID CONHECEU HAMISH NAQUELE mesmo verão, a caminho de uma festa de aniversário que Winsome estava dando para ela em Belgravia. Assim que ela caiu na calçada, Hamish abandonou os sacos de lixo no portão e saiu para ver se ela estava bem. Ele a ajudou a levantar e, como minha irmã estava sangrando em vários locais, ele se ofereceu para levá-la de carro aonde quer que estivesse indo e, segundo Ingrid, falou:

— Não sou um assassino terrível.

Ela respondeu que, se aquilo quisesse dizer que ele era um assassino muito bom, aceitaria a carona.

Ao chegar à casa, Hamish concordou em entrar para um drinque porque tinha gostado muito de ficar escutando minha irmã pela maior parte do percurso. Eu já estava lá e, depois que Ingrid nos apresentou, Hamish me perguntou o que eu fazia. Ele respondeu que devia ser emocionante trabalhar numa revista, depois me contou que tinha um emprego público que era chato demais para explicar. Ingrid disse, tendo ela mesma acabado de ficar sabendo daquilo, que não ia contestar esse argumento. Antes do fim da festa, eu sabia que ela ia se casar com ele, porque, embora ele tenha passado a noite toda ao lado dela, não a questionou em nenhum ponto de nenhuma anedota que contou, embora as anedotas de minha irmã sejam sempre uma combinação tripla de hipérbole, mentiras e imprecisão factual.

Eles estavam juntos há três anos quando ele a pediu em casamento, numa praia em Dorset que estava deserta porque era janeiro e, como descreveu ela depois, o vento estava tão intenso que a areia os cortava de lado e Hamish fez todo o pedido com os olhos fechados.

Jonathan me pediu em casamento depois de algumas semanas juntos, num jantar que organizou para aquele propósito. Exceto por uma meia-irmã, ele não tinha contato com sua própria família, mas convidou a minha: meus pais e Ingrid, que levou Hamish, Rowland, Winsome, Oliver, Jessamine e Patrick, que veio no lugar de Nicholas — que tinha viajado, me disseram, para uma fazenda especial nos Estados Unidos.

Ele ainda não tinha sido apresentado a eles antes daquela noite nem me conhecia há tempo suficiente para saber que uma coisa tão íntima acontecendo comigo em público ia fazer com que eu me sentisse como quando, aos catorze anos, fiquei menstruada pela primeira vez num ringue de patinação no gelo. Eu queria, mas não naquelas circunstâncias. Mais tarde, entendi que era porque Jonathan precisava de uma plateia.

O apartamento dele ficava no alto de uma torre de vidro agressivamente conceitual em Southwark que havia sido foco de vigorosa oposição comunitária nas fases de planejamento. Cada característica de seu interior era escondida, recuada, disfarçada ou inteligentemente obscurecida por algo colocado lá de propósito para desviar os olhos. Antes de aprender onde tudo ficava, deslizei muitos painéis e achei coisas que não estava procurando, coisas que eu não devia encontrar ou absolutamente nada.

Eu estava morando com meus pais quando conheci Jonathan, porque o salário anual para descrever cadeiras ficava no nível mais baixo possível de cinco dígitos e, na época do jantar, continuava lá, porque, embora ele tivesse me chamado para morar com ele quase imediatamente, estar tão no alto, num apartamento cercado de todos os lados por janelas imensas e herméticas, fazia-me sentir como se não houvesse ar ali. Eu não conseguia ficar mais do que algumas horas lá dentro sem ter de pegar o elevador que mergulhava silenciosamente até o térreo e ficar algum tempo na calçada, inspirando e expirando de uma forma que era rápida demais para ser qualificada como meditativa. Assim, cheguei aquela noite com meus pais e os apresentei a Jonathan no vestíbulo à meia-luz do apartamento. Ele estava usando um terno azul-marinho com uma camisa aberta e parecia um corretor de imóveis de prestígio, em comparação com meu pai, que estava usando calça e blusa de lã marrons e parecia, por sua vez, alguém que dirigia uma biblioteca móvel.

Eles estavam igualmente cientes do contraste, mas Jonathan deu um passo à frente, agarrou a mão do meu pai e disse:

— O poeta! — de uma forma que reconfortou os dois e me deixou desesperadamente enamorada. Depois, ele virou-se para minha mãe, abraçou-a e falou: — Minha querida, e você veio vestida de quê?

Ela tinha ido vestida de escultora. Jonathan disse que precisava de um momento para poder desconstruir seu figurino e, embora ele estivesse zombando dela, minha mãe se permitiu ser girada.

Os outros chegaram enquanto ainda estávamos ali, e Jonathan repetiu seus nomes depois de mim como se estivesse aprendendo palavras-chave de uma língua estrangeira, enquanto apertava as mãos deles pelo que parecia um segundo longo demais.

Apresentei Patrick por último, e Jonathan disse:

— Claro, claro, o amigo de escola. — E saiu para acompanhar todos até a ampla área de entretenimento do apartamento, deixando-nos a sós.

Ele parecia bem — eu parecia bem. Não tínhamos estabelecido um assunto além disso antes de Jonathan correr de volta e falar:

— Vocês dois, Patrick, venham, venham.

Embora ela não tivesse comentado sobre aquilo, Jonathan explicou à minha irmã, durante a única conversa que tiveram naquela noite, que as pessoas supunham que ele fosse naturalmente ótimo com nomes, mas na verdade era porque, sempre que conhecia alguém pela primeira vez, pensava em algo que ligava algum aspecto da aparência física ao nome antes de soltar a mão da pessoa. É por isso que, por muito tempo, ela o chamou de Jonathan Cara Irritante pra Caralho.

Ingrid odiava Jonathan, teoricamente antes de conhecê-lo e visceralmente depois. Ela era a única pessoa em quem os poderes dele não funcionavam e, depois, ela me contou que ver a gente se apaixonando tinha sido como assistir a dois veículos em direções opostas escorregando para a faixa do meio e não poder fazer nada exceto esperar pelo momento do impacto e — naquela mesma noite — começar, no verso de um recibo, uma lista chamada "Motivos pelos quais Jonathan é um perigo total".

Eu não sabia que Jonathan ia me pedir em casamento no jantar nem que o pedido ia vir na forma de um crescendo para uma apresentação de slides com fotos que registravam nosso relacionamento até aquele ponto. Na grande maioria, eram imagens individuais, minhas tiradas por ele, dele tiradas por mim, com a câmera incrível dele.

Foram mostradas numa tela que desceu de um nicho invisível no teto e, quando estava silenciosamente subindo de volta, Jonathan me chamou para sentar ao lado dele.

No momento em câmera lenta de me levantar, olhei para o sorriso fraco de meu pai, cujo desejo de me ajudar sempre excedera sua capacidade, para Ingrid, que ainda estava na fase de sentar-se no colo de Hamish, naquele momento com os braços ao redor do pescoço dele. Olhei para meu tio e tia e primos em uma conversa íntima na outra ponta da mesa, passando por Patrick, que estava logo ao lado, mas parecia sozinho, para minha mãe, que estava jogando champanhe em sua taça e ao redor dela com os olhos fixados com adoração demais em Jonathan, que, nesse ponto, estava parado com os braços à frente como se prestes a tomar posse de um objeto grande. Eu queria me tornar outra pessoa. Queria pertencer a qualquer outro. Queria que tudo fosse diferente. Antes de ele de fato fazer o pedido, e para que ele não precisasse se ajoelhar na frente da minha família, falei sim.

Houve um segundo de silêncio intenso antes de meu pai começar a aplaudir como um recém-convertido à música clássica que não tem certeza se deve aplaudir entre os movimentos. Os outros começaram a se juntar, menos Ingrid, que olhava com raiva de mim para Jonathan, até minha mãe — ao lado dela — gritar por cima dos aplausos:

— Uhu, Martha está grávida!

Ingrid se virou para ela e disse, com dureza:

— Quê? Não está, não. — E, depois, para mim: — Não está, né?

Respondi que não, e Ingrid pegou pelo gargalo a garrafa que minha mãe estava tentando abrir e a arrancou da mão dela. Ela fez Hamish segurá-la ao se levantar do colo dele, vindo até onde Jonathan e eu estávamos e, de alguma forma, convencendo-o a sair da frente para ela poder me abraçar sem também ter que cumprimentá-lo.

Vendo-nos assim, todos que estavam sentados teriam suposto que era um abraço de parabéns entre duas irmãs. Não o esforço de uma confortar a outra falando baixinho no ouvido dela: "deixa pra lá, ela está bêbada, é uma idiota" e o esforço da outra de ficar onde estava e não sair correndo da sala porque a humilhação era profunda demais. Mas a fonte dessa humilhação não era minha mãe. Não havia maneira de falar para Ingrid naquele momento que era Jonathan que tinha reagido ao pronunciamento de minha mãe com um horror fingido e depois se virado e dito, com os dentes cerrados, para o meu pai:

— Acho bom não estar!

Como meu pai não riu, Jonathan repetiu a frase para Rowland, que riu, e dali espalhou-se pela mesa.

Foi só meio segundo, mas eu não soube para onde olhar conforme as risadas cresciam, então, fiquei olhando para Jonathan, que também estava rindo, embora houvesse se formado suor de verdade na testa dele.

Ele não queria ter filhos, e me disse isso no restaurante de sushi. Respondi que também não queria, e ele pegou seu copo e falou:

— Uau, a mulher perfeita.

Parecia decidido desde o início, não havia necessidade de revisitar a questão. E fiquei contente, mas não feliz. A ideia de estar grávida não era engraçada, mas as pessoas estavam rindo. Eu não queria ser mãe, mas a ideia de que talvez pudesse ser ou a imagem de que em breve me tornaria uma parecia hilária a eles.

Exceto por Patrick, solene em seu lugar. Enquanto o riso continuava, encontrei o olhar dele, que sorriu com empatia — por qual parte, não sei —, mas minha humilhação estava completa. O amigo de escola estava com pena de mim.

Antes de Ingrid e eu nos separarmos, agradeci, disse "eu te amo" e levantei o rosto, já com um sorriso brilhante para qualquer um que talvez estivesse me olhando.

Estavam todos de pé ao redor da mesa. Jonathan e eu ficamos juntos de novo, sendo envolvidos pelos parabéns. Ele disse:

— Obrigado, pessoal. Vou ser sincero, acho que nunca fui tão feliz na vida. Olhem só para ela, pelo amor de Deus. — Ele pegou minha mão e a beijou.

Fui para a suíte de Jonathan assim que pude e fiquei chocada com a versão que desconhecia de mim mesma no espelho. De olhos arregalados, com um sorriso no rosto que parecia estar ali quando morri e fora endurecido pelo *rigor mortis*. Coloquei as mãos nas bochechas e abri e fechei a boca até ele sumir. Quando saí, Ingrid tinha ido para casa.

No fim daquela noite, peguei um táxi de volta a Goldhawk Road. Jonathan pediu desculpas por ter de ir dormir em vez de me ajudar a arrumar tudo. Ele não esperava que um grande gesto romântico fosse ser tão cansativo.

Quando estava passando pela ponte de Vauxhall, Ingrid me ligou e me disse para, por favor, ouvir as razões pelas quais ela achava que eu não devia me casar com ele.

— Não são nem todas, mas ele nunca fala sim. Só cem por cento. Entre as coisas de que ele mais gosta estão café e música. Sempre diz "para ser sincero" antes de revelar informações sobre si mesmo, em geral tediosas, tipo eu amo café. A maioria das fotos naquela apresentação eram só dele. Pediu você, justo você, em casamento em público.

Falei que já chegava.

— Ele não te conhece.

Pedi, por favor, para ela parar.

— Você não o ama, no fundo. Só está meio perdida.

Falei:

— Ingrid, cala a boca. Eu sei o que estou fazendo e, de todo jeito, Oliver chegou antes de você. Não preciso das suas razões também.

— Mas o negócio da gravidez, ele dizendo ha-ha-ha, é bom ela não estar.

Falei que ele estava tentando ser engraçado.

— É só o jeito dele. No fundo, ele é incrivelmente amoroso. Você ouviu o que ele disse imediatamente depois, pelo amor de Deus olhem para ela?

O fato de uma única coisa charmosa dita ou feita por Jonathan ser o bastante para eu perdoá-lo, disse Ingrid, era inacreditável.

— Eu sei. — Desliguei, escolhendo acreditar que, por inacreditável, ela queria dizer incrível.

O fato de, toda vez que precisava perdoá-lo nas semanas seguintes, eu o amar mais, não menos, também era inacreditável para ela e, no fim, para mim também.

Se minha filha acha que ele é bom o bastante, eu também acho, foi só o que meu pai disse quando perguntei se ele gostava de

Jonathan na manhã seguinte ao jantar. Minha mãe falou que ele absolutamente não era o tipo de homem que ela imaginara que eu escolheria e, por consequência, o adorava. Falei para ela que eu não tinha notado, em especial pela forma como jogara os braços ao redor do pescoço de Jonathan e tentara iniciar algum tipo de dança no vestíbulo quando estávamos todos lá parados nos despedindo, nem pelo fato de que ela tinha dado uma risada histérica quando ele se inclinou para beijar a bochecha dela e, por algum erro de ângulo da cabeça dos dois, tinham acertado o canto da boca um do outro.

Fui morar com ele no fim de semana seguinte.

Como os filhos de Ingrid são parecidos com ela, são parecidos comigo. As pessoas na rua — mulheres mais velhas que me param e dizem você deve ser muito ocupada ou, alternativamente, ele é grande demais para um carrinho de bebê — não acreditam em mim quando falo que não sou mãe deles, então continuo andando e deixo pensarem que sou.

Havia dois banheiros anexos ao quarto de Jonathan, e ele entrou no meu na manhã de domingo quando eu estava apertando um comprimido da cartela na minha mão, dizendo que estava entediado e tinha começado a sentir minha falta no segundo em que me levantei.

Antes disso, estávamos deitados na cama; Jonathan bebendo um *espresso* minúsculo produzido pela cafeteira cara que tinha se dado de presente de noivado no dia anterior, enquanto eu analisava o anel de noivado que ele havia escolhido a caminho de casa e acabado de me dar, colocando-o em meu dedo com facilidade, porque era grande demais.

Agora, no banheiro, ele pegou algo meu da pia, depois, vendo o comprimido na minha mão, perguntou o que era. Falei que era anticoncepcional e pedi para ele, por favor, sair. Jonathan fingiu estar magoado, mas saiu. Engoli o comprimido e coloquei a caixa de volta na minha nécessaire de maquiagem, num bolso escondido.

Saí e o vi de volta na cama, apoiado em seus travesseiros europeus, aparentemente no meio de uma epifania. Ele deu dois tapinhas no lugar ao seu lado. Antes de eu poder alcançá-lo, ele pegou minha mão e me puxou para a cama.

— Sabe de uma coisa, Martha? Foda-se o anticoncepcional. Vamos ter um filho.

Falei:

— Eu não quero ter um filho.

— Não um filho, nosso filho. Imagina? Parecido comigo e com o seu cérebro. Como você pode esperar?

— Eu não estou esperando. Não quero nunca ter um filho. Nem você.

— E, apesar disso, acabei de sugerir.

— Você me disse — falei o nome dele, porque ele não estava ouvindo —, você me disse da segunda vez que nos vimos que não queria ter filhos.

Ele deu risada.

— Eu estava saindo na frente, Martha, caso você acabasse sendo uma daquelas mulheres desesperadas por um… — Jonathan fez uma pausa. — Imagine uma menina. Eu com uma filha, aliás, uma tribo delas. Ia ser fenomenal.

Já naquele momento e dali em diante, Jonathan ficou consumido pela ideia, da mesma forma que ficaria se um de seus amigos de faculdade ligasse para dizer que deviam ir esquiar no Japão agora mesmo ou alugar um iate. Ele chutou as cobertas e saltou da cama, dizendo que estava tão convencido de que conseguiria me fazer mudar de ideia que talvez fosse melhor colocar um bebê na minha barriga agora mesmo antes de ter que sair para a academia, de modo que já estivesse a caminho quando eu estivesse convencida.

Eu ri. Ele me disse que estava falando muito sério e foi até o armário que parecia uma parede espelhada.

Minhas malas estavam no caminho, abertas e vazias, mas cercadas pelas roupas que eu tinha tirado delas no dia que tinha chegado e ainda estava no processo de guardá-las. Ele me pediu para resolver aquilo enquanto ele estivesse fora, porque estava começando a parecer a área embaixo de uma prateleira de liquidação de uma loja de departamentos barata.

— Você por acaso já entrou em uma loja de departamentos barata, Jonathan?

— Ouvi falar.

Ele abriu as portas do armário e, enquanto se vestia, falou:

— Fora o risco de minha filha também ser uma desleixada, você seria uma mãe simplesmente arrebatadora. — Ele correu de volta até a cama, me beijou e repetiu: — Arrebatadora pra caralho.

Quando ele saiu, voltei ao banheiro e comecei a encher a banheira.

A NOITE EM QUE FIQUEI noiva de Jonathan também foi a noite em que descobri, ao lado de uma fileira de lixeiras, que Patrick era apaixonado por mim desde 1994.

Eu tinha descido com a esperança de que Ingrid talvez ainda estivesse na rua. Não havia ninguém. Atravessei e fiquei embaixo de um toldo, ainda não pronta para voltar a subir. Estava chovendo, e a água transbordava pelos lados e causava estrondo na calçada. Estava lá havia alguns minutos quando Oliver e Patrick saíram do saguão. Ao me ver, atravessaram correndo e se apertaram um de cada lado. Oliver colocou a mão no bolso da jaqueta, pegou um cigarro, acendeu-o por trás da mão e perguntou o que eu estava fazendo.

Falei que respirando de forma não meditativa. Ele disse:

— Nesse caso… — E colocou o cigarro na minha boca. Inalei e segurei a fumaça o máximo de tempo que consegui. Gritando acima do volume da chuva, Patrick me deu parabéns.

Oliver me olhou de lado.

— É, caramba, isso foi rápido.

Soltei a fumaça e disse que, bom, sim. Um táxi virou a esquina e passou por nós, jogando água das poças. Patrick disse que na verdade tinha descido para ir embora e talvez tentasse alcançá-lo. Ele virou o colarinho para cima e saiu correndo.

Oliver pegou o cigarro de volta e eu apoiei a cabeça no ombro dele, exaurida pela perspectiva de ter de voltar lá para dentro e conversar com as pessoas.

Ele me deixou ficar assim e então, um momento depois, disse:

— Então, você tem certeza sobre esse negócio de casar com Jonathan. Ele não parece especialmente…

Levantei a cabeça e franzi a sobrancelha para ele.

— Especialmente o quê?

— Especialmente seu tipo.

Falei que, como ele conhecia Jonathan há duas horas e meia, eu não estava assim tão interessada na opinião dele sobre a situação. Ele me ofereceu o cigarro de volta e eu aceitei, irritada pelo que ele havia dito, e mais com como minha resposta tinha parecido mal-humorada.

Patrick não havia parado o táxi e estava esperando outro, desprotegido do outro lado da rua. Dei uma tragada e olhei para a frente, sabendo que Oliver estava me observando. Depois de um minuto, ele disse:

— Então, claramente você não está grávida. Nesse caso, qual é a pressa?

Comecei a dizer que não tinha nenhum plano conflitante, mas parei, porque estava começando a subir ácido pela minha garganta e, aí, comecei a tossir.

Depois de engolir dolorosamente várias vezes, falei:

— Ele me ama.

Oliver pegou de volta o último toco de cigarro e, com ele no canto da boca, disse:

— Mas não é uma grande novidade, né? Faz o quê, uns dez anos?

Perguntei do que ele estava falando e expliquei:

— Estou falando do Jonathan.

Ele disse:

— Merda, foi mal. Achei que você estava falando do Patrick. Imaginei que você soubesse. Mas agora estou sentindo que não.

Eu me virei e o encarei diretamente.

— Patrick não me ama, Oliver, isso é ridículo.

Ele respondeu no tom lento e ultra-articulado de alguém tentando explicar uma obviedade a uma criança.

— Ah, ama, sim, Martha.

— Como você sabe?

— Como você não sabe? Todo mundo sabe.

DEVE TER ALGO *errado* **COMIGO**

Perguntei a ele quem era todo mundo nesse caso.

— Todos nós. Sua família. Minha família. É sabedoria popular dos Russell-Gilhawley.

— Mas quando ele te contou?

— Ele não precisou contar.

Eu falei ah, sim.

— Então, ele nunca disse isso. Você está só adivinhando.

Ele disse que não.

— Mas é...

— Oliver, ele é basicamente meu primo. E eu tenho vinte e cinco anos. Patrick tem, tipo, dezenove.

— Ele tem vinte e dois. E não é, segundo nenhuma definição, seu primo.

Olhei de novo para a rua. Patrick tinha desistido e estava se afastando de nós com a cabeça baixa na chuva.

Eu nunca havia conscientemente considerado nenhum de seus maneirismos ou aspectos físicos, mas tudo nele — a amplitude de seus ombros, o formato de suas costas, a forma como caminhava com as mãos tão fundo no bolso que seus braços ficavam retos e a parte de dentro dos cotovelos viradas para a frente — me era tão familiar naquele momento quanto qualquer fato ou pessoa na minha vida.

Do fim da rua, Patrick olhou por cima do ombro e acenou brevemente. Já estava escuro demais para ver direito o rosto dele, mas, na fração de segundo antes de ele seguir em frente, virando a esquina e desaparecendo, pareceu que ele estava me olhando. E percebi, ali, que era verdade — Patrick me amava — e, no instante seguinte, que eu sabia daquilo havia muito tempo. Não era pena que eu tinha visto no rosto dele mais cedo, na mesa, e era por isso que era insuportável: alguém transmitindo amor enquanto todos os outros riam de mim.

Oliver não disse nada, só levantou uma sobrancelha quando eu lhe disse que não importava, já que eu estava apaixonada por Jonathan, depois corri pela chuva e subi de volta.

Meu casamento com Jonathan custou setenta mil libras. Ele pagou tudo. Deixei que fosse organizado pela meia-irmã dele, que se descreveu como alguém da área de eventos e que compartilhava o dom dele de criar uma movimentação irrefreável. Em e-mails que não continham nenhuma letra maiúscula, ela me disse que tinha cerca de um milhão de contatos que podia acionar no soho house ou em qualquer hotel na zona w1, o que queria dizer que poderia nos conseguir uma data em um mês. Ela falou que conhecia o recepcionista na mcqueen e tinha estudado com a maioria das garotas da chloé, então, eu podia escolher, e ela não precisava marcar horário com nenhum dos floristas da lista (em anexo) que nem os plebeus, ela podia cem por cento simplesmente ir até lá e resolver tudo em meia hora, mesmo que eu estivesse pensando em algo fora da estação.

Falei que ela podia escolher. No Soho House, vestindo Chloé, segurando lírios-do-vale trazidos de algum lugar de avião, falei a Jonathan que estava tão feliz que me sentia drogada. Ele me respondeu que estava absolutamente em êxtase, e estava de fato drogado.

Patrick aceitou o convite para meu casamento. Peregrine, que estava fazendo o Camino de Santiago com Jeremy, mandou um sincero pedido de desculpas e uma faca de ostras antiga.

Nossa lua de mel foi em Ibiza, curta, mas, contando em anos de cachorro, proporcional a nosso casamento. Jonathan disse que era um crime ele ainda não ter me levado a seu lugar favorito no mundo, que era, prometeu, muito diferente de sua reputação. Falei que iria desde que a gente ficasse em algum lugar longe de tudo.

Na sala VIP, esperando nosso voo, disse a Jonathan que tinha mudado de ideia. Ele estava sentado numa poltrona funda lendo a edição de fim de semana do *Financial Times* com os pés numa mesa baixa à sua frente.

— Um pouco tarde demais, eu diria, meu bem. Vamos embarcar em vinte.

Falei não.

— Sobre ter um filho.

Ele tinha feito uma campanha incansável durante as seis semanas desde a primeira vez que havia feito a sugestão, e não parecia surpreso por ter me convencido tão rapidamente. Falou que, nesse caso, eu podia me preparar para estar completamente prenha quando voltássemos a Londres, sem saber que o esforço que havia investido em me fazer mudar de ideia tinha sido em vão. Eu havia dado descarga nos comprimidos que havia dito para ele que eram anticoncepcionais, bem como nos que realmente eram, quando ele estava a caminho da academia.

Não era minha intenção, mas, enquanto a banheira enchia, olhei no espelho e me lembrei de como tinha me visto nele na noite do jantar de Jonathan, da expressão rígida em meu rosto. Lembrei-me dos minutos depois do pedido, parada na frente de minha família que ria e ria com a ideia de eu ser mãe. Jonathan não achava mais aquilo hilário. Ele achava que eu seria uma mãe arrebatadora pra caralho. Em cima do vaso, apertei uma por uma as pílulas na cartela. Elas já estavam se dissolvendo na água antes de eu puxar a descarga oculta.

Quando Jonathan voltou ao seu jornal, olhei pelo saguão do aeroporto por um momento e então me levantei para pegar uma bebida. Uma mulher no próximo círculo de cadeiras estava tão enormemente grávida que equilibrava um pequeno prato de sanduíches no topo da barriga. Quando passei por ela, coloquei o cabelo atrás das orelhas, os dois lados ao mesmo tempo, para esconder meu rosto, porque eu estava sorrindo de uma forma que me faria parecer maluca.

Jonathan e eu voamos de executiva. Bebemos champanhe em taças em miniatura. Descobri que meu novo marido tinha uma máscara para dormir que tinha comprado numa loja, não guardado de algum voo anterior. Durante o percurso todo, pensei em meu bebê.

Chegamos à *villa* no início da tarde. Enquanto eu estava desfazendo as malas, Jonathan sugeriu nadarmos e depois fornicarmos antes de comermos. Falei que me sentia cansada, que ia dormir enquanto ele nadaria e o encontraria para a parte do sexo. Ele já tinha colocado os shorts floridos e fez sua famosa imitação de criança fazendo birra a caminho da porta — o beicinho, os braços cruzados, os pés batendo. Tomei um banho e fui para a cama.

A arrumadeira me acordou, pedindo desculpas porque precisava entrar e fechar as persianas para os mosquitos não entrarem, agora que o sol estava se pondo. Ela falou que, quando voltasse, o marido ia ficar infeliz ao descobrir que ela havia deixado a linda esposa ser picada até a morte na lua de mel. Perguntei se ela sabia onde estava o marido. Ele tinha entrado em um táxi para a cidade e, embora, disse ela, o marido lhe tivesse dito que ia voltar às oito, eram quase nove e ela não sabia o que fazer com o jantar que estava pronto havia muito tempo.

Comi no terraço, numa mesa cuidadosamente posta para dois e rearranjada às pressas para um enquanto eu esperava ao lado. Sorrisos tristes em excesso, alvoroço com guardanapos e taças, pessoas constantemente entrando e saindo para checar se a senhora gosta do que está comendo e se gostaria de mais velas para espantar os mosquitos, e elogios a sua juventude são os sinais internacionais de que seu casamento vai mal.

Depois, deitei numa espreguiçadeira ao lado da piscina com uma toalha ao redor dos ombros, olhando o mar, que subia e descia do outro lado do muro baixo de pedras, negro e rajado de trechos de luar dourado. Fiquei ali até a meia-noite. Jonathan voltou no início da manhã seguinte, com o nariz encrostado do que podia muito bem ser a areia branca fina pela qual as praias de Ibiza são famosas.

Embora Jonathan tivesse aceitado ficar em algum lugar longe de tudo, não conseguia suportar os dias que passávamos só nós dois e mais ninguém. Eu não conseguia suportar as noites que passávamos só nós e mais quinhentas pessoas em boates a que ele dizia ter ido uma ou duas vezes e nas quais, invariavelmente, acabava que sendo bastante famoso. Ele prometia que eu ia me divertir se me permitisse, e eu ficava o máximo possível a cada vez, mas, quando entrava em pânico por conta da música que soava como a trilha de uma sessão de terapia de eletrochoque, concordávamos que provavelmente não ia adiantar. Eu fazia longas viagens de táxi sozinha de volta à *villa* e ia dormir.

A quantidade de sexo que ele me dissera que iríamos fazer — uma quantidade medicamente desaconselhável — não foi feita. Jonathan estava entorpecido demais quando voltava de manhã, abatido demais à tarde, agitado demais quando chegava perto de seu horário de partida padrão. A única vez que ele tentou, voltando à *villa* após uma ausência de vinte e seis horas e me achando ainda acordada, eu o empurrei para longe de mim e disse que tinha menstruado. Ele se levantou e colocou o jeans de volta com dificuldade, dizendo alto demais que, se as meninas ficavam menstruadas lá pelos treze anos, com certeza aos vinte e cinco eu já tinha aprendido a burlar o sistema. Falei:

— Não é a porra do mercado de ações, Jonathan.

Ele não respondeu, exceto por dizer para si mesmo, enquanto pegava a camisa do chão com o pé, que, com alguma sorte, o táxi que acabara de deixá-lo talvez ainda estivesse lá fora.

Um momento depois, ouvi o som de pneus no cascalho, e então fiquei sozinha de novo.

Embora tenha aceitado o convite, Patrick não foi ao meu casamento. Ligou para minha mãe de manhã e falou que tinha caído da bicicleta.

No curto tempo que nos conhecíamos, Jonathan nunca tinha sido exposto ao meu eu que pode chorar por dias e dias sem conseguir dizer por que nem quando vou parar. Começou no nosso voo matutino de volta a Londres. Peguei o assento da janela e, depois de ver a ilha recuar sob nós e o mar dominar a vista, apoiei um travesseiro na parede da cabine e descansei a cabeça nele. Quando fechei os olhos, as lágrimas começaram a correr pelo meu rosto. Jonathan estava escolhendo um filme e não notou.

Fui dormir assim que entramos no apartamento. Jonathan disse que ia dormir em outro quarto, já que eu obviamente estava ficando com alguma espécie de gripe horrenda — por que mais estaria tremendo e parecendo a morte encarnada e respirando esquisito — e ele não tinha nenhum interesse em se contagiar.

Ele voltou ao trabalho na manhã seguinte. Não levantei nesse dia nem no próximo. Parei de sair do apartamento. Durante o dia, não conseguia deixar os cômodos escuros o bastante. A luz atravessava as cortinas, achava frestas por baixo dos travesseiros e camisetas que eu colocava em cima da cabeça e fazia meus olhos doerem quando, tentando dormir, eu os cobria com as mãos.

Em ordem ascendente, Jonathan dizia ao voltar para casa toda noite e ainda me achar no mesmo lugar:

Você está doente?
Eu devia ligar para alguém?
Sério, Martha, você está me assustando.
Ah, mas que merda?

Parece que você teve mais um dia produtivo, querida.

Você acha que seria possível acharmos força para ligar de volta para nossa irmã, de modo que nosso marido não seja assediado pelas mensagens dela enquanto está no trabalho?

Bom, então eu vou sair. Não, mesmo, não precisa levantar.

Meu Deus, você é tipo um buraco negro sugando toda a minha energia — um campo de força de infelicidade que me exaure.

Fique à vontade para se apropriar de outro quarto se você vai ser assim perpetuamente.

Semanas se passaram dessa forma. Recebi cartas do meu trabalho, que não abri. Então, Jonathan marcou uma viagem de compras de quadros e disse que ia ficar dez dias fora; nesse tempo, eu devia, com todo o amor e respeito, pensar em dar o fora. Mas, falou, ele tinha pesquisado no Google e eu ia ficar feliz de saber que minha castidade nos havia poupado do trabalho de um divórcio. Um PDF que podia ser baixado, 550 libras e de seis a oito meses de espera ansiosa e, ao menos aos olhos da lei, seria como se aquilo tudo nunca tivesse acontecido.

Assim que Jonathan saiu do apartamento, liguei meu telefone e mandei uma mensagem a Ingrid. Ela chegou com Hamish meia hora depois e me ajudou a levantar. Enquanto ela colocava meus braços dentro de um casaco, Hamish encheu minhas malas com tudo o que achava que podia ser meu.

O elevador nos deixou no térreo e, quando as portas do saguão se abriram, o ar bateu no meu rosto, quente e frio e com cheiro de seres humanos, fumaça e asfalto. Puxei-o para dentro dos meus pulmões como se tivesse estado tempo demais embaixo d'água e, pela primeira vez em semanas, senti que não estava prestes a morrer.

Meu pai estava parado em fila dupla do outro lado da rua. Atrás do carro, estava a fileira de lixeiras, ao lado de um toldo. Eu estava exaurida demais pela dor para pensar no que teria acontecido se, em vez de correr de volta para dentro, tivesse corrido na outra direção, como Patrick havia feito.

Com o braço no meu, Ingrid me levou até o carro e me ajudou a sentar no banco da frente. Meu pai se inclinou para colocar meu cinto e, em cada conjunto de semáforos no caminho de casa, ele esticava o braço para mim e apertava minha mão, dizendo minha menina linda, minha menina linda, até o farol abrir e ele precisar voltar a dirigir.

Quando ele estacionou na frente de casa, vi minha mãe parada na janela. Eu sabia tudo o que ela ia dizer, se não a ordem em que diria nesta — a mais recente — ocasião. Eu não estava doente, estava tensa demais. Não conseguia me autorregular. E, se eu tinha uma tendência depressiva, também tinha um dom inacreditável de cronometrar meus períodos sombrios com, por exemplo, mostras que poderiam definir a carreira de alguém. Eu adorava atenção negativa e, se tivesse de quebrar algo, ou gritar, ou, ela diria neste caso, sair de um casamento para consegui-la, eu o faria. Mas, como uma criancinha esperneando no chão de uma loja, a melhor coisa era me ignorar. E, quando eu me acalmasse, podia ser convidada a considerar como meu comportamento afetava os outros, atrasando suas carreiras, custando-lhes um genro que tinham passado a adorar ainda mais intensamente do que quando descobriram que era um colega do mundo da arte, um paquerador recíproco, alguém que sempre apoiava terminar uma garrafa e abrir outra.

Eu não queria sair do carro.

Hamish e meu pai entraram com as malas. Ingrid esperou até eu dizer que tudo bem e entrou comigo. A essa altura, minha mãe já estava em outro lugar. Ingrid me levou para meu quarto. A cama tinha sido feita e, ao lado dela, numa cadeira que já havia sido minha mesa de cabeceira, havia um jarro de cerâmica cheio de ramos de hera, cortados de uma trepadeira que crescia na lateral do galpão da minha mãe. Agradeci Ingrid por ter colocado aquilo ali. Ela falou:

— Não fui eu. Aqui… — E puxou as cobertas.

Por um momento, ela deitou ao meu lado e fez carinho na parte de dentro do meu braço, falando comigo sobre a irmã irritante

DEVE TER ALGO *errado* **COMIGO**   **87**

de Hamish e os princípios da dieta de South Beach. Por fim, falou que ia sair para eu poder dormir. Colocou os pés no chão, mas continuou na beirada da cama.

— Martha, vai ficar tudo bem. Você vai sair dessa muito mais rápido do que imagina, prometo.

Eu me sentei e apoiei as costas na parede, abraçando as pernas com os braços.

— A gente ia ter um bebê.

Ingrid pareceu triste. Esticou a mão para meu pé e o segurou.

— Martha. — A voz dela estava muito baixa. — Você falou…

— Foi ideia do Jonathan.

— Então você não queria de verdade. Ele te convenceu.

— Eu o deixei.

Ela franziu o cenho, e primeiro pensei que era para mim, mas era desdém por Jonathan.

— Ele parece uma porra de um vendedor de carros. — Ela apertou meu pé e disse que sentia muito. Mas, aí: — Graças a Deus não aconteceu. Imagina só ter como pai Jonathan Cara Irritante pra Caralho.

Ingrid soltou meu pé e disse que ia voltar depois; que ainda ia ficar tudo bem.

Minha mãe entrou quando ela estava saindo, parou perto da porta e olhou para a hera por um momento.

— Não lembro se coloquei água ou não. — Depois, ela se virou para ir embora de novo, mas parou na porta e disse: — Martha. Jonathan é um merda.

De manhã, comecei a guardar as roupas que Hamish tinha colocado nas malas e depois parei, percebendo que não queria nenhuma delas. Coisas que havia adquirido enquanto estava com Jonathan e coisas que tinha desde antes, agora envenenadas por alguma associação com ele. A gaveta que eu tinha aberto não fechava mais. Atrás dela, encontrei uma caixa de comprimidos pela metade de uma era anterior, de uma marca que eu não reconhecia, prescrita por um profissional cujo nome não significava nada, para qualquer patologia que ele/ela achasse que eu tinha. Tomei alguns e esperei que fizessem com que eu me sentisse melhor, embora estivessem já há muito fora da validade.

Foi uma espécie de memória muscular que me fez sair do quarto e descer um lance de escadas até a cozinha quando o telefone começou a tocar. Atendê-lo tinha sido adicionado à lista de tarefas que minha mãe se recusava a fazer há muito tempo, uma interrupção para as reciclagens dela, como limpar, cozinhar e educar as filhas.

Muitas vezes, o grito dela de "alguém atende essa porcaria" fazia meu pai, eu e Ingrid nos vermos congregados no mesmo cômodo, um minuto depois, como se convocados por um alarme de incêndio. Eu tinha esquecido aquilo e, embora odiasse na época, a mesma sensação de escorregar de meia na ponta de cada degrau acarpetado me deixou nostálgica por nós quatro em casa. Mas só de acordo com a definição que Peregrine me ensinou certa vez depois — "a definição grega original, Martha".

Era Winsome, ligando para falar com minha mãe sobre os planos para o Natal, que, mencionou, estava quase chegando, já que de repente estávamos em setembro. Ela falou, de fato, sobre o Natal — comigo, porque minha mãe não respondeu ao meu chamado — rapidamente e com um tom de histeria na voz por alguns minutos depois de eu responder à sua pergunta sobre por que eu estava ali.

Ela estava flertando com a ideia de um bufê, Jessamine ia levar um namorado, algo estava sendo pintado, algo talvez ficasse ou não pronto a tempo — eu estava olhando pela janela um melro-preto bicando o mesmo pedaço de grama sem parar.

— E Patrick não vai estar conosco. — Ele estava viajando; Winsome mal podia imaginar o dia sem ele, mas, falou, em compensação, nós o veríamos bem mais depois, agora que ele estava quase se formando em Oxford e indo e vindo para conseguir um emprego, ficando hospedado no imóvel que Oliver acabara de comprar em Bethnal Green; por que lá, ela não sabia.

Ela seguiu listando os defeitos do apartamento, mas eu não conseguia superar a imagem de Patrick na rua em frente ao prédio de Jonathan, a sensação de vê-lo olhando só para mim antes de dobrar a esquina. Naquele momento, acreditei no que Oliver havia dito. Não acreditava mais. No curto período que durou meu casamento, a ideia tinha passado a parecer absurda. Winsome concluiu sua lista, mas disse:

— Pelo menos, não fica numa daquelas torres de vidro horrendas que são cheias de superfícies e cantos pontudos.

Foram as primeiras e últimas palavras dela sobre Jonathan.

A mulher atrás do balcão do bazar beneficente não aceitou meu vestido de noiva. Peça por peça, ela esvaziou as roupas dos sacos de lixo que eu havia levado. Eu estava vestindo as únicas peças que teria quando fosse embora — jeans e um moletom, que Ingrid comprara em dobro, porque custavam nove libras e tinham a palavra Universidade estampada na frente, o que, segundo ela, deixava claro às pessoas que tínhamos um diploma de nível superior, mas não éramos tão desesperadas por aprovação que precisássemos que elas soubessem de qual instituição.

Meu vestido de noiva estava embaixo de outras coisas e, quando ela o puxou pela manga e eu disse o que era, a mulher ofegou. Além do fato de algo tão lindo como aquilo dever estar envolto em papel de seda e numa caixa apropriada, ela tinha certeza de que eu me arrependeria de me separar dele. Seus olhos pousaram em minha mão esquerda. Eu ainda estava usando meu anel de noivado e minha aliança, e, assegurada por essa presença de que não havia feito um comentário infeliz, a mulher sorriu e falou:

— Você um dia pode ter uma filha e querer passá-lo para ela. — Ela ia dar um pulo lá atrás e ver se tinha algo melhor para eu levá-lo de volta para casa.

Quando ela passou pela cortina, saí sem meu vestido e comecei a fazer o caminho para casa. Tinha começado a chover, e a água estava escorrendo pela calçada e caindo na sarjeta. Na primeira esquina, parei e tirei os anéis, perguntando-me se era apropriado uma mulher em minhas circunstâncias jogá-los pelo bueiro e sair andando, emancipada. Era o tipo de gesto que teria feito Jonathan rir alto e dizer: "Brilhante". Guardei-os no bolso de moedas de minha bolsa e segui em frente.

Hamish os colocou à venda no eBay. Com o dinheiro, comprei um computador para o meu pai e dei o resto a uma organização comunitária que luta contra a construção de prédios residenciais como o de Jonathan.

O EMPREGO AO QUAL NUNCA voltei depois da minha lua de mel era meu emprego na *World of Interiors*. Uma notificação, reencaminhada por Jonathan, chegou a Goldhawk Road. Devido à minha delinquência, eu tinha sido formalmente desligada do trabalho.

Sentada em minha cama, escrevi a Peregrine. Queria pedir desculpa por desaparecer em vez de pedir demissão direito, e por não ter coragem suficiente de lhe contar por que não podia voltar. Tentei, mas não consegui, depois de muitos rascunhos, fazer o motivo real parecer divertido. Na carta que acabei enviando, eu dizia a ele que já não tinha mais palavras para descrever cadeiras. Dizia que não tinha mais nada exceto "bonita" e "marrom", e era muito grata, e sentia muito, e esperava que permanecêssemos em contato.

A resposta dele veio num cartão com monograma na mesma semana. Dizia: "Para um escritor, é melhor fugir do que ceder à tentação de um dicionário de sinônimos. Almoço em breve/sempre".

Segundo meu pai, eu precisava me recuperar emocionalmente antes de até mesmo pensar em tentar achar outro emprego. Eu estava no escritório dele pesquisando em um site de vagas e tinha selecionado Região Metropolitana de Londres antes de me ver perdida.

Como me recuperar emocionalmente era impossível no meu quarto, com a trilha sonora da reciclagem da minha mãe entrando constantemente pela janela, ele me convidou a passar um tempo em seu escritório como se eu tivesse dezessete anos — ele não falou essa parte, mas nós dois sabíamos. Por alguns dias, fiz isso, mas o trabalho de escrever poesia já tinha se tornado visivelmente menos agradável desde aquela época. Agora, envolvia mais levantar arrastando a cadeira, caminhar pela sala, suspirar e ler poesia de outros escritores em voz alta, que ele dizia que o ajudava a entrar no fluxo, embora obviamente não o bastante.

Mudei-me para a cozinha, no andar de baixo, e comecei a escrever um romance. O som do trabalho dele em cima era audível. Comecei a ir à biblioteca. Eu gostava de lá, mas o romance ficava indo na direção da autobiografia, e eu não conseguia trazê-lo de volta. Imaginei-me falando num festival literário e alguém da plateia me perguntando quanto do livro era baseado em minha própria vida. Eu teria que dizer que tudo! Não há um único fiapo de imaginação nas quatrocentas páginas! Exceto a parte em que o marido — que na vida real é loiro e não foi assassinado — decide mudar sua cafeteira para a outra parte da cozinha e, ao levantá-la, a água marrom da bandeja de coleta cai em cascata pela frente de seu jeans branco.

Essa cena e todas as outras pareciam vibrar com brilhantismo e humor enquanto eu as digitava. No dia seguinte, soavam como o trabalho de uma menina de quinze anos com pais encorajadores. No geral, eu conseguia ver como pendia em direção ao estilo do que eu estivesse lendo no momento. Uma mescla confusa de Joan Didion, ficção distópica e uma colunista do *Independent* que estava fazendo uma série sobre seu divórcio.

Desisti e comecei a ler romances impressos com letra grande até perceber que tinha ficado amiga do contingente idoso que também passava os dias na área silenciosa porque, quando me convidaram para almoçar no The Crepe Factory, não me pareceu algo impressionante dizer sim.

Nicholas mudou-se para a Goldhawk Road um mês depois de mim, fazendo com que a casa parecesse, para minha mãe, um templo do desemprego. Ele apareceu sem avisar, vindo de uma clínica de desintoxicação, e nos disse que voltaria a se automedicar em vinte e quatro horas se tivesse que voltar a Belgravia.

Como ele sempre fora imprevisível de maneiras que me lembravam de minha mãe e periodicamente deprimido de maneiras que me lembravam de mim mesma, Nicholas sempre havia sido o primo de quem eu menos gostava. Mas sua presença ali significou algumas visitas de Oliver à noite para ver televisão ou ficar lá sentado enquanto ele praticava o passo nove com seus antigos amigos pelo telefone.

Oliver trazia suas roupas sujas, e trazia Patrick sempre que ele estava em Londres, porque, embora o apartamento em Bethnal Green tivesse uma localização conveniente, ele me disse, entre um restaurante de delivery especializado em todas as culinárias do mundo e a Yesmina Fancy USA, uma loja de extensões capilares naturais e sintéticas, não tinha uma máquina de lavar roupas, água quente depois das cinco da tarde nem algo que o corretor imobiliário pudesse legalmente anunciar como banheiro.

Patrick e eu nos encontramos na cozinha da primeira vez que ele veio à casa. Eu estava esvaziando a lava-louças, e uma tigela molhada escorregou da minha mão quando ele entrou.

Ele estava igual. Eu tinha me instalado e me mudado de um apartamento, me casado, viajado para fora do país, ficado doente e sido mandada embora, e Patrick estava usando a mesma camiseta do jantar de Jonathan, a última vez que eu o tinha visto. Não conseguia entender como eu havia mudado completamente e ele não havia mudado em nada. Abaixei-me e comecei a limpar, lembrando que só fazia três meses.

Ele veio me ajudar e com ele ali, ajoelhado em minha frente sem dizer nada exceto que alguns dos pedaços menores eram bem afiados, a mesmice de Patrick pareceu fazer o tempo colapsar até nada ter passado, nada ter acontecido, e sermos só nós dois, pegando pedaços de uma tigela.

Eu não esperava que ele dissesse de repente:

— Sinto muito por Jonathan.

Respondi sim, pois é e me levantei rápido para pegar uma vassoura, porque não queria chorar na frente dele. Ele não estava na cozinha quando voltei, e não havia mais nenhum caco no chão para eu varrer.

Oliver e eu não tínhamos revisitado o assunto de nossa conversa sob o toldo nem a mencionado desde então. Eu não sabia se ele havia contado a Patrick, cujo nível de desconforto na cozinha não era obviamente maior do que sempre que se encontrava perto de mim. Por causa disso, não fiquei com eles na sala naquela noite nem em nenhuma outra noite depois disso. Ainda assim, quando eles estavam lá e eu ouvia o som da televisão, o som das vozes deles, o batuque da secadora no armário embaixo das escadas, comida sendo entregue, eu me sentia menos sozinha.

De manhã cedo, Nicholas saía para caminhar e enchia o resto do dia indo a reuniões, escrevendo em seu diário e conversando com seu padrinho no telefone. Tendo deduzido, em pouco tempo, que eu tinha ainda menos para fazer do que ele, Nicholas me convidou a acompanhá-lo.

Naquele dia, fomos de Shepherd's Bush até o rio, seguindo-o até Battersea; no seguinte, fomos até Westminster. Desde então, fazíamos rotas tortuosas pela cidade, seguindo canais, subindo até Clerkenwell e Islington, inventando caminhos para casa que nos faziam atravessar o Regent's Park, por fim caminhando tantas horas por dia que começamos a comprar barrinhas energéticas e bebidas isotônicas. Quando tínhamos experimentado todas as variedades de sabor, eu já amava Nicholas. Ele parecia meu irmão e nunca perguntava por que, aos vinte e seis anos, eu estava desempregada, morando com meus pais e só tinha uma combinação de roupa. Quando expliquei voluntariamente, ele disse:

— Eu bem que queria que ter casado com um escroto fosse a pior decisão que já tomei na vida. — Mas então acrescentou: — Tudo é redimível, Martha. Até decisões que acabam com você inconsciente e sangrando num túnel de pedestres, como eu. Embora, idealmente, seja bom descobrir por que você não para de botar fogo na sua casa.

Estávamos em algum lugar de Bloomsbury, sentados na beira de uma fonte num jardim fechado. Perguntei por que ele não parava de botar fogo na casa dele, depois falei que ele não precisava falar sobre isso se não quisesse.

Ele queria. Explicou que o motivo era ninguém nunca falar sobre nada quando ele era criança.

Respondi que Ingrid e eu vivíamos desesperadas para perguntar sobre as origens dele.

Nicholas disse:

— Céus, minhas origens.

Eu tinha falado da forma como Rowland falava. Pensei que ele acharia engraçado, mas era claro que não achava.

Pedi desculpas.

— Deve ter sido horrível ter algo sobre você que é indizível.

Nicholas fungou.

— Ser algo indizível, você quer dizer. Se vocês estavam tão desesperadas para fazer perguntas, por que não fizeram? Seus pais não deixavam vocês fazerem ou algo assim?

Expliquei que não.

— A gente só supôs que não fosse permitido. Não sei por quê. Provavelmente porque nunca ouvimos ninguém na sua família mencionar e — considerei — acho que, para mim, era como se eu não quisesse ser a portadora de más notícias.

— Mas não é como se eu não soubesse que era adotado, né?

— Não. A má notícia de que você não era branco.

Ele disse o quê? tão alto que algumas pessoas se viraram, depois me agarrou pelo ombro.

— Por que só fiquei sabendo disso agora, Martha?

— Sinto muito, Nicholas, achei que você soubesse.

Ele me soltou com um leve empurrão para trás e falou que precisava continuar andando para processar. Talvez, disse ele, em algum nível já suspeitasse, mas, ainda assim, é um choque enorme ouvir alguém dizendo isso. Falei que entendia que seria um golpe enorme.

Na mesma hora, Nicholas colocou um braço ao meu redor e disse:

— Martha, você é uma boba. — Caminhamos assim por um tempo, voltando por Fitzrovia. Depois, viramos na direção de Notting Hill. Perguntei se ele achava que devíamos comer mais carboidratos. Ele disse Martha, a gente devia arrumar um emprego.

Havia uma placa na vitrine de um pequeno supermercado de produtos orgânicos pelo qual passamos em Westbourne Grove anunciando vagas abertas em todos os departamentos. Embora não tivéssemos a experiência de varejo essencial, ambos fomos contratados, acho que porque, como dependente químico em recuperação e esposa rejeitada que andavam vários quilômetros por dia, ambos tínhamos a palidez e o corpo destruído exigidos dos funcionários de lojas de produtos naturais.

Nicholas foi colocado no turno da noite. A gerente me perguntou se eu preferiria caixa ou café. Falei que, como insone, também estava interessada no período noturno. Ela olhou meu bíceps, disse "caixa" e me mandou para casa com uma amostra de tônico herbal para o sono que tinha gosto de folhas de salada de supermercado que haviam se decomposto no saco.

Paramos de caminhar. Nos intervalos, eu comia sanduíches de presunto e bebia o melhor sabor de isotônico que havia encontrado, escondida no estoque, porque comer carne é assassinato e, segundo ouvi a gerente falando para um cliente, ingerir açúcar é basicamente genocídio microbiano. Embora Nicholas ainda estivesse morando na Goldhawk Road, sentia saudades dele.

A última vez que vi Jonathan foi no escritório dele. Fui lá para assinar os papéis de nossa anulação finalizada. Fazia seis meses desde que eu tinha dado o fora. Parei em frente à mesa dele esperando enquanto Jonathan checava cada folha com uma diligência não característica, depois as empurrou na minha direção, com um sorrisinho irônico.

— Só posso dizer que graças a Deus você não conseguiu engravidar. Alguém com as suas tendências.

Peguei os papéis e o lembrei de que tinha sido ideia dele.

— Mas, sim, graças a Deus você não conseguiu me engravidar, Jonathan. Um bebê que, para começo de conversa, eu nem queria acabar mostrando uma predileção genética por cocaína e jeans brancos.

Saí antes que ele conseguisse responder.

Lá fora, a caminho do ponto de ônibus, passei por uma lata de lixo e joguei os papéis sem parar, incapaz de imaginar uma situação que me fosse exigir apresentar uma cópia física dos registros do meu casamento abortado ou onde eu os guardaria no meu quarto na Goldhawk Road sem ter que arrastar um dos armários de arquivos do meu pai lá para cima e guardá-los em M de Merdas Angustiantes 2003-2004.

Num semáforo, desci do ônibus e caminhei oitocentos metros de volta até o lixo. Os papéis ainda estavam lá, embaixo de um copo do McDonald's que tinha sido descartado cheio e cuja tampa se rasgou. Sem eles, eu não tinha prova de não ser casada com um homem que, segundo me disse Ingrid enquanto me evacuava do apartamento dele, pontuava nove de dez num questionário on-line que ela havia feito em nome dele chamado "Você é um sociopata?". Peguei-os, as folhas agora todas grudadas como um único torrão, e os carreguei segurando numa ponta até achar outro ônibus, pingando refrigerante na lateral da minha perna.

Por meia hora, o ônibus se arrastou pela Shepherd's Bush Road. Luzes de semáforo mudaram, e mudaram de novo, sem admitir que nenhum carro passasse por cruzamentos já parados. Não havia ninguém no andar de cima do ônibus, e sentei com a testa apoiada no vidro, olhando para a calçada e, então, entrou na minha linha de visão, pela vitrine ampla de um café, uma mulher amamentando um bebê e lendo. Para virar a página, ela precisava apoiar o livro na mesa e mantê-lo aberto com a base da mão enquanto deslizava os dedos da direita para a esquerda. Antes de começar a ler de novo, ela baixava o rosto o bastante para beijar a mão minúscula do bebê, que agarrava a beirada da blusa dela. Depois de alguns minutos, vi uma mulher grávida se levantar de outra mesa e ir até lá. Elas começaram a conversar, uma tocando a barriga e rindo, a outra dando tapinhas nas costas do bebê. Eu não conseguia saber se eram amigas ou desconhecidas que tinham se dado bem, compelidas a reconhecer sua fecundidade compartilhada. Eu não queria ser nenhuma das duas.

Falei a Ingrid que tinha deixado que Jonathan me convencesse. Do ponto de vista dela, era uma reversão breve de uma opção de vida.

Nunca consegui contar a ela sobre meu terror de gravidez, nem na época em que o adquiri, nem conforme fui ficando mais velha, e, em vez de diminuir, meu medo adolescente se intensificou até eu ser uma mulher que não só tinha medo de ficar grávida de um feto danificado, um bebê danificado, mas de bebês em geral, mães e o próprio conceito de maternidade — uma pessoa encarregada de criar e cuidar de um ser humano completo. Ingrid declararia que meu medo era irracional, ilegítimo como base de uma decisão adulta. E, agora, eu não queria que ela soubesse que, mesmo com tanto medo, havia deixado a forma de ser decidida de Jonathan me dominar e me fazer pensar que eu não tinha medo algum. Tão rápida e facilmente, eu o deixara me convencer de que eu era outra pessoa ou de que simplesmente podia escolher ser, e de que eu queria um bebê.

Mas não consegui me forçar a me tornar alguém sem tendências. As circunstâncias não tinham influência, o tempo não estava me levando em direção a uma ou outra forma de ser. Eu já estava em meu estado final. Era alguém sem filhos. Eu não queria ter filhos. Falei em voz alta, para ninguém.

— Então, que bom.

As mulheres no café ainda estavam conversando quando o trânsito de repente se dissipou e o ônibus seguiu em frente.

Em casa, Oliver e Patrick estavam na sala de estar com Nicholas, vendo televisão. Embora eles fizessem isso há meses, e eu tivesse tido conversas casuais suficientes com Patrick para já não me sentir desconfortável, ainda não havia me juntado a eles e não queria fazer isso naquele momento. Mas, ao passar pela porta aberta a caminho das escadas e vê-los, ombro a ombro no sofá pequeno demais, a solidão me agarrou com tanta força que senti como se tivesse levado um soco. Fiquei lá parada com a bolsa no ombro e os papéis ainda na mão, sentindo meu peito subir e descer rápido, as costelas se expandirem e contraírem, até Oliver me notar e dizer que, como eu podia ver, eles estavam assistindo a uma competição de dardos e, como era a penúltima rodada, eu precisava entrar e me sentar direito ou seguir meu caminho.

Vi a mim mesma, em um minuto, sentada na minha cama rolando listas de casas compartilhadas nos arredores de Londres, que eu só reconhecia como pontos finais de várias linhas de metrô, fingindo que ainda estava prestes a sair da casa dos meus pais.

Deixei minha bolsa escorregar do ombro e entrei na sala. Patrick me cumprimentou com um aceno silencioso e Nicholas, com a observação de que eu estava com uma cara de acabada. Perguntou aonde eu tinha ido.

— No centro.

— Fazer o quê?

— Me divorciar.

Ele falou:

— Que pena. — E se virou para assistir a um homem com uma barriga que se pendurava por cima da calça apontando um dardo para um círculo vermelho e socando o ar quando acertou o centro. Depois disso, Nicholas se levantou, se alongou e me disse que eu podia ficar com o lugar dele, porque ele tinha acabado de se lembrar de uma garota com quem precisava se desculpar porque seu ato final antes de ir para a clínica tinha sido jogar um taco de golfe no para-brisa dela depois de tomar mais do que sua dose diária recomendada de metanfetamina.

— Que, segundo descobri, é zero. Volto já.

Patrick fez um gesto de se mexer para abrir espaço, embora não houvesse. Sentada entre Patrick e Oliver, braços apertados contra os deles, eu só queria ficar ali e assistir a uma competição de dardos enquanto meu corpo vazio e gelado absorvia o calor dos dois. A única coisa que Patrick disse, virando a cabeça mas evitando o meu olhar, foi:

— Espero que você esteja bem.

Fingi não o ouvir porque não havia forma de suportar a delicadeza daquilo e, em vez disso, perguntei a Oliver por que os homens precisavam usar camisas polos que absorviam umidade e calças esportivas para jogar um jogo que homens gordos jogam nos bares. Ele respondeu:

— É um esporte, não um jogo. — E ficamos todos em silêncio até o final demorado e a entrega de um troféu tão modesto que precisei desviar os olhos quando o vencedor o levantou acima da cabeça com as duas mãos, como se o peso exigisse.

Oliver falou:

— Ótimo, vamos ver o que mais os canais terrestres de seus pais têm a nos oferecer, Martha.

Eu sabia que ele só iria embora quando Nicholas voltasse, e torci para que demorasse muito. Eu não queria ficar sozinha. Na metade do filme que Oliver escolheu pela promessa de linguagem vulgar e referências sexuais, senti-me pegando no sono e, logo antes de isso acontecer, alguém mudando de posição para minha cabeça pesada poder descansar em seu ombro.

A televisão estava desligada e as janelas, escuras quando acordei. Só sobrava Patrick ainda na sala. Estava deitada de lado, abraçada em uma almofada. Minha cabeça estava no colo dele. Assim que me mexi, ele se levantou voando até as estantes de livros do outro lado da sala, como se estivesse esperando por sua oportunidade de recuperar a *Enciclopédia de inglês médio* das prateleiras de meu pai, o que ele fez, depois abriu a esmo e começou a ler em pé. Perguntei que horas eram e onde estavam meus primos. Era meia-noite, Nicholas tinha ido dormir e, ele disse, Oliver fora embora há um tempo.

— Por que você não foi com ele?
Patrick hesitou.
— Não queria te acordar.
— Não teria problema.
— Sim, claro. Eu só achei... não, deixa pra lá. — Ele colocou o livro debaixo do braço e começou a estapear os bolsos. — Desculpa, eu devia ter...
— Você perdeu o último metrô. Como vai voltar para casa?
— Vou andando.
— De Shepherd's Bush até Bethnal Green.
Ele falou que não ia demorar tanto assim e estava bem a fim — estava mesmo planejando caminhar. Olhei para os pés dele, sem meias e com tênis de lona que, por algum motivo, não tinham cadarços.
— É sua primeira vez mentindo, Patrick? Você não é muito bom nisso. Sério, por que não foi com Oliver?

Patrick pigarreou.

— Só achei que provavelmente não tinha sido o melhor dia e, talvez, você quisesse companhia quando acordasse. Mas você está superbem, então, ótimo. Já estou indo.

Perguntei se ele estava planejando pegar emprestado o livro que tinha embaixo do braço.

Ele soltou uma risada e disse que tinha esquecido que estava ali, extraindo-o e, por um momento, fingindo ler a quarta capa.

— Talvez eu o deixe aqui. Talvez o coloque de volta.

Falei que ia abrir a porta para ele, porque só quem havia morado a vida toda na Goldhawk Road ia saber a sequência exata de fechaduras, e deixei que ele guardasse o livro.

A lâmpada no lustre do corredor estava queimada havia algum tempo. Tentando contornar a bicicleta do meu pai apoiada na parede, meu quadril bateu no guidão e eu a desequilibrei. Dei um passo para trás para deixar que ela caísse. Não sabia que Patrick já estava atrás de mim e topei nele. Ele colocou as mãos na minha cintura e, como não as tirou mesmo depois de eu ter me endireitado, falei:

— Você me ama, Patrick?

Imediatamente, ele me soltou e deu um passo para trás. No escuro, eu não conseguia ver o rosto dele.

Ele disse que não.

— Ou você diz como amiga?

Segui em frente e acendi a luz lá de fora. Ela brilhou fraca pelo vidro acima da porta. Falei que não como amiga.

— Então, não. — Ele disse não desse jeito e passou por mim, depois por cima da bicicleta, e começou a abrir as fechaduras em qualquer ordem.

— Oliver me disse que você é apaixonado por mim desde que éramos adolescentes.

De costas para mim, Patrick falou:

— Disse, é?

— Na noite em que Jonathan me pediu em casamento.

— Ah, certo, bom, não sei por que ele fez isso.

DEVE TER ALGO *errado* **COMIGO**

Estiquei a mão por cima dele para alcançar uma fechadura alta que ele não tinha visto, roçando em seu braço. Patrick se apertou contra a parede e saiu assim que a porta estava aberta o bastante para ele conseguir passar.

— Patrick.

Ele estava descendo dois degraus de cada vez e só se virou ao chegar na calçada. Fui atrás dele, depois parei na metade do caminho.

— É verdade?

Ele disse que não, definitivamente, não.

— Não sei mesmo o que Oliver estava pensando. — E completou: — Desculpa, preciso ir. — E já estava se afastando.

A campainha tocou enquanto eu ainda estava no corredor, endireitando a bicicleta do meu pai.

— Oi.

— Oi.

— Desculpa...

— Pelo quê?

No último degrau, mãos no bolso, Patrick disse:

— Só achei que devia dizer que não fui cem por cento honesto com você agora.

Falei tá bom.

Ele pausou, evidentemente sem ter certeza se devia elaborar ou se, tendo confessado, tinha direito de ir embora. Um segundo depois, afundando as mãos no bolso, disse:

— Não, é que em algum ponto...

Cocei meu braço, esperando. Achei que quisesse saber, no corredor parecia que eu precisava saber se Patrick me amava. Já não precisava mais. Fiquei com vergonha e queria que ele fosse embora porque estava convencida — irracionalmente, mas, ainda assim, convencida — de que era óbvio para ele que o segundo em que as mãos dele vieram na minha cintura e o meio segundo que permaneceram ali tinham sido suficientes para me fazer acreditar que ele me amava,

sim, como disse Oliver. E que eu queria que ele me dissesse porque —
agora, na cabeça de Patrick — eu estava apaixonada por ele.

— … em algum ponto — ele mudou o peso para a outra
perna —, pensei que estava… você sabe.

— Quando?

— Um ano, depois de te ver na casa dos seus tios no Natal.

— Ele disse que eu provavelmente não lembrava. — A gente era
adolescente. Você estava doente e eu precisei entrar para…

— Você me contou da sua mãe.

Patrick pareceu excessivamente surpreso, como se achasse que
nenhuma de nossas conversas jamais me seria memorável.

— O que te fez pensar que estava apaixonado por mim?

— Acho que só porque você me perguntou dela. Ninguém
mais tinha feito isso, e na verdade ninguém fez depois, sem contar
Rowland, querendo saber como ela morreu da primeira vez que
estive lá.

Tremi e cruzei os braços, embora o ar vindo de fora não
estivesse frio.

— Nós somos horríveis, Patrick.

Ele disse:

— Não foram. Não são. Enfim, o ponto é que eu pensei, sim,
que estava apaixonado por você naquela época e aparentemente
contei para Oliver, o que é uma pena. — Patrick coçou a nuca
muito rapidamente. — Mas, obviamente, eu não estava e acabei
entendendo isso. Então, por favor, não se preocupe, eu nunca te
amei. — Ele se ouviu e disse: — Desculpa, isso parece…

— Está tudo bem. — Falei a ele que não devia nem ter perguntado. — Pode ir.

— Mas você está bem?

Falei que sim, com dureza.

— Estou bem, Patrick. Só foi um dia cheio de homens que já me
amaram e depois pararam ou achavam que estavam apaixonados por
mim e depois perceberam que estavam só com fome ou coisa do tipo.

Entrei de volta em casa, dizendo a Patrick que a gente se via
depois.

✕

Em vez de dormir, fiquei deitada acordada até de manhã, minha cabeça indo da lembrança de Jonathan atrás de sua mesa, seu sorrisinho quando disse que eu não devia ser mãe, a Patrick na calçada e voltando à porta. Jonathan era cruel, mas, pelo menos, tinha partido meu coração de forma rápida e suja. Ao explicar que nunca tinha me amado — não de verdade, só num momento de confusão juvenil —, Patrick tinha ficado tão preocupado de não me machucar que era como arrancar o curativo de uma ferida puxando-o pela ponta devagar demais, com um cuidado tão excessivo que, depois que a pele úmida está meio exposta, você mesma tem vontade de arrancar de uma vez.

Foi durante essas horas, quando tinha ficado pensando nos dois, que Jonathan e Patrick se tornaram conectados em minha mente. E foi porque os dois me haviam rejeitado, no mesmo dia, que mais tarde, sempre que eu pensava em Jonathan e no meu casamento fracassado, pensava também em Patrick. Foi isso que decidi nos dias seguintes e foi nisso que acreditei por um tempo.

NICHOLAS ENTROU NA COZINHA na manhã seguinte enquanto eu e meu pai estávamos sentados na mesa lendo jornais. Ele queria saber se havia caixas que pudesse usar, porque tinha decidido se mudar para a casa de Oliver. Queria ficar mais perto do centro. Queria tentar conseguir um emprego de verdade. Disse que o irmão ia vir buscá-lo naquela tarde.

Meu pai se levantou e disse que ia ver o que conseguia arranjar. Nicholas fez torrada e levou à mesa, sentando-se numa cadeira do outro lado. Ele começou a falar sobre seus planos. Apoiei o cotovelo na mesa e comecei a ler com a mão na testa, segurando o peso de minha cabeça e protegendo o rosto ao mesmo tempo.

Não reagi a nada do que ele disse. Eu me sentia como uma criancinha na escola tentando esconder que está chorando na carteira porque a prova à sua frente é difícil demais. Estava tentando não chorar, porque a perspectiva à minha frente, de Nicholas ir embora e de repente ficarmos só eu e meus pais na casa, era dura demais. Enquanto ele continuava, tentei me concentrar apenas no fato de que ele ir embora significaria que Patrick pararia de vir nos visitar.

Depois de alguns minutos, ele desistiu e puxou o jornal do meu pai para si, virando cada página sem parar para ler nada. Sentei--me imóvel com o meu, lendo tudo na página aberta à minha frente até não sobrar nada exceto a Circular da Corte. No dia anterior, a princesa Anne havia inaugurado um centro de serviço ao consumidor no Conselho Distrital de Selby e, depois, ido a uma recepção. Senti pena dela e ainda mais de mim, especialmente quando Nicholas se levantou, colocou o prato na pia e disse que provavelmente devia começar.

Por fim, saí de casa e fui caminhar. Enquanto tentava achar a saída do Holland Park, meu telefone tocou. Era Peregrine. Meu cartão de desculpas e a resposta dele haviam sido nossos únicos contatos. Eu não era corajosa o bastante para chamá-lo para almoçar, apesar de sentir mais saudade dele do que parecia razoável.

Naquele momento, disse, ele estava num carro indo mais ou menos para oeste e queria saber onde exatamente eu estava. Ele tinha acabado de descobrir — não importa por quem, falou — que meu casamento havia dado errado e, embora não precisasse perguntar de quem era a culpa, estava desesperado por eu não ter ligado para ele quando aconteceu.

Falei que estava no Holland Park, e Peregrine disse que era muito conveniente. Ele ia desviar o motorista.

— Pode se apressar e me encontrar no Orangery em quinze minutos.

Falei que estava de jeans. Ele desaprovava o tecido em qualquer encarnação, em qualquer ocasião, e torci para isso me safar de ter que ir. Eu queria vê-lo, mas não daquele jeito.

Escutei-o dar algumas instruções ao motorista e, então, ao voltar, Peregrine falou que ia fazer vistas grossas, porque o discernimento em relação ao vestuário era sempre a primeira coisa que se esvaía depois de uma decepção amorosa.

Em vez de oi, Peregrine disse:
— Nunca entendi por que as pessoas pensam em champanhe como uma bebida festiva, em vez de medicinal.

Uma garçonete o estava servindo, claramente, para ele, da forma errada, e, quando foi encher a outra taça, ele a agradeceu e disse que podíamos assumir dali em diante. Sentei-me, e ele colocou uma taça em minha mão.

— Certamente, o único momento em que alguém precisa que o sangue borbulhe é quando a vida está completamente sem gás.

Ele observou enquanto eu dava um gole, depois disse que, embora lhe doesse dizer isso, eu parecia terminalmente doente.

— Enfim… — Ele se recostou e uniu a ponta dos dedos das duas mãos. — O que vamos fazer agora? Você tem um plano?

Comecei a contar-lhe que estava morando com meus pais e trabalhando num supermercado de produtos orgânicos, mas ele balançou a cabeça.

— Isso é só o que você está fazendo. Não é um plano, e eu diria que é muito improvável que você pense em um enquanto definha na sombria zona W8 da cidade.

Toquei a lateral da minha taça. Um fio de condensação desceu pela haste. Eu não sabia o que dizer.

Peregrine colocou a palma das mãos na mesa. Falou Paris, Martha.

— Por favor, vá para Paris.

— Por quê?

— Porque, quando o sofrimento é inevitável, a única coisa que podemos escolher é o cenário. Morrer de chorar à beira do Sena é diferente de morrer de chorar vagando por Hammersmith.

Dei risada, e Peregrine pareceu infeliz.

— Não estou sendo excêntrico, Martha. Na ausência de outra, a beleza é uma razão para viver.

Falei a ele que era uma ideia maravilhosa, mas que achava que não tinha nem a energia, nem o dinheiro para sair do país.

Ele respondeu que, para começo de conversa, Paris mal é outro país.

— E, em segundo lugar, eu tenho um pequeno *pied-à-terre*, comprado há muitos anos para as meninas. Tinha imaginado as duas andando por Montparnasse igual a Zelda Fitzgerald ou, no mínimo, gastando o tempo num quarto escuro como a Jean Rhys, mas as Belas e Malditas preferiram os subúrbios de Woking e, portanto, está lá parado, mobiliado e vago.

Ele me disse que, embora não estivesse em mau estado, a decoração só podia ser descrita como fortalecedora de caráter.

— Apesar disso, é seu, Martha. Um lar, pelo tempo que for necessário.

Falei que era muito gentil da parte dele e que absolutamente pensaria no caso.

— É precisamente o que você não deve fazer. — Peregrine olhou o horário. — Preciso voltar à fábrica, mas vou mandar a chave por mensageiro hoje à tarde. — Estava, disse ele, decidido. Quando nos separamos numa esquina do parque, Peregrine me deu um beijo em cada bochecha e disse: — Os alemães têm uma palavra para decepção amorosa. *Liebeskummer*. Não é horrível?

Em casa, procurei o site do meu banco no Google e segui todo o processo de Esqueceu Sua Senha? até estar diante de quanto dinheiro eu tinha. Assim que ficamos noivos, Jonathan havia começado a fazer transferências semanais para minha conta, que eu só poupava porque cada quantia era tão absurda que eu não conseguia gastar tudo antes da chegada da próxima. De algum jeito, durante sua viagem de trabalho, ele tinha pegado tudo de volta e, quando voltei a Goldhawk Road, meus ativos eram os anéis e um guarda-roupa do qual me desfiz no bazar de caridade. No supermercado de produtos orgânicos, eu ganhava por hora o equivalente a uma vitamina de gérmen de trigo, pequena, sem extras. Mas eu não comprava nada — há meses só sanduíches de presunto e isotônicos para minhas caminhadas com Nicholas.

A chave chegou no meio da tarde. O endereço estava num cartão com monograma e, escrito no topo, "A Bela e Cruelmente Dispensada Esposa Fica Grata sem Homem mas com Incríveis Jeans… etc. etc. e me ligue assim que chegar". Eu tinha dinheiro o bastante, então, fui.

Morei em Paris por quatro anos, trabalhando esse tempo todo em uma livraria de língua inglesa perto da Notre-Dame, vendendo guias *Lonely Planet* e brochuras de Hemingway a turistas que só queriam tirar fotos de si mesmos dentro da loja.

Meu chefe era um americano que vivia em seu sótão convertido em casa. Ele estava tentando se tornar um dramaturgo. No meu primeiro dia, mostrou-me onde ficava tudo, com o tour culminando nas prateleiras perto da porta. Ele disse:

— E todos os autores respeitáveis estão aqui.

Perguntei-lhe onde estavam os autores não respeitáveis, e ele estalou a língua no céu da boca e falou para uma dinamarquesa triste que estava em seu último dia:

— Temos uma engraçadinha aqui.

Transei com ele por três anos e meio e nunca o amei.

Antes de ele colocar uma placa banindo *le camera à l'intérieur* e, posteriormente, *le iPhone* e *encore plus, le bâton de selfie*, fui capturada no fundo de mil fotografias, sentada atrás do balcão lendo os novos lançamentos ou olhando para o trecho do rio visível entre os prédios se os únicos novos lançamentos fossem policiais ou realismo mágico.

Peregrine foi a primeira pessoa a me visitar em Paris e, fora Ingrid, quem me visitava mais, sempre só por um dia, chegando antes do meio-dia e indo embora já tarde. A gente se encontrava em um restaurante, Peregrine preferindo algum que tivesse acabado de perder uma estrela Michelin, porque considerava uma forma fácil de caridade apoiar alguém simplesmente indo almoçar, e porque, segundo ele, em Paris, era a única garantia de um serviço atencioso. Não importava a época do ano, andávamos depois até as Tulherias e, dali, pelo rio até o Marais, evitando o Centre Pompidou porque a arquitetura o deprimia, e continuando até o Museu Picasso, onde ficávamos até Peregrine dizer que era hora de achar algum lugar suspeito para beber Dubonnet antes do jantar.

Eu media meu tempo em Paris pelas visitas de Peregrine. Ele provavelmente sabia, porque nunca ia embora sem me dizer quando planejava voltar. E sempre vinha em setembro, no que chamava de aniversário da minha dispensa — por Jonathan, não da revista.

Eu ficava feliz sempre que estava com ele, mesmo naqueles aniversários, exceto pelo ano em que estava prestes a fazer trinta. Entrando no pátio do museu, Peregrine falou que estava achando meu comportamento o dia todo um pouco desafiador. Portanto, em vez de entrar, íamos refazer todo o caminho de volta e ele descreveria a vida dele precisamente na minha idade; eu ia achar tão deprimente, disse ele, que talvez parasse de me sentir tão desanimada com a minha e de andar com ombros terrivelmente curvados.

De volta à rua, Peregrine espanou as mangas do casaco e disse bom, está bem, e começamos a caminhar.

— Vamos pensar. Minha esposa tinha acabado de me dar um pé na bunda, tendo descoberto que meus gostos iam numa direção diferente e, enquanto Diana garantia que eu ficasse sem nada do nosso dinheiro e nunca mais visse as meninas, me mudei para Londres, para o quarto mais horrendo do Soho, passei a desfrutar de várias substâncias e, como consequência, recebi um tchau, tchau da minha revista na época. Em um dia, fiquei sem dinheiro e fui forçado a voltar à casa da minha família em Gloucestershire, onde fui bastante mal recebido, tanto pessoalmente quanto como um dos meus, e a isso seguiu-se o colapso nervoso. Que tal?

Falei a ele que era bem deprimente e que sentia muito por ele ter passado por isso e por eu nunca ter perguntado sobre qualquer vida que ele tivesse vivido antes da atual.

Ele falou sim.

— O benefício do exílio, porém, é que somos forçados a nos emendar, porque era simplesmente impossível conseguir hipnóticos em Tewkesbury nos anos 1970.

Respondi:

— Tipo molho pesto. — E joguei os ombros para trás. Peregrine segurou meu braço e seguimos andando.

Em geral, nos despedíamos em frente à Gare du Nord, mas eu não queria que ele fosse embora e perguntei se podia entrar e esperar o trem com ele. Ficamos de pé no balcão de um café, e contei que, embora tivesse vergonha disso, às vezes sentia falta de Jonathan. Não tinha contado aquilo a mais ninguém.

Ele garantiu que não havia por que ter vergonha alguma.

— Ainda hoje me pego lembrando os anos em que fui casado com Diana com imensa nostalgia. — Ele bebericou o café, colocou-o no balcão e disse: — Segundo a definição grega original, é claro, que não tem nenhuma relação com a forma como membros do público a usam para descrever como se sentem ao relembrar sua época de escola.

Peregrine olhou o relógio, tirou dinheiro do bolso da camisa e colocou no balcão.

— *Nostos*, Martha, voltar para casa. *Algos*, dor. Nostalgia é o sofrimento causado por nosso anseio não realizado de voltar. — Independentemente, disse ele, de essa casa pela qual ansiamos já haver existido ou não. No portão de embarque de sua plataforma, Peregrine me deu um beijo em cada bochecha e disse: — Novembro.

E soube que seria no meu aniversário.

No meio-tempo: eu amava Paris, a vista da janela do *pied-à-terre*, de telhados de zinco e chaminés terracota e fios elétricos emaranhados. Amava morar sozinha depois dos meses na Goldhawk Road. Falava com meu pai nos fins de semana e com Ingrid todas as manhãs enquanto caminhava até uma padaria na esquina para tomar o café da manhã. Comecei a escrever outro romance.

E eu odiava Paris, o chão de linóleo vermelho do *pied-à-terre* e o banheiro compartilhado no fim de um corredor escuro. Estava me sentindo muito solitária sem meu pai, sem o barulho de Nicholas e Oliver e Patrick para ouvir enquanto eu tentava dormir, sem Ingrid. Não estava lá há muito tempo quando ela ligou e me contou que Patrick tinha começado a sair com Jessamine, o que ela achava hilário e eu não, por motivos que não conseguia explicar. Mas, depois disso, o romance ficava constantemente voltando a se situar em Goldhawk Road e o protagonista, que eu tinha criado como homem para que não fosse eu, ficava em vez disso se tornando Patrick. E, aí, havia uma garota. Tudo que acontecia com ela acontecia de forma inesperada e, não importava o que eu fizesse, ela nunca parecia estar em nenhum outro lugar que não a escada.

Quando contei a Peregrine que estava escrevendo um livro que ficava constantemente virando uma história de amor que se passava numa casa feia, ele disse:

— Primeiros romances são autobiografias e servem para satisfazer desejos. Evidentemente, é preciso jogar pelo ralo todas as decepções e desejos não realizados antes de poder escrever qualquer coisa que valha a pena.

Joguei as páginas fora ao chegar em casa. Mas tentei de outras formas e continuei tentando, pelo desejo de Peregrine de que suas filhas fossem Zelda Fitzgerald, o tempo todo. Eu caminhava pelo rio e gastava dinheiro, e ia a mercados e comia queijo direto da embalagem com os dedos enquanto vagava. Pintei as paredes do *pied-à-terre* e cobri o piso. Ia sozinha ao cinema e comprava ingressos para o ensaio geral de balés. Aprendi sozinha a fumar e gostar de comer lesmas, e saía com qualquer homem que me convidasse.

Mas procurei a página da Wikipédia sobre a outra escritora que ele havia mencionado naquele dia no Orangery — na época, nunca tinha ouvido falar dela — e li o livro dela que se passa em

Paris. Com muita frequência, eu era como a protagonista, uma mulher que fica deitada num estúdio escuro pensando sobre seu divórcio por 192 páginas. A Wikipédia dizia que "a crítica o achou bem escrito, mas, no fim das contas, deprimente demais".

E — assim e assim — aprendi o francês médico, por imersão. *Je suis très misérable. Un antidépresseur s'il vous plaît. Ma prescription* venceu *et c'est le week-end. Le docteur*: com que frequência você se sente triste, *sans a bonne raison? Toujours, parfois, rarement, jamais? Parfois, parfois.* Conforme o tempo passava, *toujours*.

Fui para casa uma vez, mais ou menos um mês antes de voltar a Londres de vez. Era janeiro, Paris estava úmida e escura quando voltei, a livraria deserta como sempre entre o Natal e o Dia de São Valentim. O americano tinha ido para casa de férias e fiquei trabalhando lá sozinha, sentada catatônica atrás do balcão por horas e horas com um livro fechado em meu colo.

O americano voltou, inesperadamente noivo de um rapaz, e me mandou embora porque eu não conseguia pagar por todos os livros que tinha arruinado vincando a lombada e molhando as páginas. Eu não queria mais ficar em Paris. O motivo pelo qual tinha ido a Londres era o velório de Peregrine.

Ele havia caído da escadaria central do Wallace Collection e morrido ao bater a cabeça num pilar de mármore ao pé dela. Uma de suas filhas fez o panegírico e pareceu sincera ao dizer que aconteceu exatamente da forma como ele gostaria. Chorei, percebendo quanto o amava, que ele era meu amigo mais verdadeiro e que a filha dele tinha razão. Se não tivesse sido ele, Peregrine ficaria com uma intensa inveja de qualquer um que morresse de forma dramática, em público, cercado de móveis folheados a ouro.

Em meu último dia em Paris, comi ostras no restaurante caído em desgraça ao qual ele tinha me levado no meu aniversário de trinta anos. Caminhando, depois, das Tulherias até o Museu Picasso, pensei sobre uma vez em que nos despedimos na Gare du Nord.

Era fim de tarde, o céu estava violeta. Peregrine estava vestindo um sobretudo e uma echarpe de seda e, depois de um beijo em cada bochecha, colocou o chapéu e virou-se na direção da estação. A visão dele caminhando na direção da fachada enegrecida, com a multidão de pessoas comuns se abrindo à sua frente, foi tão sublime que o chamei, e ele olhou para trás. Já me arrependendo enquanto falava, observei:

— Você é lindo.

Peregrine tocou a aba de seu chapéu, e a última coisa que ele me disse foi:

— A gente faz o que pode.

No museu, fiquei sentada por muito tempo na frente de um quadro que era seu favorito porque, segundo ele, era atípico e, portanto, as massas não o compreendiam. Antes de ir embora, escrevi no verso de meu ingresso e, quando o guarda não estava olhando, o coloquei atrás do quadro. Espero que ainda esteja ali. Dizia: "Amei a Boa Companhia Desse Excelente Fanfarrão que Ganha em Humor etc. etc.".

As filhas venderam o *pied-à-terre*.

Ingrid me encontrou no aeroporto, disse:

— *Bonjour, Tristesse.* — E me abraçou longamente. — Meu Deus do céu, esperei por isso um tempão. — Ela me soltou. — Hamish está no carro.

A caminho de casa, ela me disse que, agora que tinham escolhido uma data, finalmente, porra, eu tinha dois meses para ganhar, de preferência, seis quilos, mas mesmo três já valeriam.

— E não precisa me comprar uma molheira.

Segundo uma visita subsequente à calculadoradeconcepção. com, Ingrid engravidou pela primeira vez entre a cerimônia de seu casamento em abril e a festa logo após em Belgravia. Winsome reformou todos os banheiros da casa imediatamente depois, apesar de só ter pegado Ingrid e Hamish no pulo em um deles.

Antes disso, enquanto esperava o momento de entrar na igreja, minha irmã virou-se para mim e disse:

— Vou imitar a caminhada da princesa Diana.

— Sério?

— Já cheguei até aqui, Martha.

Ingrid me contou que ele viria e, ainda que toda a congregação tenha se virado quando entramos e minha irmã e eu andássemos até o altar aos olhos de duzentas pessoas, ainda que eu só o tivesse visto no último metro, eu só tinha consciência de mim mesma em relação a Patrick; se estava, naquele momento, sendo observada por ele, caso sim, como ele me percebia. Minha postura e minha expressão, a direção do meu olhar. Era tudo para Patrick.

Porque sim. Com o tempo, tinha passado a pensar cada vez menos em Jonathan, percebendo após dois anos em Paris que só pensava nele quando provocada por algum estímulo externo. E agora, nem quando um homem passava por mim na rua exalando Acqua di Parma.

Mas eu não pensava menos em Patrick. Tinha certeza de que era em associação com Jonathan, no início, e apenas para repassar, comparar e contrastar seus métodos diferentes de rejeição. Aí, ele namorou Jessamine, e invadiu meu romance, e não era mais só naqueles momentos. Considerado por si só, desconectado do de Jonathan, o crime de Patrick já não parecia sê-lo e, quando eu o relembrava, só conseguia ver sua bondade. E eu ficava tanto tempo sozinha que havia conforto em lembrar de Patrick como bom, em imaginar sua mesmice, imaginar que ele estava comigo enquanto eu caminhava por uma rua deserta ou passava as horas numa loja sem clientes. Conforto e companhia, o alívio do tédio, sempre que eu queria estar em casa — eu pensava nele cada vez mais e não conseguia sustentar a crença de que ainda era em associação com Jonathan, percebendo, após aqueles dois anos, que era no lugar dele, na verdade.

Patrick estava de pé no meio da fileira de familiares, ao lado de Jessamine, visível quando um casal se debruçou para falar com pessoas do lado de cada um. Ele estava usando um terno escuro. Era a única diferença que eu conseguia identificar das várias imagens de Patrick que eu tinha em mente, que o mostravam sempre de jeans e camisa, mal passada e parcialmente para fora da calça. O rosto dele era o mesmo; seu cabelo ainda estava preto e precisando de um corte. Nesses sentidos, ele não havia mudado. Mas tinha um ar diferente, discernível mesmo à distância.

Quando o primeiro hino começou, ele passou um folheto da missa para Oliver, que estava do outro lado de Jessamine. A transação exigiu que Patrick esticasse o braço por trás dela e, ao retraí-lo, colocou a mão na lombar dela. Falou algo que ela inclinou a cabeça para escutar e pareceu achar muito engraçado. Aí, colocou a mesma mão no bolso da camisa e tirou um óculos, abrindo-o com um sacolejo inconsciente, antes de casualmente pegar seu próprio folheto. Patrick não fazia nada casualmente. Nenhum movimento dele jamais parecia inato. Até onde eu o conhecia, estar fisicamente próximo de uma mulher o deixava tão nervoso que ele às vezes parecia doente. Quando o hino estava terminando, fui dispensada do altar e precisei passar por ele a caminho de onde eu devia ficar. Ele me cumprimentou sorrindo e ajustando o punho da camisa ao mesmo tempo. Não tenho certeza sobre se sorri de volta ou não enquanto seguia até meu lugar, tentando achar uma descrição para a aparência dele, ficando insegura quando ela me veio à mente como se a tivesse dito em voz alta para toda a congregação. Patrick parecia intensamente másculo.

E a forma como me senti vendo-o pela primeira vez em quatro anos era a forma como me sentia toda vez que o via em público durante todos os anos que passamos juntos. Se eu chegava em algum lugar e o via já me esperando ou caminhando na minha direção, se ele estava falando com alguém do outro lado de um salão — não era excitação, uma onda de afeto ou prazer. Lá, na igreja, eu não sabia o que era e passei a missa toda tentando encontrar um diagnóstico. No fim da missa, Patrick sorriu mais uma vez para mim quando fui para o fundo do altar, e senti aquilo de novo, tão no âmago que foi difícil continuar andando, seguindo Ingrid e Hamish para fora, deixando Patrick cada vez mais longe de mim.

Na festa, Jessamine contou para mim, Nicholas e Oliver uma história sobre a primeira vez que foi ao centro da cidade à noite, quando adolescente. Winsome devia pegá-la às nove, mas não apareceu. Às nove e meia, todos os amigos de Jessamine tinham ido para casa, e ela estava sozinha no meio de uma multidão na Leicester Square, com vergonha, depois com raiva, depois com medo, porque o único motivo que faria Winsome se atrasar era ela ter morrido.

Oliver falou:

— É, e mesmo assim ela chegaria no horário.

Jessamine disse exatamente.

— Mas, aí, tipo às dez, eu a vi abrindo caminho por um grupo de pessoas bêbadas, e honestamente achei que ia vomitar e chorar de tão aliviada. Tipo, um segundo você pode estar sozinha e apavorada no meio de uma multidão de idiotas assustadores e no próximo você sabe que está completamente a salvo.

Oliver perguntou onde a mãe deles estivera.

Jessamine disse que não sabia.

— Esse não é o ponto central da história.

— Qual era o ponto central? Foi longa pra caramba.

— Oliver, cala a boca. Sei lá. — Ela jogou o cabelo para trás. — Só aquela sensação de tipo, graças a Deus quando você vê aquela pessoa. Martha, sabe o que eu quero dizer?

Respondi que sim. Graças a Deus era como me senti ao ver Patrick naquele dia. Não uma excitação, nem afeto, nem prazer. Um alívio visceral.

Depois, quando Ingrid e Hamish tinham partido, os convidados ido embora, os prestadores de serviço silenciosamente finalizando, Winsome e Rowland foram dormir, e ficamos só meus primos, eu e Patrick sentados no jardim, no escuro, numa mesa que tinha sido deixada com garrafas e taças vazias. Fora Patrick, estávamos todos meio bêbados, com nossas roupas de casamento e casacos achados lá dentro.

Acendendo um cigarro, Oliver perguntou a Patrick por que, em todos os Natais a que ele viera quando adolescente, nunca tinha ingerido a bebida alcoólica que roubávamos do bar de Rowland nem subido no telhado para experimentar os baseados de Nicholas e por que, quando nos mandavam sair da casa durante o Discurso da Rainha, ele continuava contornando os jardins enquanto a gente sentava num banco do parque por uma hora antes de voltar para casa. Por que ele achava que tinha que ser tão bonzinho quando nós éramos um bando de merdas.

Patrick respondeu:

— Vocês não estavam tentando ser convidados novamente.

Três de nós dissemos ao mesmo tempo, em voz muito baixa:

— Puxa.

Como ainda estava escuro quando eu quis ir embora de manhã cedo, Patrick falou que me levaria de carro e, nos minutos que levou para entrar e pegar seu casaco, fiquei sozinha no carro dele. Se eu pudesse, naquele exato momento, ter ligado para minha irmã, teria perguntado se ela queria uma descrição do interior, porque ela teria dito sim e "estou morrendo" quando eu contasse sobre os pacotinhos de lenços e moedas de uma libra que Patrick tinha num compartimento do painel, o tubo de bala de goma que tinha aberto sem rasgar a embalagem e fechado cuidadosamente depois de comer uma.

— Martha, sério. Quem come só uma?

— E — eu teria dito — em vez das camadas de porcaria no chão que se esperariam de um homem solteiro de vinte e sete anos, não tem nada aqui embaixo exceto marcas de aspirador no carpete.

Tirei meu telefone e comecei a digitar uma mensagem, mas não a mandei porque ela estava em algum lugar com Hamish e eu não queria que ela soubesse que eu estava sentada num carro às quatro da manhã, sozinha e cansada e tentando afastar minha tristeza crescente por pensar que ela tinha escolhido Hamish em vez de mim, enquanto xeretava o porta-luvas de Patrick.

Ele abriu a porta e entrou enquanto eu olhava seu crachá do hospital.

— Posso só dizer que eu estava acordado há vinte e seis horas quando essa foto foi tirada? É por isso que estou com essa cara. Desculpa pela demora.

A luz acendeu quando ele ligou o carro, e Patrick baixou os olhos para o câmbio. Meu olhar seguiu o dele e, no segundo antes de ficar escuro de novo, notei sua mão e seu pulso, e a forma como os tendões dele se moviam quando ele o segurou e, quando o soltou e passou para o volante, o músculo de seu antebraço por baixo da manga arregaçada. Quando ele notou e foi dizer algo, estiquei a mão e apertei todos os botões do rádio até começar uma música. Era uma canção country, já quase no fim.

Falei:

— Meu Deus, Patrick. Que estação é essa?

Ele respondeu, olhando diretamente para a frente:

— É um CD. — E tentou desligar, porque eu estava rindo.

— Não, não desliga. É maravilhoso.

Depois que terminou, falei a ele que íamos precisar colocá-la de novo, porque tínhamos perdido o apogeu emocional. Patrick disse tudo bem e voltou a música.

Eu amei e não deixei o fato de nunca tê-la escutado antes me impedir de cantar. Patrick alegou não estar gostando de minha letra improvisada, mas não parava de rir. A música terminou, e tentei colocá-la de novo, mas não conseguia achar o botão. Fiquei surpresa por Patrick ter pegado minha mão e a transferido de volta ao meu colo. Perguntei se podia pegar uma bala de goma, já pegando o pacote e o rasgando, com a sensação do contato ainda em minha pele.

Ele não quis uma e, com a boca cheia, falei:

— Você gosta exclusivamente de country ou curte outros tipos de música também?

— Eu não gosto de country. Só gosto dessa música.

— Por quê?

Ele me disse que apreciava a mudança de tom. Mais tarde, descobri que era porque uma vez, num aeroporto, quando ele era jovem, ela começou a tocar nos alto-falantes e, ao ouvi-la, o pai dele disse casualmente:

— Essa era a música favorita da sua mãe.

De sua parte, ele falou que não entendia como uma mulher tão inteligente suportava o sentimentalismo enjoativo e a melodia carregada. Em algum ponto, antes que terminasse, ocorreu a Patrick que estava escutando palavras que sua mãe sabia de cor. Ele já tinha perdido a lembrança da voz dela, mas, a partir dali, sempre que ouvia a música, Patrick sentia como se conseguisse ouvi-la. Era por isso que ainda a colocava para tocar sempre que estava sozinho no carro.

De repente, fiquei cansada e com fome, e pedi para Patrick me contar o que ele tinha feito nos últimos quatro anos, dizendo que estaria escutando, embora fosse ficar de olhos fechados. Ele me contou que estava estudando para sua especialização, que planejava fazer obstetrícia, mas tinha mudado para medicina intensiva na última hora e estava se candidatando a uma vaga no exterior, em algum lugar da África, porque isso dava pontos extras ou algo do tipo.

Sem abrir os olhos, perguntei:

— Você ainda está com Jessamine? — Mas sabia que ele não estava. Ingrid tinha ligado para me contar que haviam terminado semanas depois de ter ligado para me contar que estavam juntos.

Ele falou:

— Quê? Não. Aquilo durou pouco. E foi lamentável. Nada a ver com Jessamine. É só que somos pessoas bem diferentes.

— O que aconteceu? — Abri os olhos.

— Quando comecei a pensar sobre a coisa da África e lhe contei, ela disse que, apesar de me adorar, a *vibe* de Médicos sem Fronteiras não funcionava para ela. Falou que eu devia virar dermatologista.

— Famoso?

— Idealmente. Acho que, desde então, ela só sai com caras que trabalham no mercado financeiro.

Eu disse:

— Três a cada cinco se chamam Rory.

— Então, você já sabia que a gente…

— Foi há quatro anos, Patrick, é lógico que eu sabia.

DEVE TER ALGO *errado* **COMIGO**

Num filme, se alguém que está feliz tosse, da próxima vez que você vir essa pessoa, ela estará morrendo de câncer.

Na vida real, se alguém percebe, quando o carro para em frente à sua casa, que não está inclinada a sair e sabe que não é só a ideia de entrar e passar pela porta fechada do quarto de seus pais a caminho de seu quarto que a impede de soltar o cinto de segurança; se sabe que é porque não quer se despedir da pessoa que a levou para casa e preferiria ficar lá sentada e continuar a ouvi-lo falar, embora o que ele esteja falando seja, na maior parte, bem tedioso, ligado ao trabalho dele; se parece que ele também não quer que ela saia, pelo jeito que fica olhando para a mão dela para ver se ela já a moveu para o botão do cinto, da próxima vez que você os vir, eles estarão caminhando até um café terrível, mas aberto logo no fim da rua para o qual ela aponta e diz:

— A gente pode tomar café, se você quiser. Se bem — continua ela, para que seja mais fácil para ele rejeitá-la — que nós dois vamos ficar cheirando a gordura.

Mas ele diz:

— Não tem problema. Boa ideia. — E solta seu próprio cinto, tentando sair enquanto ele ainda não está completamente solto, porque quer abrir a porta para ela, que, no início, não entende o que está acontecendo, por que ele de repente apareceu ao lado do carro quando a maçaneta interna não parece estar quebrada, porque ninguém jamais abriu a porta para ela antes. Ele vai dizer, quando ela sair do carro: — Quer se trocar primeiro? — E ela vai baixar os olhos para a jaqueta que seu tio usa para levar o cachorro para passear por cima do vestido de madrinha de casamento, mas dizer:

— Não, tudo bem. — Porque ela não quer deixá-lo ali parado naquela parte da calçada. Tem medo de ele ter ido embora quando ela voltar porque foi ali que ele disse que não a amava e nunca a tinha amado, e não há como ele não ter instantaneamente percebido isso também. E, se ele for obrigado a ficar lá parado sozinho pelo tempo que ela levar para se trocar, talvez decida que aquilo não é o que ele quer fazer — comer ovos fritos com alguém que lhe faria essa sugestão. E, se ele esperasse por ela, seria só para dizer: "Sabe de uma coisa, na verdade, estou bem cansado. É melhor eu te deixar ir".

Ela não quer que ele a deixe ir. Pessoas a deixando ir já virou um tema. Para variar, ela gostaria de ser retida. É por isso que, quando eles chegam ao café e ele se demora muito, muito lendo o cardápio, ela não fica irritada. No fim, aquilo vai irritá-la tanto que um dia vai dizer:

— Pelo amor de Deus, ele vai querer o filé. — E inclusive agarrar o cardápio da mão dele e entregar para o garçom, que vai parecer estar sentindo vergonha pelos dois porque, como ele mencionou quando chegaram, é o aniversário de casamento deles. Mas falta muito tempo para isso. Agora, ela fica feliz com a sua demora para decidir, depois mais feliz quando ele diz:

— Acho que vou querer o omelete.

E a garçonete que estava fungando e passando o peso do corpo de um pé para o outro diz:

— Só para avisar, o omelete demora quinze minutos.

E ele vai dizer:

— É mesmo? Tá bom. — E olhar de volta o cardápio como se provavelmente devesse escolher outra coisa, mas ela lhe diz que não está com pressa, ao que ele responde: — Ah, então tudo bem. — E, para a garçonete: — Nesse caso, vou querer o omelete.

E, embora omeletes sejam nojentos, ela também pede o omelete porque, senão, a comida dela vai chegar bem antes da dele e vai ser estranho, como se a parte de sentar à mesa já não fosse estranha o suficiente, a primeira vez que estão assim juntos, só os dois em lados opostos de uma mesa pequena. É por isso que, assim que se sentaram, ela tinha dito:

DEVE TER ALGO *errado* **COMIGO**　　　　　**125**

— Isso parece um encontro. — E os dois tinham rido, envergonhados, e ficado felizes de a garçonete ter ido até eles perguntar se queriam que limpasse a mesa.

✗

Comi toda a torrada e as beiradas do omelete e bebi café demais antes de Patrick dizer que, provavelmente, precisava ir mesmo. Caminhamos de volta e, chegando à casa, ele parou e colocou as mãos no bolso, como tinha feito da última vez.

— O que foi?

— Nada, é só que, você provavelmente não lembra...

— Eu lembro.

Ele falou ah.

— Então, bom, eu devia ter pedido desculpa.

Falei que a culpa era minha.

— O que você devia ter dito?

— Não sei, mas foi o jeito que eu disse. Eu te chateei e me senti mal. Voltei para te dizer isso, alguns dias depois, mas você já estava em Paris. Então, enfim, se não for tarde demais, desculpa por ter te feito chorar.

Falei:

— Não foi você. Eu achei que fosse, na época, mas foi pelo Jonathan, eu estava me sentindo muito humilhada e foi por isso que fui tão grossa com você. Então, me desculpa também. E desculpa por você estar cheirando a gordura.

Nós dois cheiramos a manga de nossas roupas. Patrick disse uau.

— Enfim... — Ele sacou as chaves. — Você provavelmente precisa ir dormir.

Ele destrancou o carro e me agradeceu pelo café da manhã pelo qual ele mesmo havia pagado. Eram dez da manhã. Falei:

— Boa noite, Patrick. — E o observei entrar no carro e ir embora, parada lá sozinha, com meu vestido de madrinha de casamento e a jaqueta do meu tio.

Patrick me mandou uma mensagem. Ainda era o dia seguinte ao casamento de Ingrid, à tarde.

"Você gosta dos filmes do Woody Allen?"
"Não. Ninguém gosta."
"Quer ver um comigo hoje à noite?"
"Sim."
Ele falou que me pegava lá pelas sete e dez.
"Quer saber qual?"
Respondi:
"São todos iguais. Eu saio lá pelas sete e nove."
Havia um bar no cinema. O filme começou, mas não entramos. À meia-noite, um homem com um esfregão disse desculpa, pessoal.

Eu tinha acabado de começar a trabalhar numa pequena editora especializada em relatos de guerra escritos pelo proprietário. Ele era velho e não acreditava em computadores nem em mulheres indo trabalhar de calça. Havia quatro de nós no escritório, todas mulheres, de idade e aparência similares. A única coisa que ele exigia de nós era levar-lhe uma xícara de chá às onze e meia e fechar a porta ao sair.

A gente se revezava. Certo dia, na minha vez, perguntei se podia lhe mostrar os poemas do meu pai. Falei que ele tinha sido chamado de uma versão masculina da Sylvia Plath. O dono da editora disse:

— Parece doloroso. — E: — Por favor, não a deixe bater. — E fez um gesto na direção da porta.

Veio a primavera, depois o verão, e desistimos de fingir que estávamos trabalhando e começamos a passar os dias no telhado, deitadas sob o sol, lendo revistas, com a saia arregaçada até o topo das coxas e, por fim, sem a saia nem a blusa. O hospital de Patrick era visível dali, a uma distância tão curta que o som da sirene das ambulâncias soava através dos telhados e do chumaço verde que era a Russell Square.

Foi lá que nos encontramos, por acaso da primeira vez, ambos a caminho do metrô. Aí, combinando, às vezes, depois todo dia. Antes do trabalho, quando o parque estava vazio e o ar ainda estava frio, na hora do almoço, quando estava quente, lotado e cheio de lixo, e depois do trabalho, sentados num banco até não haver mais luz do sol nem funcionários de escritório cortando caminho pelo parque a caminho de casa, nem turistas parados no caminho deles e o homem terminar seu trabalho com a vassoura e só sobrarmos nós de novo. Aí, em algum ponto, ele dizia:

— Melhor eu ir com você até o metrô. Está tarde e suponho que você precise chegar amanhã cedíssimo, lá pelas nove e meia.

Às vezes, ele se atrasava e pedia mil desculpas, embora eu nunca me importasse de esperar. Às vezes, ele estava usando o uniforme do hospital e os tênis de médico em treinamento, sobre os quais eu fazia piada para esconder como os achava desesperadamente adoráveis, com suas solas gorduchas e, como eu dizia, partes roxas espalhafatosas.

Uma vez, durante o almoço, Patrick esticou o braço para pegar o sanduíche que eu levara para ele e nós dois vimos que havia algo que parecia sangue no interior do antebraço dele. Ele pediu desculpas, foi se lavar em uma fonte de água potável e pediu desculpas de novo ao se sentar.

Falei que devia ser estranho ter um emprego em que as pessoas ao seu redor estão morrendo.

— E não de tédio, como no meu caso. Qual é a pior parte? As crianças?

Ele respondeu:

— As mães.

128   **MEG MASON**

Peguei meu café, embaraçada, naquele momento, com a intensidade do trabalho dele em comparação com a estupidez do meu. Falei:

— Enfim, quer saber as piores coisas sobre o meu trabalho?

Patrick comentou que já sabia todas.

— A não ser que tenha alguma novidade.

— Então, pergunta alguma coisa.

Ele estava prestes a dar uma mordida, mas colocou seu sanduíche de volta na caixa e a caixa no banco.

— Qual era a pior coisa sobre Jonathan?

Cobri a boca, porque tinha acabado de dar um gole no café e fiquei chocada, depois comecei a rir e não consegui engolir. Patrick me entregou um guardanapo e me esperou responder.

Falei das coisas idiotas primeiro: o cabelo que parecia sempre molhado, a forma como se vestia. O fato de ele nunca esperar que eu saísse do carro para começar a andar, o fato de que ele não tinha certeza do nome da faxineira, embora ela trabalhasse para ele havia sete anos. Contei a ele sobre o quarto no apartamento de Jonathan que não tinha nada exceto um *set* de bateria virado para uma parede de espelhos. E, aí, destampei o meu copo e disse que a pior coisa era eu achá-lo engraçado porque ele fazia tudo parecer uma piada.

— Mas, na hora, ele estava sempre falando sério. Aí, mudava de ideia e defendia o oposto, tipo, o absoluto oposto. Ele disse que eu era linda e inteligente, depois que eu era louca, e eu acreditei em tudo. — Fiquei olhando para o interior do meu copo. Queria ter parado na parte da parede de espelhos.

Patrick esfregou embaixo do queixo.

— Provavelmente, para mim a pior parte era o bronzeado.

Eu ri e olhei para ele sorrindo para mim e, depois, nem tanto quando disse:

— E estar lá quando ele te pediu em casamento. — Uma sensação efervescente subiu pela minha nuca. — Ver você dizer que sim e não poder impedir.

A efervescência se espalhou pelos meus ombros, descendo pelos braços, subindo pelo cabelo. Meu telefone tocou. Não consegui responder nada. Patrick disse para não me preocupar e atender.

DEVE TER ALGO *errado* **COMIGO**

Era Ingrid. Ela disse que estava num banheiro de deficientes em um Starbucks em Hammersmith e que estava grávida. Tinha acabado de fazer um teste. Como estava falando muito alto, Patrick escutou e fez um joinha, depois apontou para o relógio e se levantou, simulando voltar ao trabalho e me mandar mensagem depois. Fiz uma mímica para ele levar nosso lixo para a lixeira, mas falei tchau em voz alta.

Ingrid me perguntou com quem eu estava falando.

— Com o Patrick.

— Como assim? Por que você está com o Patrick?

Respondi:

— Tem alguma coisa estranha acontecendo. Mas você está grávida. Estou tão contente. Você sabe quem é o pai?

Deixei que ela falasse sobre isso pelo máximo de tempo possível, sobre o bebê, enjoos, nomes, depois disse:

— Desculpa, preciso voltar para o escritório. Tenho muito trabalho para inventar.

Ingrid disse tudo bem.

— Não fique presa lá. Trabalhando até as cinco numa sexta.

Estava tão feliz por ela que não sabia como ia sobreviver a isso.

Não queria encontrar ninguém no dia seguinte. Tinha que ir a um negócio com Patrick. Ele já tinha comprado os ingressos. De manhã, ele me mandou mensagem, e eu disse que não podia ir e, como ele disse tudo bem e não fez com que me sentisse culpada, escrevi de volta e disse que na verdade podia ir, sim.

Era uma exposição no Tate, das obras de um fotógrafo que só parecia fotografar a si mesmo em seu próprio banheiro. Patrick ficou desanimado quando entramos na terceira sala. Estávamos os dois olhando uma foto do artista parado em sua banheira, usando só uma segunda pele.

Falei:

— Não entendo muito de arte, mas sei que preferiria estar na lojinha do museu.

Patrick disse que sentia muito.

— Alguém no trabalho contou que era incrível. Achei que parecia seu tipo de programa.

Coloquei minha mão no braço dele e a deixei ali.

— Patrick, meu único tipo de programa é sentar, beber chá ou alguma outra coisa e conversar ou, melhor ainda, não conversar. É a única coisa que sempre quero fazer.

Ele disse ok, ótimo, anotado.

— Acho que tem um café aqui. No último andar.

No elevador, ele disse:

— Você deve estar animada pela Ingrid.

Falei a ele que sim e fiquei contente pelas portas se abrirem. Sentamos em uma mesa ao lado da janela, às vezes olhando o rio e às vezes um ao outro, e bebemos chá ou alguma outra coisa, falando por muito tempo sobre outras coisas que não a gravidez de Ingrid. Patrick, sobre ser filho único e quanto tinha inveja de Oliver por ter um irmão, depois sua lembrança de quando nos conheceu, a Ingrid e a mim, como nosso relacionamento fora, por anos depois disso, inescrutável para ele. Falou que, até então, não sabia que era possível duas pessoas diferentes estarem tão conectadas. Por sermos parecidas e falarmos de forma parecida e, em suas lembranças, nunca estarmos separadas, ele sentia que havia entre nós uma espécie de campo de força impenetrável aos outros. Em algum momento houve blusas de lã iguais, com algo escrito na frente?

Falei que sim — eu ainda tinha a minha, mas só havia sobrado "nivers" e um monte de coisinhas brancas grudadas. Ele disse que se lembrava de mim a usando todas as vezes que tinha ido a Goldhawk Road nos meses em que morei lá.

Ingrid e eu estávamos cientes do campo de força, expliquei, e parecia que ele ainda existia às vezes, mas sabia que não seria igual quando ela fosse mãe e eu, não.

— É por isso que não tenho um monte de amigas mulheres, porque todas elas têm filhos agora e eu... — Só falei bom e mexi no açúcar.

— Mas vai melhorar, né, quando você também tiver.

— Eu não quero ter filhos. — De repente, estava pensando em Jonathan, saindo na frente, e não ouvi a resposta de Patrick na hora; só mais tarde, naquela mesma noite, repassando a conversa deitada sem conseguir dormir. Ele não tinha perguntado por que não. Só tinha dito:

— Interessante. Eu sempre me imaginei tendo filhos. Mas acho que só do mesmo jeito que todo mundo.

Já era sábado à noite quando saímos do museu, e não havia nenhum lugar aonde eu quisesse ir menos do que para casa. Meus pais tinham criado uma espécie de salão de arte e, como minha mãe era responsável pela lista de convidados, a sala ficava repleta de artistas menos importantes que minha mãe e escritores mais bem-sucedidos que meu pai bebendo garrafas de espumante de supermercado e esperando sua vez de falar sobre si mesmos. Como não soube dizer aonde queria ir quando Patrick perguntou, cruzamos o rio e começamos a andar pela margem até o lugar ficar tão lotado que as multidões vindas da outra direção ficavam nos separando.

Vi que Patrick estava irritado pela repetição daquilo — sermos separados, ter de nos encontrarmos de novo um segundo depois. Para mim, eram muitas minúsculas explosões, uma rajada da sensação de Graças a Deus, e por isso quis continuar caminhando. Finalmente, quando um casal que não estava disposto a abrir mão de seu sonho de andar de patins de mãos dadas ao longo do Tâmisa veio na nossa direção, ele agarrou minha mão e me puxou para um lado. Falou:

— Martha, precisamos de um objetivo. Estou preocupado de arriscarmos nossa vida só para acabar num Pizza Express que vai te deixar triste se estiver vazio e ansiosa se estiver cheio. — Eu não sabia como ele sabia isso sobre mim. — Podemos voltar para sua casa? — Ele esclareceu que queria dizer se podia voltar comigo de metrô até Goldhawk Road no papel de protetor e me deixar na porta.

Pensei naquilo e, então, disse:

— Sabe o que é engraçado? Eu te conheço há o quê, cinquenta anos, e nunca entrei na sua casa.

Para me tirar da frente deles, Patrick tinha me puxado de um jeito que deixou minhas costas contra o pedestal de uma estátua, e, quando os patinadores se viraram e voltaram, separados e ambos sem controle, ele foi forçado a se aproximar de modo que ficamos frente a frente e tão perto que, ao expirarmos, nossos corpos mal ficavam separados. Perguntei-me se Patrick também notara, casualmente ou tão fortemente quanto eu antes de ele dizer:

— Por aqui, então. — E me levar na direção do apartamento dele.

Patrick me prometeu que em geral era bem mais arrumado do que isso ao abrir a porta e então deu um passo ao lado para que eu pudesse entrar primeiro. Ficava no terceiro andar de um edifício vitoriano em Clapham, numa quina do prédio, de modo que as janelas altas e amplas da sala davam para um parque. Ele o comprou depois de se formar e morava lá com uma colega chamada Heather, que também era médica. Uma caneca no braço do sofá parecia representar toda a bagunça de que Patrick estava falando. Como havia uma mancha de batom na borda, supus que Heather fosse a desleixada.

Ela chegou em casa enquanto ele estava preparando um sanduíche de bacon para mim, entrou na cozinha e parou atrás dele, pegando um pedaço de gordura queimado da panela que ele estava segurando. Comeu como se fosse um docinho delicioso, depois foi até um armário e pegou algo como se soubesse onde tudo ficava, e fosse mesmo a responsável pela localização de tudo. Senti que nunca tinha odiado tanto outra mulher antes.

Depois que comemos, assisti a ele lavando a louça. Patrick secou as coisas. Falei que, se ele só deixasse no escorredor, a física ou algo assim ia secá-las, para que ele não precisasse fazer isso.

Ele falou que não estava certo de ser a física.

— Não me importo de fazer isso. Tenho uma mentalidade meio perfeccionista. Vou terminar em um minuto. Você sabe jogar gamão?

Falei que não e aceitei aprender. Fomos para a sala e, enquanto estava montando o negócio da maleta, Patrick falou:

— Estava para te dizer, vou para Uganda.

Franzi o cenho e perguntei por quê.

— A trabalho, para uma vaga. Eu te contei que estava me candidatando. Há um tempo, acho.

— Eu lembro. Só não achei que você ainda… — Não tinha certeza do que queria dizer, depois tive e não consegui.

— Ainda o quê?

Eu queria falar: não achei que você ainda quisesse ir, por minha causa. Falei:

— Só não sabia que ainda ia rolar, só isso.

Patrick me perguntou se eu via algum problema naquilo. Estava brincando, mas me senti exposta e disse que não.

— Por que veria? Seria estranho se visse. — Peguei uma das pecinhas e a virei. — Quando você vai?

Ele disse que em três semanas.

— No dia dez. Volto no Natal. Na véspera, acho.

— São cinco meses.

Patrick falou:

— Cinco e meio. — E terminou de montar o tabuleiro. Tentei prestar atenção na explicação dele sobre as regras, mas estava preocupada com a ideia de ele ficar tanto tempo longe e, como ele não parava de me lembrar de quem era a vez, falei:

— Joga para mim, eu assisto.

Há quanto tempo o homem estava lá parado, não sei, mas, quando levantei a cabeça porque ouvi alguém dizer "olá", soou como se não fosse a primeira vez que ele dizia aquilo. Era outubro e estava frio. Eu estava em Hampstead Heath sentada numa área de grama alta e morta entre o caminho de cascalho e um riacho estreito, com os braços ao redor das canelas e a testa nos joelhos. Tinha chorado tanto que a pele das minhas bochechas estava dolorida e esticada como se tivesse sido ensaboada e esfregada demais.

O homem, de jaqueta de oleado e chapéu de tweed, estava sorrindo com cautela. Levava um cachorro na coleira, um labrador grande que estava obedientemente parado ao lado dele, batendo a cauda contra sua perna. Sorri de volta como alguém que tinha acabado de receber um tapinha no ombro numa festa e está se virando feliz para ver quem é e ouvir a coisa maravilhosa que vieram dizer.

Ele disse:

— Não consegui deixar de notá-la aqui. — O tom de sua voz era muito paternal. — Não queria invadir sua privacidade, mas disse a mim mesmo: se ela ainda estiver aqui quando eu voltar... — Ele acenou com a cabeça uma única vez para indicar que, de fato, eu ainda estava lá e me perguntou se estava tudo bem.

Fiquei preocupada e quis me desculpar por tornar-me um acontecimento na tarde dele, por complicar seu passeio e exigir que ele pensasse em mim. O cachorro abaixou o nariz e farejou na minha direção, o mais perto que conseguia com a coleira. Estiquei o braço, e o homem o soltou um pouco, para o animal poder encostar o nariz na minha mão. Ele disse:

— Ah, olha aí, ela gosta de você. Ela é bem velha e não gosta de quase ninguém.

Apertei os olhos para ele. Queria lhe dizer que minha mãe tinha acabado de morrer para justificar por que estava chorando tanto em público. Mas seria um peso além do que aquele homem gentil podia carregar. Comecei a dizer que tinha derrubado meu telefone no riacho, mas não queria que ele me achasse idiota ou se oferecesse para recuperá-lo.

Falei:

— Estou me sentindo sozinha. — Era verdade. Seguida por algumas mentiras para absolvê-lo da preocupação. — Só estou me sentindo hoje. Não em geral. Geralmente, estou completamente bem.

— Bom, dizem que Londres é uma cidade de oito milhões de pessoas solitárias, não é? — O homem puxou gentilmente o cachorro de volta para seu lado. — Mas isso vai passar. Também dizem isso.

Ele acenou um adeus e seguiu pelo caminho.

Quando criança, ao assistir às notícias ou ouvi-las no rádio com meu pai, eu pensava, sempre que diziam "o corpo foi descoberto por um homem que passeava com seu cachorro", que era sempre o mesmo homem. Ainda o imagino calçando o tênis na porta, pegando a guia, o temor familiar ao prendê-la na coleira do cachorro, mas ainda assim partindo, de todo modo, na esperança de que hoje não haverá um corpo. Mas, vinte minutos depois, meu Deus, lá está.

Continuei ao lado do riacho depois que ele se foi, mas mantive a cabeça levantada para não atrair mais pessoas preocupadas. Eu não estava bem desde o momento em que Patrick se fora. Sentada lá, pensei nas outras vezes que tinha me sentido assim — nos meses em que estive com Jonathan, de forma intermitente em Paris, nas últimas semanas —; os pontos mais baixos de minha vida adulta estavam relacionados à ausência dele. Era tão claro. E houvera aquele dia no verão. Eu me levantei e bati a parte de trás do meu jeans. Foi quando comecei a pensar em Patrick como a cura. No fim de nosso casamento, eu o via como a causa.

Fui ao aeroporto encontrar Patrick bem cedo na véspera do Natal. Abraçamo-nos como duas pessoas que não tinham experiência prática com abraços e só haviam aprendido a teoria em um manual mal escrito.

Ele não estava cheiroso. Tinha uma barba muito deprimente. Mas, falei, fora isso, que estava muito feliz em vê-lo. Não falei de maneira indescritível, mais do que eu tinha imaginado.

Patrick disse eu também. E meu nome.

— Eu também, Martha.

Na frente da máquina de tíquete de estacionamento, ele perguntou se eu queria ir para casa com ele. Pareceu como uma pedra caindo — a decepção — quando ele disse:

— Não nesse sentido, óbvio. — E riu. Falei que queria, não nesse sentido também.

O apartamento estava silencioso, com ar de uma longa ausência, e organizado, apesar de Heather supostamente ainda estar morando lá. Patrick abriu janelas e me perguntou o que eu queria fazer. Falei vamos raspar essa barba e me sentei na tampa fechada da privada enquanto ele fazia isso, com imitações cômicas escalonadas — de Charles Darwin a suposto agressor, passando pelo sr. Bennet da adaptação de *Orgulho e preconceito* da BBC.

Depois, saí para ele poder tomar banho e me sentei na sala, lendo um livro que achei embaixo da mesa de centro, tentando não pensar no som da água caindo e no vapor e no cheiro de sabonete que ou estava saindo do banheiro, ou sendo produzido por minha imaginação. Pensei no que ele estava fazendo. Pensei no que ele estava fazendo com exatidão excessiva e saí da casa para comprar café da manhã e comida para estocar na geladeira dele, ficando fora até ter certeza de que ele teria terminado.

Conversamos até ser tarde demais para eu voltar para casa; Patrick me cedeu sua cama e dormiu no sofá.

De manhã, fomos a pé até Belgravia, passando pelo Battersea Park e atravessando a ponte Chelsea. Winsome abriu a porta e pareceu surpresa por ver-nos juntos. Enquanto tirávamos os casacos, ela parecia prestes a dizer algo, não que meu cabelo estava muito bonito, que foi o que acabou falando.

Antes do almoço, fui para a sala de jantar e a achei rearranjando os cartões de lugares porque, disse, tendo agora visto Ingrid, achava que seria melhor ela ficar na ponta para ser mais fácil de entrar e sair. Minha irmã estava grávida de trinta e seis semanas e tinha ganhado um considerável peso em Toblerones.

Agora, continuou Winsome, estava se perguntando se Ingrid talvez também ficasse mais confortável em uma alternativa mais robusta às cadeiras formais da sala de jantar, que, apontou, tinham pernas tão tolamente finas.

Talvez eu pudesse sugerir isso a ela. Minha tia disse, tocando suas pérolas:

— Ela não ficaria ofendida, né?

Ingrid ficou ofendida e se recusou a aceitar a alternativa mais robusta, apesar de ser persuadida a aceitar uma almofada extra. Quando nos sentamos, ela nos disse que ia tentar forçar o tampão mucoso para fora, com o intuito de arruinar o assento estofado da cadeira de pernas finas que obrigara Hamish a lhe dar. Ele estava ao lado de Patrick e o olhou em busca de apoio depois de sugerir à minha irmã que talvez ficar fingindo fazer força não fosse a melhor ideia, por mais que todos obviamente estivéssemos achando muito engraçado.

Ela começou a rir:

— Uma mulher não consegue deslocar o tampão mucoso só fingindo.

Ele olhou de novo para Patrick e perguntou se era verdade. Ingrid respondeu:

— Ele virou médico há dez minutos, Hamish. Duvido que saiba. Sem ofensa, Patrick.

— Na verdade, ele é residente, meu bem.

— Bom, enfim, não sei a diferença, mas tudo bem, vou deixar meu tampão mucoso no lugar.

Jessamine, ao lado dela, disse:

— Não vejo a hora de todos pararmos de repetir "tampão mucoso". — E se levantou.

Um minuto depois, Rowland apareceu e pegou o lugar dela. Tinha acabado de adquirir dois *whippets* irmãos para substituir Wagner, que fora mantido vivo por muito mais tempo do que Deus pretendia com muitas rodadas de quimioterapia, diálise canina e múltiplas cirurgias de ponta a um custo que, segundo seu próprio critério inconsistente, Rowland não considerava obsceno.

Agora, ele esperava que Patrick pudesse aconselhá-lo sobre o problema de urinação nervosa dos animais:

— Em sua qualidade de médico — disse.

Ingrid respondeu que ele na verdade era um residente e se levantou, anunciando à mesa que ia subir para deitar porque estava enjoada. Fui com ela e fiquei até ela pegar no sono. Quando desci, todo mundo havia saído para caminhar. Estava sentada no piano de Winsome tentando tocar alguma coisa quando ela me mandou uma mensagem: "Crlho pfv sobe aqui e liga pro Hamish".

Achei-a no banheiro de Jessamine, ajoelhada em frente à privada e agarrando-a como se estivesse tentando arrancá-la da parede. O chão ao seu redor estava molhado, e ela estava chorando. Ela me viu e disse:

— Por favor, não fica brava. Eu estava brincando. Eu estava brincando.

Ajoelhei-me ao lado dela. Ela soltou a privada e deitou de lado, encolhida com a cabeça no meu colo. Liguei para Hamish.

Ele disse tá bem, tá bem, tá bem, tá bem, tá bem, tá bem até eu lhe dizer que precisava desligar. Estava vindo uma contração. O corpo de minha irmã ficou rígido, como se ela estivesse sendo eletrocutada. Com o maxilar cerrado, falou:

— Martha, faz parar. Não estou pronta. O bebê vai ser pequeno demais. — Assim que a contração passou, ela me pediu para, por favor, buscar no Google como segurar um bebê. — O aniversário dele vai ser uma merda, Martha. — Rindo, ou chorando, ela falou: — Por favor. Ele vai ganhar um presente só.

Não havia nada útil na Wikipédia. Perguntei se ela queria que eu a distraísse lendo em voz alta a coluna de celebridades do *Daily Mail*. Ela deu um tapa no telefone que fez com que ele voasse da minha mão e me disse pra ir morrer num buraco, depois gritou comigo para pegá-lo de volta porque estava vindo outra e era para eu cronometrá-las ou algo do tipo.

Por algum tempo, ficamos assim. Eu disse a ela que ia ficar tudo completamente bem, desesperada para que fosse verdade, desesperada para que nada acontecesse com minha irmã e seu bebê. As contrações ficaram mais próximas, depois grudadas até Ingrid estar exaurida pelos soluços e dizendo que ia morrer. Hamish entrou quando ela estava se colocando de quatro, gritando que havia algo saindo dela.

Não me ocorreu que Patrick estaria junto, mas ele entrou primeiro. Saí do caminho e parei ao lado de Hamish, que tinha ficado logo depois da porta porque, assim que o viu, Ingrid disse que não o queria mais ali.

Patrick disse a ela que precisava checar o que estava acontecendo. Ingrid respondeu:

— Vai se foder, Patrick. Desculpa, mas não vou deixar um amigo da família olhar no meio das minhas pernas.

Provavelmente, disse Hamish, ela precisava sim deixar alguém dar uma olhada rápida, em especial porque ele tinha acabado de perceber que não havia pensado em chamar uma ambulância.

Patrick tinha, mas disse à minha irmã que, se ela estava sentindo algo, a ambulância não ia chegar a tempo.

— Então, ela pode fazer isso — disse Ingrid. — A Martha. Você pode falar pra ela o que fazer.

Olhei para ele com esperança de que balançasse a cabeça, porque estava desesperada para não precisar avaliar um colo do útero, mas sua expressão estava tão autoritária que me vi já indo em sua direção.

Patrick mandou Hamish ir pegar uma tesoura, assegurando a minha irmã que não era, como ela instantaneamente pensou, para poder fazer uma cesárea no chão sem uma porra de anestesia.

Algo estava definitivamente saindo dela. Comecei a descrever o que parecia até ela me dizer, entre respirações, que Patrick não precisava que eu descrevesse com tantos detalhes e me mandou sair da frente.

Foi a única coisa que Ingrid disse antes de fazer força para se sentar e soltar um longo gemido animalesco. Hamish voltou a tempo de vê-la parir um bebê inacreditavelmente pequeno e irado em suas próprias mãos. Ficou pálido e cambaleou até a parede, sem reagir imediatamente ao pedido de Patrick pela tesoura que ele estava segurando. Ele pediu desculpas, dizendo que eram as únicas que havia encontrado.

— Na sala de costura de Winsome.

Ingrid, encolhida, segurando o bebê, disse:

— Meu Deus, não, Hamish. É uma tesoura de picotar. Patrick? Ele disse que ia funcionar.

Ela olhou para mim em súplica. Falei que ia dar um efeito adorável e comecei a me virar, assoberbada pela quantidade de sangue no chão, mas, aí, Patrick esticou o braço, pegou o bebê, cortou o cordão umbilical e devolveu-o aos braços de minha irmã numa série de movimentos tão ágeis e silenciosos que pareceu que eles já tinham ensaiado. Fiquei tão paralisada que foi só o eco da voz de Patrick em minha cabeça, pedindo que buscasse mais toalhas, que me convenceu a sair e pegar o máximo que encontrei.

Ingrid tentou embrulhar o bebê em uma delas e começou a chorar. Ela disse a Patrick:

— Você acha que o estou machucando? Ele é pequeno demais, ainda não devia estar aqui. — Ela continuou, olhando para ele, depois para mim e então para Hamish, como se tivesse cometido um pecado contra cada um de nós individualmente: — Me desculpa, me desculpa. — Senti lágrimas em meus olhos quando ela olhou para baixo e pediu desculpas ao bebê.

Patrick falou:

— Ingrid, ele ia vir de qualquer jeito. Não foi por nada que você tenha feito.

Ela anuiu, mas não quis olhar para ele.

Patrick falou:

— Ingrid?

— Sim. — Ela levantou a cabeça.

— Você acredita em mim?

— Sim.

— Que bom. — Patrick pegou o resto das toalhas que eu estava segurando e colocou ao redor dos ombros dela e por cima de suas pernas. Minha irmã — eu nunca a tinha amado mais intensamente do que naquele momento — secou uma de suas bochechas e tentou sorrir, dizendo:

— Martha, espero que sejam as melhores toalhas de Winsome. — Ela ainda estava chorando, mas agora de uma forma diferente, como se tudo de repente estivesse bem.

Patrick e eu ficamos com ela enquanto Hamish foi receber a ambulância. Falei que não, mas ela me obrigou a segurar o bebê, e me permiti ser obliterada pela intensidade do meu amor por aquela coisinha que não pesava quase nada. Na frente de Patrick, ela disse:

— Tem certeza de que não quer um?

— Eu quero este aqui. Mas ele ficou para você, então, vou precisar ficar sem.

Olhando o bebê em meus braços, Patrick falou:

— Ele é lindo, Ingrid.

✕

    Hamish voltou acompanhado por um homem e uma mulher com uniformes verde-escuros carregando juntos uma maca. Ele descreveu a situação lá embaixo, agora que todos tinham voltado da caminhada, como um caos controlado, mas nada comparado ao estado daqui de cima, que, falou, realmente impressionava novamente quando você saía e voltava.

    Ele se aproximou de nós e tocou gentilmente a testa do filho, aí disse a Ingrid, já na maca:

— Imagino que devamos chamá-lo de Patrick.

    Ingrid virou a cabeça no travesseiro e olhou para Patrick, que estava movendo uma toalha para lá e para cá com o pé, espalhando sangue por todos os azulejos. Aí, para Hamish, ela disse que até faria isso, se fosse mais fã de Patrick como nome, mas que, infelizmente, não era. O pessoal da ambulância começou a levá-la na direção da porta. Quando passou por ele, Ingrid esticou a mão e pegou o antebraço de Patrick. Por um segundo, ficou só segurando, como se procurando as palavras, e aí disse:

— Você está fazendo um trabalho incrível com o chão.

    Então, ele e eu ficamos sozinhos. Sentei-me ao lado da banheira e falei para ele desistir — ainda parecia que tinha acontecido um acidente de maquinário, e Winsome provavelmente ia arrancar os azulejos.

    Patrick veio e se sentou ao meu lado. Perguntei se tinha ficado aterrorizado de fazer o parto de um bebê naquelas circunstâncias.

    Ele disse que não eram as circunstâncias.

— Foi só porque já vi muitos partos, obviamente, mas nunca — falou —, sabe, fiz um.

    Enquanto estávamos conversando, Winsome bateu na porta aberta e, colocando a cabeça para dentro, disse que parecia o campo de batalha de uma guerra civil particularmente sangrenta. Ela nos disse que tinha uma troca de roupa esperando por cada um de nós em banheiros diferentes, além de toalhas etc., depois avisou que precisava ir buscar luvas de borracha e, com um olhar triste para o chão, "um saco de lixo para essas", que até tão recentemente eram suas melhores.

Passei muito tempo no banho e muito tempo vestindo as roupas que achei dobradas numa cadeira do banheiro e muito tempo mandando mensagens para Ingrid, sem esperar resposta, antes de finalmente descer. Todo mundo estava na cozinha. O caos controlado que Hamish havia descrito agora era absoluto. Meu pai e Rowland estavam conversando de lados opostos do cômodo, sobre um assunto que não consegui pescar. Era evidente que meu pai estava chateado e meu tio, irritado. Os cachorros estavam latindo e correndo em círculos ao redor das canelas de Rowland. Winsome estava lavando panelas e Jessamine estava colocando pratos na lava-louças sem estar especialmente próxima da máquina, forçando ambas a levantarem mais as vozes por cima do barulho de porcelana batendo em porcelana. Nicholas e Oliver estavam lá fora, no jardim, fumando. Periodicamente, Jessamine gritava para os dois virem ajudar. A cada vez, ela tentava abrir a janela em cima da pia com as mãos molhadas, e como não conseguia depois batia no vidro com o punho. Minha mãe estava sentada como uma imitação de Liza Minnelli numa cadeira da cozinha, fazendo algum tipo de performance, ainda que ninguém exceto eu estivesse olhando para ela.

Patrick não estava lá. Fui até Winsome, que disse que eu parecia bem renovada, e perguntei se ela sabia onde ele estava. Ela falou que ele tinha ido embora; para onde, não sabia dizer.

Entrei num táxi e fui para o apartamento dele, sem saber se ele estaria lá e sem saber o que diria caso ele estivesse, mas ele era a única pessoa com quem eu queria estar.

Cheguei usando as roupas de Winsome. Patrick abriu a porta, ainda vestido como Rowland. Ele me perguntou se eu queria um chá. Disse que sim e, enquanto esperávamos a água ferver, falei que o amava. Patrick se virou e apoiou-se no balcão, cruzou os braços de modo relaxado e me pediu em casamento.

Respondi que não.

— Não é isso que quero dizer. Estou falando porque não acho que a gente deve passar tanto tempo juntos quanto antes de você ter ido embora. Eu me sentia como sua namorada, e não é justo que eu fique o tempo todo com você, porque, mesmo que eu fosse sua namorada, não poderia dar certo. Embora eu queira — cutuquei o canto da mesa — ficar com você o tempo todo.

Patrick permaneceu exatamente como estava.

— Eu quero que você esteja comigo o tempo todo.

A forma como ele disse aquilo me fez sentir como se meu corpo de repente estivesse preenchido por água quente.

Nesse caso, continuou ele:

— Parece bastante simples.

— Mas não é, porque estou dizendo que não posso me casar com você.

Ele me perguntou por que não. Não pareceu perturbado, colocando o braço para trás e enfiando as costas da camisa dentro da calça.

— Porque você quer ter filhos e eu, não.

— Por que você acha que quero ter filhos? A gente nunca falou sobre isso.

— Você me disse no Tate que sempre se imaginou tendo filhos.

— Não é a mesma coisa que ativamente querê-los.

— Eu acabei de ver você fazer um parto, Patrick. É óbvio. Você quer, e eu ia estar te obrigando a uma escolha de Sofia, porque você pode ou se casar comigo, ou ser pai com outra mulher.

— Continuei, para ele não dizer aquilo que ouvia tanto de pessoas que me conheciam como de pessoas que não me conheciam. — Eu não vou mudar de ideia. Juro, não vou, e não quero ser o motivo de você não poder ser pai.

Patrick disse:

— Está bem, interessante. — E voltou a fazer o chá. Ele trouxe o meu e o colocou à minha frente. Tinha tirado o saquinho porque sabia que, com ele na xícara, eu ia sentir como se estivesse tentando beber água do Ganges sem engolir nenhum lixo semissubmerso.

Eu o agradeci, e ele voltou ao lugar onde estava antes. Apoiado no balcão de novo, de braços cruzados.

— Mas a questão é que eu nunca vou mudar de ideia sobre você. — Ele disse que não tinha lido *A escolha de Sofia*, mas, mesmo assim, entendia a referência. — E esta não é uma decisão impossível, Martha. Não é uma decisão. Querendo filhos ou não, eu quero você mais.

Eu só respondi:

— Então, está bem. — E toquei a borda da minha caneca. Era estranho, ser tão desejada. Falei está bem de novo. — Também tem a questão da minha predisposição.

— Que predisposição?

— À loucura.

Ele disse:

— Martha. — E, pela primeira vez, soou infeliz. Levantei os olhos. — Você não é louca.

— Não atualmente. Mas você já me viu daquele jeito.

Naquele dia no verão: ele foi me buscar na Goldhawk Road na hora do almoço. Eu ainda estava na cama, porque meus sonhos tinham sido grotescos e haviam permanecido como uma presença física no quarto depois que acordei, me deixando com medo demais de levantar. Eu sabia que era o início de algo.

Patrick tinha batido e perguntado se podia entrar. Eu estava chorando e não tinha fôlego para dizer nada.

Ele veio e pôs a mão na minha testa, depois disse que ia me pegar um copo d'água. Quando voltou, perguntou se eu queria assistir a um filme e — eu lembro — se tinha problema se sentasse na cama ao meu lado:

— Com as pernas e tudo, quero dizer.

Fui um pouco para o lado e, enquanto ele estava escolhendo algo no meu laptop, falou:

— Sinto muito por você não estar se sentindo bem.

Eu conhecia Patrick havia tantos anos. Na maioria do tempo — ainda às vezes naquela época —, só minha presença normal já o deixava nervoso. Dessa vez, ele estava muito calmo.

Ele ficou comigo o dia todo e, naquela noite, dormiu no chão. Pela manhã, me sentia normal. Já tinha passado. Fomos a uma piscina. Patrick nadou e eu fiquei observando, segurando um livro, sentindo-me hipnotizada pelo movimento contínuo de seus braços, a forma como ele virava a cabeça, seu progresso incansável pela água. Depois, ele me levou de carro para casa e pedi desculpas por ser estranha. Ele disse:

— Todo mundo tem dias ruins.

Não sei se foi de propósito que ele repetiu naquela ocasião, na cozinha, que todo mundo tem dias ruins.

— E para mim não teria problema se você realmente fosse. A loucura — disse ele — não é um impedimento. Se for você.

Baixei os olhos e cutuquei de novo a beirada da mesa.

— Você pode, por favor, me dar um biscoito?

Ele falou:

— Sim, em um segundo. Você pode olhar para mim, Martha?

Fiz isso. Tivemos de novo a mesma conversa. Eu disse que a gente não devia mais se ver, e ele me pediu em casamento. Desta vez, com as mãos nos bolsos, da mesma forma de sempre, e comecei a rir, porque era só ele. Era só Patrick.

Falei:

— Se você está falando sério, por que não está ajoelhado?

— Porque você ia odiar.

Eu ia odiar mesmo.

— Tá bom.

— Tá bom o quê?

— Tá bom, eu caso com você.

Patrick disse, surpreso e sem se aproximar imediatamente de mim:

— Ah, ok.

Precisei me levantar antes que ele se movesse e, aí, parado na minha frente, perguntou como eu me sentia sobre — ele disse "você sabe", querendo dizer ser beijada.

Respondi que incrivelmente desconfortável.

— Bom. Eu também. Vamos só, ahn...

— Acabar logo com isso. — Eu o beijei. Foi peculiar e extraordinário e durou um bom tempo.

Ao nos separarmos, Patrick disse:

— Eu ia dizer apertar as mãos.

É difícil olhar nos olhos de alguém. Mesmo quando você ama a pessoa, é difícil sustentar a sensação de ser atravessada. De alguma forma, descoberta. Mas, pelo tempo que durou o beijo, não me senti culpada por ter dito sim e estar tão feliz por ter acabado de tirar algo de Patrick para poder ter o que queria.

Ele me perguntou se eu ainda queria um biscoito. Falei que não.

— Então, vem comigo. Tenho uma coisa para você. — Ele disse que estava esperando para me dar aquilo havia muito tempo e, agora que eu o tinha feito o homem mais feliz do mundo dizendo tá bom, ele ia lá buscar.

Deixei que ele me levasse pela mão até o quarto. Eu sabia que ia ser o anel de casamento da mãe dele. Fiquei parada esperando enquanto ele o procurava na gaveta, com uma sensação crescente de que não o queria. Ele falou:

— Talvez não esteja em bom estado. Não o pego há anos. Talvez nem sirva.

DEVE TER ALGO *errado* **COMIGO**

Eu estava apertando as mãos e desperdicei os últimos segundos para lhe dizer para, por favor, mantê-lo ali — algo tão precioso, que pertencia a uma mulher que ele amava e que só podíamos supor que teria me odiado —, silenciosamente friccionando o dorso de minha mão esquerda, como se o anel já estivesse lá e eu pudesse, de alguma forma, esfregá-lo dali.

Ele achou a caixa e tirou o anel. Segurou-o entre dois dedos. Era incrível. Patrick falou:

— Afinal de contas, Martha, apesar do que eu talvez tenha dito em momentos diferentes, sou apaixonado por você há quinze anos. Desde o momento em que você cuspiu isso no meu braço. — Era o elástico do meu aparelho.

Ele pegou minha mão e tentou colocá-lo no meu dedo, por fim, esticando-o para caber. Olhei minha mão e disse que nunca ia tirá-lo, embora já estivesse cortando a circulação. Ele me beijou de novo. Aí, eu disse:

— Então, só pra confirmar. Quando eu te perguntei, daquela vez, se você estava apaixonado por mim…

— Completamente — respondeu ele. — Eu te amava completamente.

Falei para Patrick que não podia dormir com ele naquela noite porque Heather logo ia chegar em casa, e eu precisava que ela não estivesse no quarto ao lado. Ele falou que, de todo modo, não queria, porque estava se guardando para a pessoa certa, e se ofereceu para me levar de volta a Goldhawk Road.

No carro, prendendo o cinto de segurança, Patrick falou:

— Vai ser horrível da primeira vez. Você sabe disso, né?

— Sei.

— Porque eu já levei mais ou menos uma década pensando demais nisso.

Falei que odiava essa expressão, porque as pessoas viviam me acusando de pensar demais.

— Acho que elas estão pensando de menos em tudo. Mas não digo isso, porque seria rude.

Patrick disse sim, tudo bem.

— Isso é o ponto mais importante de estabelecer nesta conversa, não como lidar com nossa vida sexual. — E ligou o carro.

— Também odeio essa expressão.

Ele disse eu também.

— Não sei por que a usei.

Um dia, anos depois, minha mãe me diria que nenhum casamento faz sentido para o mundo exterior porque, afirmaria, um casamento é um mundo próprio. E eu a ignoraria, porque o nosso tinha chegado ao seu fim. Mas foi isso que senti, no minuto antes de dizer adeus em frente à casa dos meus pais, com os braços de Patrick ao meu redor e meu rosto virado para o pescoço dele. Eu não tinha dito que o amava direito, da forma como ele acabara de fazer, mas foi o que eu quis dizer quando falei:

— Obrigada, Patrick. — E entrei em casa.

No dia seguinte, fomos ao hospital ver Ingrid. Meus pais, Winsome e Rowland já estavam lá com Hamish, atulhados num quarto que era pequeno e tinha cadeiras demais.

Quando estávamos nos preparando para sair, Patrick disse:

— Rapidinho, pessoal, pedi Martha em casamento ontem à noite e ela disse tá bom.

Ingrid disse minha nossa, finalmente.

— Era uma situação bem ou vai ou vai.

Meu pai fez um movimento triunfante com os dois punhos, como alguém que tivesse acabado de descobrir que ganhou alguma coisa, depois tentou vir até nós, abrindo caminho pelo excesso de cadeiras.

— Estou preso, Rowland. Sai da frente, preciso apertar a mão do meu genro.

Patrick foi até ele em vez disso e, por um segundo, fiquei sozinha.

Ingrid disse:

— Hamish, abrace a Martha. Eu não posso levantar.

Enquanto eu estava recebendo um abraço duro do marido da minha irmã, ouvi minha mãe falar:

— Achei que eles já estivessem noivos. Por que achei isso?

Hamish me soltou, e meu pai disse:

— Não importa. Agora, estão. O que você acha, Winsome?

Minha tia disse que era excelente, porque deixava tudo tão ajeitado. E que podíamos, se quiséssemos, fazer o casamento em Belgravia. Rowland, ao lado dela, disse:

— Espero que você tenha cinquenta mil libras na mão, viu, Patrick? Casamentos são um negócio caro pra caramba.

Quando meu pai finalmente chegou até mim, me puxou num abraço sufocante e me manteve lá até Ingrid dizer:

— Será que todos vocês podem ir embora agora, por favor?

— E Hamish nos levou até a porta.

Patrick e eu voltamos ao apartamento dele. Havia um bilhete de Heather na mesa, lembrando-o de que tinha ido viajar e só voltaria no fim de semana. Li o recado por cima do ombro dele, que disse:

— Juro que não foi ideia minha. Você quer uma xícara de chá antes ou algo assim?

Falei que era melhor tomarmos depois, como recompensa, e tirei minha camiseta.

Patrick se perguntou se tinha sido o pior sexo já feito por duas pessoas no Reino Unido desde o início dos registros. Durante os poucos minutos que durou, ele tinha mantido a expressão de alguém tentando suportar um procedimento médico simples sem anestesia. Eu não consegui parar de comentar casualidades. Imediatamente depois, levantamos e nos vestimos de costas um para o outro.

Na cozinha, tomando chá, falei para Patrick que tinha sido como uma festa horrível.

Ele me perguntou se eu queria dizer do tipo que promete, mas depois acaba sendo decepcionante.

Eu disse que não.

— Porque só uma pessoa se divertiu.

A segunda vez, concordamos, era razão para continuar.

Da terceira vez, foi como se tivéssemos sido derretidos e transformados em outra coisa. Depois, ficamos muito tempo deitados, de frente um para o outro, sem conversar, nossa respiração no mesmo ritmo, nossas barrigas se tocando. Dormimos assim e acordamos assim. Foi o mais feliz que já me senti.

De manhã, depois que sai do banho, Patrick coloca primeiro o relógio. Ele se seca no banheiro e deixa a toalha para trás. É mais eficiente, diz, não precisar fazer uma viagem de volta só para pendurá-la. Eu ainda estava na cama dele da primeira vez que ele fez a rotina na minha frente, entrando no quarto e indo da cômoda ao armário. Pelado, exceto pelo relógio. Observei-o pelo maior tempo possível antes de ele notar e me perguntar qual era a graça.

Falei:

— Sabe que horas são, Patrick?

Ele disse que sim e voltou à cômoda.

Os homens se descrevem como um cara de pernas. Um cara de peitos. Com Patrick, descobri que sou um cara de ombros. Amo um bom par de deltoides.

Da quarta vez, da quinta vez...

Ingrid queria saber como tinha sido transar com Patrick. Estávamos num parque perto da casa dela. Estava um frio intenso, mas ela não saía de casa desde a alta do hospital e tinha começado a delirar, me disse, presumivelmente por falta de oxigênio. Ela estava empurrando o carrinho. Eu estava carregando uma almofada pesada do sofá dela, pois ela precisava amamentar o bebê e a única forma de não doer era com a almofada — só essa almofada — embaixo dele. Achamos um lugar para sentar e, enquanto estava se ajeitando, ela disse:

— Só me conta uma coisa. Por favor.

Recusei, depois cedi, porque ela não parava de perguntar.

— Eu não sabia que podia ser assim. — Falei que não sabia que era para isso que servia. — Como a gente se sente depois. Esse depois é o motivo de o sexo existir.

Ela disse que bom.

— Mas eu quis dizer um detalhe de verdade.

No caminho de volta para casa, Ingrid falou:

— Sabe o que me irrita muito? Se eu fosse atropelada enquanto estamos atravessando e eu morresse, no jornal, ia aparecer que a mãe de um bebê de tantos dias morreu num cruzamento notório. Por que não dizem que um ser humano que por acaso tem um bebê morreu num cruzamento notório?

— Porque é mais triste — falei — se for uma mãe.

— Não dá para ser mais triste — respondeu Ingrid. — Eu morri. É a coisa mais triste que tem. Mas, aparentemente, eu só existo em termos de minha relação com outras pessoas agora, mas Hamish ainda pode ser independente. Obrigada. Incrível.

Ajudei-a a guardar o carrinho, reestabeleci o sofá e fui fazer um chá para ela. O bebê estava mamando de novo quando voltei da cozinha. Ela beijou a cabeça dele e olhou para cima. Vi-a hesitar antes de dizer:

— Acho que você e o Patrick deviam ter bebês. Desculpa. Eu sei que você é antimaternidade, mas acho mesmo. Ele não é o Jonathan. Você não acha que com ele…

— Ingrid.

— É só um comentário. Ele ia se dar tão bem como…

— Ingrid.

— E você ia conseguir. Juro. Nem é tão difícil. Quer dizer, olhe para mim. — Ela dirigiu minha atenção a suas roupas sujas, seu peito inchado, manchas úmidas nas almofadas e pareceu prestes a rir, depois que ia chorar, depois apenas exausta. Perguntei o que ela queria de aniversário.

Ingrid falou:

— Quando é?

Expliquei que era amanhã.

— Nesse caso, um saco de alcaçuz salgado. Daqueles que a Ikea vende.

O bebê se contorceu e largou. Ingrid soltou um gritinho e cobriu o peito. Ajudei-a a virar a almofada e, quando ele pegou de novo, perguntei se podia comprar um tipo de alcaçuz que não exigisse uma viagem até Croydon. Aí, ela realmente chorou, me dizendo entre lágrimas que, se eu entendesse como era ser acordada cinquenta vezes por noite e ter que amamentar um bebê a cada duas horas, sendo que leva uma hora e cinquenta e nove minutos e parece que há quatrocentas facas esfaqueando seu peito, eu ia dizer, quer saber?, acho que vou comprar para minha irmã o alcaçuz específico de que ela gosta.

Dirigi direto da casa dela até Croydon e, no dia seguinte, deixei na porta dela 95 libras de alcaçuz salgado na sacola azul com um cartão. Dizia: "Feliz aniversário à melhor mãe, filha, esposa de um funcionário público de média patente, vizinha, cliente, funcionária, cidadã contribuinte, atravessadora de ruas, paciente recente do sistema de saúde, universo inteiro da irmã".

Dias depois, Ingrid me mandou uma mensagem para dizer que, depois do terceiro pacote, ela realmente tinha enjoado. Depois, mandou uma foto de sua mão segurando um copo do Starbucks. Em vez de perguntar o nome dela, a pessoa que a atendeu tinha escrito só MULHER COM CARRINHO.

Nós nos casamos em março. Na cerimônia, a primeira coisa que o sacerdote disse quando cheguei ao altar e parei ao lado de Patrick foi:

— Se alguém precisar ir ao banheiro, fica depois da sacristia, à direita.

Ele fez o gesto de uma aeromoça apontando a saída lateral. Patrick inclinou a cabeça na minha direção e sussurrou:

— Acho que vou tentar segurar.

A segunda coisa que o sacerdote disse foi:

— Creio que este dia tenha sido bastante esperado.

Usei um vestido de mangas compridas e gola alta. Era feito de renda, parecia vintage e era da Topshop. Ingrid me ajudou a me arrumar e disse que eu parecia a senhorita Havisham, antes de seu grande dia se tornar uma merda.[2] Ela me deu um cartão que dizia "Patrick ama Martha". Estava grudado ao presente, o CD *Hot Tracks 93*.

Quando meus primos eram adolescentes, Winsome era capaz de corrigir a postura deles à mesa chamando silenciosamente sua

---

2   Personagem do romance *Grandes esperanças*, de Charles Dickens, Amelia Havisham é uma mulher rica e amargurada; após ser rejeitada no altar, ela usa seu vestido de noiva para o resto de sua vida. (N. T.)

atenção e, quando eles a olhavam, levantando o braço e agarrando um fio imaginário preso ao topo de sua cabeça. Aí, enquanto eles olhavam, ela puxava o fio para cima, alongando o pescoço e abaixando os ombros ao mesmo tempo, de uma forma que eles não conseguiam evitar imitar. Se estivessem de boca aberta, Winsome tocava a parte de baixo de seu queixo com o dorso dos dedos e, se não estivessem sorrindo enquanto falavam com eles, ela sorria para eles da forma dura e artificial de uma diretora de coral escolar lembrando seus cantores que aquela música é alegre.

Na festa, minha mãe se levantou no meio do discurso do meu pai e falou:

— Fergie, eu assumo a partir daqui.

Ela estava segurando uma taça de brandy contendo um sem-número de doses padrão e, cada vez que levantava para brindar a um de seus próprios comentários, o conteúdo transbordava. Quando, em certo ponto, ela levantou a taça à altura da testa para poder lamber brandy de seu pulso, desviei os olhos e vi Winsome, ao lado dela, lançar-me um olhar. Enquanto eu olhava, a mão de minha tia foi ao topo da cabeça, aí ela pegou o fio invisível e me senti endireitando-me em uníssono enquanto ela o puxava. Ela estava sorrindo para mim, mas não como a diretora do coral, e sim como minha tia me dizendo que teríamos que ter coragem.

Mas, em um segundo, minha mãe começou a falar algo sobre sexo; instantaneamente, Winsome abaixou a mão e derrubou sua própria taça. O vinho inundou a mesa e começou a escorrer pela frente até o carpete. Levantando num pulo, ela disse:

— Celia, guardanapo — sem parar, até minha mãe ser obrigada a parar de falar. Quando Winsome terminou o show da limpeza, minha mãe tinha perdido o fio da meada.

Jessamine foi a única outra pessoa que bebeu demais na festa. Quando Patrick e eu estávamos indo embora, ela passou os braços pelo meu pescoço, me beijou e sussurrou alto no meu ouvido que me amava muito e estava muito, muito feliz por eu estar me casando com Patrick. Provavelmente — não, definitivamente — ela ainda estava apaixonada por ele, mas não tinha importância, porque talvez eu me cansasse de estar com alguém tão tedioso e bom e gato e, aí, ela ia poder ficar com ele de novo. Ela me deu mais um beijo e então pediu desculpas porque precisava ir rapidinho vomitar no banheiro. Patrick acreditou que tinha acontecido, mas não que era verdade; Ingrid acreditou nas duas coisas.

O pai dele não veio ao nosso casamento porque estava no processo de divorciar-se de Cynthia. Eu disse a Patrick que devíamos ir a Hong Kong ficar com ele. Ele respondeu:

— Não devíamos, não.

Só conheci Christopher Friel muito tempo depois, quando ele teve um ataque cardíaco e Patrick finalmente concordou em ir. Já não gostava dele depois dos primeiros cinco a dez minutos em sua companhia. Patrick tinha sido generoso em todas as histórias que já contara sobre Christopher.

Nada em seu apartamento denunciava a existência de um filho. Perguntei se ele tinha algo da infância de Patrick que eu pudesse ver, mas ele disse que havia se livrado das coisas havia anos. Pareceu orgulhoso. Mas, quando estávamos fazendo as malas para ir embora, ele trouxe uma coleção de cartas escritas por Patrick a sua mãe enquanto ela estivera em outro país por várias semanas. Por algum motivo, tinham sobrevivido ao abate, disse Christopher, e as ofereceu a mim, num saco hermético, convidando-me a guardá-las.

Li-as no voo de volta. A luz da cabine estava baixa, e Patrick dormia com os braços cruzados e os ombros encolhidos. Ele tinha seis anos quando as escreveu. Tinha assinado todas com: "Um beixo, Paddy". Toquei o pulso dele. Ele se mexeu, mas não acordou. Eu queria dizer: se você um dia me escrever uma carta, por favor, assine assim. Um beixo, Paddy.

✗

Ele escolheu São Petersburgo para nossa lua de mel, e o hotel também, porque, embora eu tivesse dito que conseguia me encarregar, fui derrubada no primeiro obstáculo, que eram as fotos dos viajantes no TripAdvisor: uma infinidade de cisnes de toalha e bandejas de frutos do mar e pelos em lugares inaceitáveis.

No avião, ele me perguntou se eu ia mudar meu nome. Ele tinha acabado de terminar um jogo de palavras cruzadas na revista de bordo que já havia sido começado por um passageiro anterior.

Falei que não ia.

— Por causa do patriarcado?

— Por causa da burocracia.

Uma aeromoça passou com um carrinho. Patrick pediu um guardanapo e me explicou que ia escrever uma lista de prós e contras sobre a mudança de nome. Dez minutos depois, ele a leu para mim. Não havia contras. Falei que conseguia pensar em alguns e peguei a caneta da mão dele. Ele disse que eu devia apertar o botão e pedir um pacote de guardanapos, porque eu era especialista em pensar em contras.

Na primeira manhã, nos perdemos um do outro no Hermitage. Fui ao café, pedi chá de jasmim e esperei que ele me encontrasse. Antes de o pedido chegar, escutei a voz dele no alto-falante.

— Sra. Martha Friel, anteriormente Russell. Seu marido gostaria que viesse ao saguão principal.

Ao lado da mesa, uma pilha de brochuras, fazendo algo com o colarinho — Graças a Deus.

Na principal avenida da cidade, Patrick me comprou uma estatueta de cavalo de uma adolescente que as vendia. Ela estava com um bebê. Esperando enquanto ele escolhia, senti que não conseguia respirar com a dor do bebê sorrindo para mim e a forma como agarrava seus pezinhos ao mesmo tempo, feliz embora sua vida fosse sentar horas por dia num carrinho de metal com rodinhas brancas sujas enquanto sua mãe vendia cavalos.

Patrick pagou cinquenta libras pelo pior, em vez dos cinquenta centavos que ela cobrava, fingindo não ter percebido seu erro. Nós nos afastamos, e ele me entregou o cavalo. Perguntou que nome eu ia dar. Falei Trótski e caí em lágrimas. Depois, pedi desculpas por não ser divertida. Patrick disse que ficaria preocupado se eu fosse divertida naquela situação.

Naquela noite, nevou demais para sair. Comemos no restaurante do hotel. Em vez de irmos pelo saguão, Patrick me levou para a rua. O ar estava tão frio que me obrigou a cobrir os olhos. Ele me pegou pelo cotovelo e corremos pelo trecho curto de calçada até uma entrada externa. De volta ao interior, Patrick disse:

— Um restaurante totalmente independente.

Não conseguia lembrar se ou quando eu lhe havia contado que minha reação a restaurantes de hotel varia entre melancolia e desespero.

Terminei de ler meu cardápio e disse a Patrick, que estava na segunda página do dele, que ia, sim, mudar de sobrenome.

Ele levantou os olhos.

— Por quê?

— Porque — falei, obviamente graças a minha mãe — sou especialista em todas as formas de agressão passiva e não posso deixar um anúncio público tão emocionalmente manipulador passar sem ser recompensado.

Ele se debruçou por sobre a mesa e me beijou, apesar de eu ter acabado de colocar um pedaço de pão na boca. Falou eu estou tão feliz, Martha.

— Precisei dar cem dólares para o homem me deixar usar o microfone. Dólares americanos.

Engoli.

— Você provavelmente vai para uma prisão siberiana.

Ele disse valeu totalmente a pena e voltou ao cardápio.

Em voz alta, porque não tinha mais nada a fazer, analisei o *páthos* particular de restaurantes de hotel. Falei que talvez fosse a iluminação ou o fato de que sempre eram acarpetados, a concentração maior do que o normal de pessoas comendo sozinhas, talvez fosse só o conceito de uma estação de omeletes que me fazia questionar o significado de tudo.

Patrick me esperou terminar, depois me perguntou se eu já tinha comido *borscht*.

Falei:

— Eu te amo muito. — E então um maître chegou com duas garrafas de vidro verde e perguntou:

— Água com ou sem gás?

No aeroporto de Heathrow, esperando nossas malas, Patrick disse:

— Lembra aquele nosso casamento?

Eu tinha acabado de perguntar como ele estava planejando voltar ao seu apartamento. Ele estava com o braço ao meu redor e beijou a lateral da minha cabeça. Falei:

— Desculpa. Estou muito cansada.

Tinha sido um grande esforço dizer a mim mesma e me fazer acreditar que voltar de uma lua de mel é o início de um casamento, não o fim.

Eu não sabia ser uma esposa. Estava muito assustada. Patrick parecia tão feliz.

No táxi e mais uma vez enquanto eu subia as escadas atrás dele, Patrick me disse que eu podia fazer o que quisesse com o apartamento para sentir que era meu. Era uma sexta-feira. No sábado, ele foi trabalhar e eu tirei tudo dos armários da cozinha e coloquei de volta um armário para a frente, de modo que, se Heather visitasse, não soubesse onde estavam as coisas. Não consegui pensar em mais nada.

Tinha decidido ser organizada, e fui, por vários dias. Mas Patrick preferia o apartamento da forma como estava agora, disse, com roupas no chão, revistas e elásticos de cabelo e uma quantidade surpreendente de copos, e tudo em geral tão acessível porque os armários e as gavetas nunca, nunca estavam fechados. A forma como ele riu ao falar não fez com que eu me sentisse culpada, e ele não fez menção de mover nada do lugar. Talvez por isso o apartamento dele tenha tão rapidamente passado a parecer o meu lar.

As únicas coisas que ele me pediu para fazer, algumas semanas depois, foram não deixar remédios por aí — ele disse que era só o treinamento dele — e tentar usar a planilha que ele tinha feito para meu controle financeiro, no lugar do meu método, que era enfiar recibos num envelope A4 puído, depois perdê-lo.

Ele abriu a planilha no computador para me ensinar como funcionava. Falei a ele que ver números em tal concentração fazia uma membrana invisível descer de minhas pálpebras, me cegando até os números irem embora. Havia muitas categorias. Uma delas chamava Inesperados da Martha. Eu disse que não esperava que ele vigiasse as finanças como a Stasi. Ele disse que não imaginava que alguém fosse capaz de sugerir um documento de Word e a calculadora do celular como alternativa a uma planilha. Falei a ele que ia tentar usá-la, mas seria num espírito de autonegação. Patrick disse, mais tarde, que era genuinamente incrível quantos Inesperados uma pessoa podia atrair.

✕

Na cama, nas noites em que não estava trabalhando, Patrick fazia um Sudoku difícil de um livro só com Sudokus difíceis, e eu perguntava quando ele ia apagar a luz. Eu lhe dizia que era quando eu me sentia mais casada.

Quando terminava, ele guardava o livro de Sudoku e lia artigos de revistas de medicina. Se eu estivesse deitada de costas para ele, Patrick começava a distraidamente pressionar o dedão em pontos doloridos da minha lombar. Ele trouxe óleo de massagem de algum lugar e, quando descobriu que coisas com perfume artificial me faziam sentir como se estivesse lentamente sendo asfixiada, comprou óleo de coco, um do supermercado que vinha num pote e tinha um alto ponto de fumaça, que, segundo o rótulo, o tornava adequado para todo tipo de fritura. Mesmo quando guardava a revista, continuava esfregando as minhas costas. Às vezes durante todo o telejornal, às vezes, depois de apagar a luz. Era quando eu me sentia mais amada.

Uma noite, me virei no escuro e perguntei se ele ainda estava sentindo o dedão. Falei:

— Como você aguenta fazer isso por tanto tempo?

Ele respondeu:

— Fico esperando que leve a sexo.

Eu disse que era uma pena.

— Eu fico esperando que me leve a pegar no sono.

Ouvi a tampa do pote se abrindo. Patrick falou:

— Que vença o melhor.

Nossos lençóis tinham cheiro de doce de coco.

Então, Patrick mudou para um hospital diferente, do outro lado de Londres. Parecia que ele nunca estava em casa. Eu ainda estava trabalhando na editora. Embora fosse primavera, estava frio e constantemente cinza, e, quando não dava para passar nenhuma parte do dia de trabalho no telhado com a única outra garota que sobrara na empresa fora eu, ficou impossível sustentar qualquer atividade depois da hora do almoço. O editor começou a nos dizer para ir para casa se não tivéssemos nada a fazer, porque não suportava nossas saladas de almoço e o som de vozes femininas, falando e falando. Parecia que eu estava sempre em casa. Convidava Ingrid para visitar ou perguntava se podia ir lá. Ela sempre dizia sim, mas, se o bebê não tivesse dormido, ou estivesse dormindo, ou quase dormindo, ela mandava uma mensagem cancelando de última hora. Ou eu ia, e ela tinha que amamentá-lo no outro cômodo porque ele se distraía com facilidade, ou ela reclamava ou falava sem parar sobre as mulheres no seu grupo de mães, e eu ia para casa me sentindo culpada de, desde o momento em que tinha chegado, estar tentando pensar em como ir embora.

Na cama, naquelas noites em que Patrick estava no trabalho e eu não tinha visto ninguém o dia todo, eu sentia tanta falta dele que me irritava. Ficava acordada até tarde lendo livros de Lee Child que comprava no Kindle dele e compondo discussões para ter quando ele voltasse. Eu falava que não me sentia casada. Falava que não me sentia amada e, sendo assim, de que adiantava?

Foi também a época em que comecei a jogar coisas. Da primeira vez, um garfo em Patrick porque ele estava se afastando de mim quando eu estava chateada. Com algo tão pequeno — quando estava se arrumando para o trabalho, ele mencionou que havia recebido mais dois recibos da Amazon naquele dia e, como eu tinha lhe dito que ia ler tudo do James Joyce, incluindo os livros ruins, até o fim do verão, ele estava começando a ficar preocupado de a obsessão por Jack Reacher ser um pedido de socorro.

Lembro-me dele parando quando o garfo bateu em sua panturrilha e caiu no chão, olhando para trás e rindo de surpresa. Eu

DEVE TER ALGO *errado* **COMIGO**

também ri, então, ficou sendo uma piada. Minha imitação engraçada de uma esposa enlouquecendo por causa da solidão. Ele disse rá, está bem.

— Então, parece que é melhor eu ir.

E, aí, joguei algo na porta quando ela se fechou atrás dele, e ninguém riu.

No dia seguinte, Patrick fez sua imitação de um marido em quem não tinham jogado coisas na noite anterior. Fiquei esperando que ele falasse no assunto. Ele não falou. No jantar, eu disse:

— Não vamos falar do garfo?

E ele respondeu:

— Não se preocupa, você não estava se sentindo muito bem.

Falei tá bom, se você não quer. Soei irritada, mas estava grata por ele não ter me obrigado a pedir desculpa ou explicar por que tinha reagido daquela forma a uma piada, porque eu não sabia. Eu disse:

— De todo jeito, me desculpa. — E falei que não faria aquilo de novo: — Obviamente.

Mas continuei jogando coisas em momentos de raiva imprevisíveis e incomensuráveis com o que quer que houvesse acontecido. Exceto uma vez — um secador de cabelo, pesado o bastante para deixar um hematoma onde o atingiu, porque eu tinha reclamado de estar solitária e ele respondeu, rindo, que eu devia ter um bebê para ter o que fazer.

Assim que eu fazia aquilo, eu saía do cômodo, deixando os pedaços do que quer que tivesse quebrado no chão. Quando voltava, eles sempre já tinham sido varridos e jogados fora.

Quando adolescente, sempre que estava se arrumando para sair, Ingrid tinha um chilique sobre o que vestir, ficando tão histérica tão rápido que parecia uma pessoa diferente. Ela tirava roupas do armário, experimentava, arrancava, soluçava, xingava, gritava que estava gorda, dizia aos meus pais que os odiava e queria que eles morressem, virava as gavetas até tudo que ela tinha estar no chão. Aí, achava algo e instantaneamente ficava bem.

Já adulta, ela me disse que parecia tão real no momento, mas, depois, não acreditava que tinha ficado tão nervosa e achava que nunca mais ia fazer aquilo. Ela nunca pedia desculpas depois, e meus pais não a obrigavam. Mas, disse ela, não tinha importância, porque ela sabia que eles ainda pensavam naquilo e sentia uma vergonha tão intensa que ficava brava com a gente.
— Em vez de, tipo, me odiar.
Jogar algo no seu marido é a mesma coisa. Eu ficava tão envergonhada depois, que aquilo me deixava mais brava com Patrick do que eu já estava por ele nunca estar por perto.

Quando se é uma mulher com mais de trinta e um marido, mas sem filhos, casais em festas ficam interessados em saber por quê. Concordam um com o outro que ter filhos é a melhor coisa que já fizeram. Segundo o marido, você devia só acabar logo com aquilo; a esposa diz que é melhor não esperar demais. Em particular, eles estão se perguntando se há algum problema médico com você. Gostariam de te perguntar diretamente. Talvez, se conseguirem suportar seu silêncio, você forneça a informação por vontade própria. Mas a esposa não consegue resistir — ela precisa te contar sobre uma amiga dela que recebeu o mesmo diagnóstico, mas, assim que perdeu as esperanças... O marido diz: bingo.

No começo, eu falava para estranhos que não podia ter filhos, porque achava que ia impedi-los de continuar além de seu inquérito inicial. É melhor dizer que é porque não quer. Aí, eles sabem na hora que tem algo errado com você, mas, pelo menos, não no sentido médico. Então, o marido pode dizer, ah, bom, que bom para você, concentrar-se na sua carreira, mesmo que, até aquele ponto, haja tão pouca evidência de uma carreira na qual você esteja se concentrando. A esposa não diz nada, já está olhando para o lado.

No verão, eu tinha lido quatro páginas e meia de *Ulisses* e todos os livros do Lee Child. Patrick me levou para jantar para comemorar. Falei para ele que os livros ruins de Joyce, afinal, eram todos. Durante a sobremesa, ele me deu um cartão de biblioteca. Disse que era um presente para complementar as 144 libras de Jack Reachers que ele já havia me dado.

Peguei um livro emprestado. Um Ian McEwan que achei que era um romance e coloquei numa gaveta ao perceber que eram contos. Liguei para Ingrid e lhe contei que tinha acidentalmente me envolvido com dois personagens que estariam mortos dali a dezesseis páginas. Ela respondeu séria:

— Quem tem tempo para isso?

EMBORA, DESDE OS DEZESSEIS anos, ela fumasse todos os dias na escola nos fundos das quadras esportivas, e embora fosse regularmente pega, Ingrid se formou sem nenhuma advertência no histórico. Era muito fácil para ela se livrar na lábia. Embora, desde os dezessete anos até aquele verão, eu ficasse regularmente doente, nunca tinha sido internada num hospital. Era muito fácil para mim me livrar na lábia.

Era agosto, quase setembro. Patrick foi a Hong Kong para o terceiro casamento do pai, com a filha de vinte e quatro anos de um de seus colegas. Por semanas, as manchetes eram sobre o clima, sobre Londres ofuscando a Grécia e competindo com a Costa del Sol. Não fui com ele porque tinha começado a me sentir mal. Dois dias depois que ele viajou, acordei com tudo preto.

Tentei voltar a dormir, com calor e enrolada e doente de culpa de não estar me levantando para ir trabalhar. Tinha um cachorro latindo no apartamento de baixo e, em algum lugar lá fora, trabalhadores rodoviários estavam quebrando a rua. Ouvi o ruído incansável e estridente da britadeira. Não parava não parava não parava.

Quanto mais alto o barulho ficava, parecia — sempre parecia — que a pressão no meu crânio estava aumentando, como se houvesse ar sendo bombeado e bombeado e bombeado até ele estar duro como um pneu, mas ainda entra mais e mais ar e começa a doer tanto, incandescente e enxaquecoso, que você chora e imagina uma fissura no osso duro se tornando uma rachadura, e o ar finalmente saindo e, aí, o alívio da dor. Você fica apavorada. Vai vomitar. Seus pulmões estão se fechando. O quarto está girando. Algo ruim está prestes a acontecer. Já está no quarto. Está gelando sua coluna. Você espera e espera e espera e, então, nada acontece. A coisa saiu do quarto e te deixou para trás. Não vai acabar. Não existe noite e dia. Não existe tempo. Só dor, e a pressão e o terror que são como um fio retorcido percorrendo o centro do seu corpo.

Depois, à tarde, me levantei e fui à cozinha. Tentei comer, mas não consegui. Água me dava enjoo. Meus quadris doíam de ficar deitada de lado em posição fetal. Patrick ligou e eu chorei no telefone e disse desculpa, desculpa, desculpa. Ele disse que ia tentar mudar o voo. Falou:

— Você consegue tentar sair? Vai nadar no Ladies' Pond. Tome um táxi até lá. — Ele falou: — Martha, eu te amo muito.

Desliguei, prometendo ligar para Ingrid, mas com vergonha demais depois que ele se foi, imaginando-a chegando e me encontrando daquele jeito.

De cima, vi a mim mesma levantar e me mover devagar pelo apartamento como se fosse muito velha, uma mulher no fim da vida. Coloquei meu maiô me arrastando, pus roupas por cima, coloquei pasta de dente na boca, saí do apartamento. O esforço de abrir a porta externa pesada do prédio tirou meu fôlego.

Havia barulho demais, calor, gente demais vindo na minha direção e ônibus voando tão perto do meio-fio que voltei para casa. Patrick ligou, chorei no telefone. Ele disse que seu avião sairia em uma hora e que ele estaria de volta muito rápido.

Pedi para ele ficar no telefone e conversar comigo para eu poder ficar só ouvindo. Falei que estava com muito medo.

— Do quê?

— De mim.

Ele disse:

— Você não vai fazer nada, né? — Ele queria que eu prometesse. Falei que não podia. Ele respondeu nesse caso, Martha, por favor vá direto para o hospital.

Eu sabia que não iria. Mas, quando escureceu de novo, comecei a ter medo do apartamento, seu silêncio vibrante, repentino. Patrick já estava incomunicável no avião. Engatinhei até a porta e esperei um táxi lá fora com as costas apoiadas numa parede de tijolos. Meu cérebro riu de mim, olha como você é idiota, se arrastando pelo chão, olha você com medo de ir lá fora.

O médico no pronto-socorro disse:
— Por que está aqui hoje? — Ele não se sentou.
Meu cabelo estava na frente dos olhos e grudando no meu rosto molhado e no catarro que saía do meu nariz, mas eu não tinha energia para levantar o braço e afastá-lo. Falei para ele que era porque estava muito cansada. Ele disse que eu precisava falar mais alto e perguntou se estava pensando em me machucar. Respondi que não, que só queria não existir mais e perguntei se tinha algo que ele podia me dar para fazer aquilo passar, mas de um jeito que não magoasse ninguém nem bagunçasse as coisas. Aí, parei de falar, porque ele disse que eu parecia mais inteligente que isso, soando frustrado.

Embora eu não tenha levantado os olhos do ponto do chão que estava encarando desde que me colocaram na sala, senti-o olhando meu prontuário, depois escutei a porta se abrindo, fazendo um som de sucção no linóleo, e se fechando com um clique. Ele passou tanto tempo fora que comecei a acreditar que o hospital havia fechado e eu estava sozinha, trancada lá. Cocei meus pulsos e olhei para o chão. Ele voltou, depois do que pareciam ter sido horas. Patrick estava com ele. Eu não sabia como ele sabia onde eu estava e fiquei com muita vergonha porque ele tinha precisado voltar por minha causa, a esposa infeliz curvada numa cadeira de plástico de hospital, idiota demais até para levantar a cabeça.

Eles falaram sobre mim entre si. Ouvi o médico dizer:
— Olha, posso achar um leito, mas seria numa instituição do sistema público e — mais baixo: — você sabe que as alas psiquiátricas públicas não são lugares legais. — Não interrompi. — Na minha opinião, ela vai ficar melhor em casa. — Ele falou: — Posso dar algo que vai acalmá-la e a gente se fala de novo pela manhã.

Patrick se agachou ao lado da minha cadeira, segurando o braço dela, e tirou meu cabelo da frente do rosto. Ele me perguntou se eu achava que devia ser internada, só um pouco. Falou que a decisão era minha. Respondi não, obrigada. Sempre tive medo demais de estar entre aquelas pessoas e não acharem que era estranho eu estar lá. Eu queria que Patrick me pegasse pelos pulsos e me arrastasse para eu não ter que decidir. Queria que ele não acreditasse em mim quando eu disse que estava bem.

— Tem certeza?

Respondi que sim e tirei o cabelo do rosto ao me levantar. Falei que ele não precisava se preocupar, que eu só precisava dormir um pouco. O médico disse:

— Olha só, ela já está se animando.

Patrick dirigiu sem falar nada na volta. Ele estava inexpressivo. Em casa, ele não conseguiu colocar a chave na fechadura e, só uma vez, chutou a base da porta. Foi a coisa mais violenta que já o vi fazer.

No banheiro, tomei tudo o que o médico tinha me dado sem ler a dose, tirei as roupas e o maiô, que tinha deixado linhas vermelhas por todo o meu corpo, e dormi por vinte e três horas. Em breves momentos de consciência, eu abria os olhos e via Patrick sentado numa cadeira no canto do nosso quarto. Vi que ele tinha colocado um prato de torradas na mesa de cabeceira. Depois, que tinha tirado. Pedi desculpa, mas não tenho certeza de que tenha sido em voz alta.

Ele estava na sala quando finalmente me levantei e saí procurando por ele. Estava escuro lá fora. Ele disse:

— Eu ia pedir pizza.

— Tá bem.

Sentei no sofá. Patrick moveu o braço para eu poder me encostar na lateral do corpo dele, de frente para ele, com os joelhos para cima e o corpo em posição fetal. Eu nunca mais queria estar em lugar nenhum exceto ali. Patrick, se mexendo ao meu redor, ligou para o delivery.

Comi. Senti-me melhor. Assistimos a um filme. Eu lhe disse que sentia muito pelo que tinha acontecido. Ele falou que tudo bem... todo mundo tem etc.

X

Fui almoçar com Ingrid em Primrose Hill. Era a primeira vez que ela saía sem o bebê, embora ele já tivesse oito meses. Perguntei se ela sentia saudades dele. Ela disse que sentia que tinha acabado de sair de uma prisão de segurança máxima.

Fizemos a unha, fomos ao cinema e conversamos o filme todo até um homem na outra fileira nos pedir para, por favor, calar a boca. Caminhamos até o Heath, olhamos o Ladies' Pond, nadamos de calcinha. Rimos até a barriga doer.

Quando estávamos caminhando de volta pelo parque, um adolescente se aproximou de nós e disse:

— Vocês são as irmãs daquela banda?

Ingrid respondeu que sim. Ele continuou:

— Então vai, canta alguma coisa.

Ela lhe disse que estávamos descansando a voz.

Eu me senti intensamente bem. Não contei a Ingrid que, uma semana atrás, no mesmo dia da semana, estivera no hospital, porque tinha esquecido.

Patrick nunca mais mencionou o ocorrido, mas, pouco tempo depois, disse que talvez devêssemos ir embora de Londres, para o caso de Londres ser o problema. No início do inverno, locatários assumiram nosso apartamento e nos mudamos para a Casa Executiva.

Enquanto saíamos de Londres, seguindo de carro atrás de nosso caminhão de mudança, Patrick me perguntou se eu consideraria fazer amizades em Oxford. Mesmo que eu não quisesse e só estivesse fazendo aquilo por ele, ele não se importava. Só não queria que eu começasse a odiar a cidade cedo demais. Pelo menos até a gente descarregar o carro, disse.

Eu estava no banco do passageiro procurando fotos da Kate Moss bêbada no meu telefone para mandar para Ingrid, porque, na época, esse era nosso principal meio de comunicação. Ela estava grávida de quatro semanas, acidentalmente, e dizia que ver fotos de *paparazzi* da Kate Moss caindo na saída do Annabel's com os olhos meio fechados era o único jeito de chegar até o fim do dia naquela altura.

Falei a Patrick que faria, embora não soubesse como.

— Quem sabe, não num clube do livro, lógico, mas tipo num clube do livro. — Ele continuou. — Você também não precisa conseguir um emprego logo de cara se…

Respondi que não havia mesmo empregos, eu já havia procurado.

— Bom, nesse caso, faz sentido focar na coisa dos amigos. E talvez você possa pensar em fazer outra coisa em relação a trabalho, se quiser. Ou, não sei, fazer um mestrado.

— Em quê?

— Em alguma coisa.

Tirei um *print* de uma foto de Kate Moss de casaco de pele jogando as cinzas de um cigarro numa topiaria de hotel e disse:

— Estou pensando em me requalificar como prostituta.

Enquanto ultrapassava uma van, Patrick me lançou um olhar.

— Está bem. Primeiro, esse termo não se usa mais. Segundo, você sabe que a casa fica em uma rua sem saída. Não vai ter movimento de pedestres.

Voltei ao meu telefone.

Perto de Oxford, ele me perguntou se eu queria passar pelo loteamento em cuja lista de espera tinha colocado o nome. Falei que, infelizmente, não queria, já que era inverno e era possível presumir que fosse um quadrado de lama preta no presente momento. Ele me pediu para esperar — no verão, seríamos inteiramente autossuficientes no que diz respeito a alface.

Naquela noite, dormimos em nosso colchão na sala cercados por caixas, as quais eu tinha aberto uma a uma e ficado assoberbada por nenhuma delas ser só de toalhas. A calefação estava forte demais, e fiquei acordada pensando no catálogo de coisas terríveis que já fiz e disse, e nas coisas muito piores que já pensei.

Acordei Patrick e dei a ele um ou dois exemplos. Que eu às vezes desejava que meus pais nunca tivessem se conhecido. Que desejava que Ingrid não engravidasse com tanta facilidade e que todo mundo que conhecíamos tivesse menos dinheiro. Ele ouviu sem abrir os olhos, depois disse:

— Martha, você não pode achar honestamente que é a única que pensa coisas assim. Todo mundo tem pensamentos terríveis.

— Você não tem.

— Tenho, sim.

Ele virou para o outro lado e começou a dormir de novo. Levantei e acendi a luz do teto. De volta ao lado dele, falei:

— Me conta a pior coisa que você já pensou. Aposto que não é nem remotamente chocante.

Patrick deitou-se de barriga para cima e dobrou o braço sobre os olhos.

— Tá bom. No trabalho, há um tempo, eles trouxeram um homem que tinha mais de noventa anos. Tinha sofrido morte cerebral por um derrame e, quando a família chegou, expliquei que não tinha chance de recuperação e que era uma questão de quanto tempo queriam mantê-lo no respirador. A esposa e o filho dele disseram, essencialmente, para desligar, mas a filha se recusou e falou que deviam esperar, caso ocorresse um milagre. Ela estava muitíssimo chateada, mas era meia-noite, e eu estava lá desde as cinco da manhã e só conseguia pensar vai logo e assina essa porcaria para eu voltar para casa.

— Puxa. É bem ruim.

Ele disse:

— Eu sei.

— Você realmente falou "essa porcaria" na cara deles?

Ele respondeu tá bom, agora chega, e tateou o chão em busca de seu telefone. Colocou o *streaming* da Radio Four. Era o programa *Shipping News*, sobre notícias de navegação.

— Você vai estar dormindo quando ele chegar nas ilhas Scilly, prometo. Por favor, apague a luz.

Apaguei e fiquei deitada olhando para o teto desconhecido, escutando o homem dizendo: Fisher, Dogger, Cromaty. Bom, mas piorando.

Ele disse: ilha de Fair, Faroé, Hébridas. Ciclônico, tornando-se fechado ou muito fechado. Ocasionalmente bom.

Virei o travesseiro e perguntei a Patrick se ele achava que a previsão para as Hébridas era na verdade uma metáfora do meu estado interior, mas ele já tinha dormido. Fechei os olhos e ouvi até tocar o hino "God Save the Queen" e a transmissão acabar.

Na manhã seguinte, na cozinha, enquanto ele procurava a chaleira, falei:

— O que você fez sobre o homem no fim?

— Fiquei mais seis horas até a filha mudar de ideia, aí lidei com a morte dele. Martha, por que você etiquetou todas as caixas como Miscelânea?

Havia um portão no fim do Empreendimento Executivo que dava acesso ao caminho que margeava o canal. Caminhávamos nele à tarde. Do outro lado do canal, ficava Port Meadow, uma campina plana e verde-acinzentada que se estendia até uma fileira baixa e negra de árvores e, atrás delas, o contorno de torres de igreja. Cavalos pastavam meio escondidos pela neblina. Eu não sabia de quem eram.

No fim, o caminho se juntava a uma rua que levava para o centro da cidade, e seguíamos em frente. Patrick mostrou alguma espécie de crachá ao homem dentro da guarita da Magdalen College e me levou lá para dentro. Ele me prometeu que veríamos veados de perto, mas eles estavam todos juntos, num canto distante do parque, e a única coisa andando livremente pela grama eram estudantes jovens, cheios de vitalidade, que chamavam uns aos outros, começavam a dar corridinhas sem motivo nenhum, existiam como se nada de mal jamais tivesse acontecido nem jamais fosse acontecer com eles.

Achei um clube do livro e fui. Era na casa de alguém. Todas as mulheres tinham um doutorado e não sabiam o que dizer quando eu lhes disse que não tinha, como se eu tivesse acabado de confessar que não tinha parentes vivos ou que tinha alguma doença com estigma social.

Achei um clube do livro diferente, numa biblioteca. Todas as mulheres tinham um doutorado. Falei que o meu era sobre a Fome do Algodão de Lancashire, de 1861, porque tinha ouvido um podcast sobre isso enquanto caminhava até lá. Uma mulher com quem falei depois disse que adoraria saber mais sobre o assunto na semana que vem, mas eu já tinha lhe contado tudo de que me lembrava. Fui embora sabendo que não podia voltar porque teria que escutar o episódio de novo, e um dos três especialistas homens no painel pigarreava de forma compulsiva e só interrompia a única mulher.

Às vezes, durante o dia, eu me sentava à janela da frente da Casa Executiva e ficava olhando a Casa Executiva do outro lado da rua, tentando imaginar-me dentro dela, vivendo uma versão espelhada de minha mesma vida.

A mulher que de fato morava lá na época tinha gêmeos, um menino e uma menina, e um marido que era, segundo as placas magnéticas que grudava nas portas do carro de manhã e tirava à noite, O Quiropraxista Que Vai Até Você.

Um dia, ela bateu à porta e pediu desculpas por não ter vindo antes. Estávamos usando a mesma blusa e, quando ela notou e deu risada, vi que ela usava aparelho. Enquanto ela falava, imaginei como seria ser amiga dela. Se íamos nos visitar sem mandar mensagem antes, se íamos beber vinho na cozinha uma da outra ou lá fora, nos jardins, se eu contaria a ela sobre a minha vida e se ela seria sincera sobre uma infância em que não tinha sido possível usar aparelho.

Ela falou que não havia notado nenhuma criança e perguntou o que eu fazia. Contei que era escritora. Ela comentou que, a propósito, tinha um blog e ficou vermelha ao me falar o nome. Na maior parte, eram observações engraçadas sobre a vida e receitas, e ela falou que obviamente eu não precisava ler.

O principal: o que eu achava da casa? Falei ah, meu Deus, como se fôssemos amigas que estavam há uma hora conversando e tinham acabado de chegar à melhor parte.

— Parece que estou numa fuga dissociativa desde que passamos pelo portão. — Falei a ela que só tinha morado em Londres e Paris e não tinha certeza de que realmente existissem lugares assim. — É para a gente acreditar que estamos em Bath do período da Regência, apesar das antenas parabólicas? — Eu estava falando rápido demais, porque Patrick era a única pessoa com quem eu havia conversado num período de vários dias, mas achei que estava sendo interessante e engraçada pelo jeito como ela sorria e assentia furiosamente. — Umas dez vezes, não consegui abrir a porta quando cheguei em casa, e aí percebi que estava parada na frente da casa errada. — Fiz uma piada sobre a natureza enervante do carpete castanho-acinzentado e disse finalmente que, pelo lado bom, se ela por acaso tivesse quinze mil aparelhos com tomadas incomuns e quisesse usar todos de uma vez, podia ficar à vontade para passar uma extensão pela rua de paralelepípedos de mentira. De repente, o sorriso dela sumiu. Ela tossiu de leve e disse que provavelmente era bom a gente estar só alugando, e voltou para a casa dela.

Não entendi por que ela se esforçou tanto para evitar contato visual comigo depois disso, até contar a história para Patrick, que argumentou que, se ela tinha comprado a casa dela e a amava, talvez tivesse ficado um pouco chateada de ouvir uma casa idêntica ser descrita como devastadora.

Achei o blog dela. Chamava *A vida na rua sem saída*, e havia uma foto da nossa casa, ou da dela, no topo. Como não íamos ser amigas, fiquei decepcionada por ela ser uma boa escritora e por suas observações engraçadas serem mesmo engraçadas. Comecei a ler todos os dias. No início, em busca de referências a mim e, depois, porque ela estava descrevendo uma versão espelhada da minha vida, aquela onde meu armário do aspirador de pó fica à esquerda, e tenho gêmeos, um menino e uma menina, e um marido que chega em casa às oito na maioria das noites, então, em geral, janto às cinco com as crianças e juro, esta é a conversa que a gente tem absolutamente. toda. noite.

Olha o prato do jantar em cima do micro-ondas
Post-it grudado nele diz "seu jantar"
Ele: Este é o meu jantar?
Eu: Sim
É para eu esquentar?
Sim
Longa pausa
Por quanto tempo?
Quando ele deixou de ser um adulto que sabe o que fazer da vida?

Recebi uma carta da biblioteca, encaminhada por nossos locatários. Pedia que eu devolvesse o Ian McEwan e pagasse 92,90 libras em multas acumuladas. Como não havia dinheiro para os Inesperados da Martha na época, liguei e disse que, infelizmente,

Martha Friel era uma pessoa tida como desaparecida, mas, se alguém um dia a encontrasse, eu perguntaria sobre o livro.

Comecei a ir ao loteamento com Patrick às vezes no fim de semana, com a condição de que eu não tivesse que ajudar. Falei:
— Também conhecido como ela morreu fazendo o que ele amava.

Ele comprou uma cadeira dobrável e um galpão para guardá-la para que eu pudesse sentar, lendo ou o olhando, com os pés apoiados num tronco de uma árvore morta que demarcava a separação entre nossas cenouras debilitadas e as cenouras prósperas de nosso vizinho. Uma vez, enquanto ele fazia algo com uma enxada ainda com a embalagem de papelão no cabo, baixei o livro e disse que sabia que ia ser caro se cobrassem por palavra, mas era isto que eu queria na minha lápide: "Estamos na Fazenda Cold Comfort. Alguém acaba de perguntar à menina principal do que ela gosta e ela diz: eu não tinha muita certeza, mas, no geral, achava que gostava de ter tudo ao meu redor bem organizado e calmo, e não ter que fazer coisas, e rir do tipo de piada que os outros não achavam nem um pouco engraçado, e dar caminhadas no interior, e não ser chamada a expressar opiniões sobre coisas como o amor e se fulano de tal não é peculiar".[3]

Ele respondeu:
— Martha, expressar opiniões sobre pessoas peculiares é a única coisa pela qual você se interessa. E nunca precisa ser chamada.

---

[3] Do livro *Cold Comfort Farm*, de Stella Gibbons, publicado em 1932. Nele, a recém-órfã socialite Flora Poste vai atrás de seus parentes em uma fazenda decadente. Lá, encontra um grupo singularmente infeliz, com extrema necessidade de seu talento particular de organização. (N. T.)

Em dezembro, consegui um emprego de meio período na lojinha da Biblioteca Bodleiana, vendendo canecas e chaveiros e sacolas com o logo a turistas, porque significava que eu podia passar oito horas por dia numa banqueta, basicamente sem falar.

Uma mulher usando um moletom de suvenir entrou, e eu a vi colocando um pacote de lápis para presente manga adentro. Quando ela chegou ao balcão para pagar por outra coisa, perguntei se ela também queria que embrulhasse o pacote de lápis para presente. Falei que era de graça. Ela ficou vermelha e disse que não sabia do que eu estava falando. Disse que não queria mais o que tinha colocado no balcão. Quando ela se virou para ir embora, continuei sentada em minha banqueta e falei:

— Só mais cinco dias roubando lojas até o Natal.

Contei a Patrick, que disse que talvez o varejo não fosse para mim. Depois do Natal, eles me substituíram por uma senhora mais velha que aceitava ficar de pé.

Pouco tempo depois, recebi um e-mail de alguém que eu não conhecia. Ele disse que tínhamos nos cruzado na *World of Interiors*. "Você era muito engraçada. Acho que tinha acabado de se casar ou estava para casar? Eu estava fazendo estágio." Agora, disse, ele era editor da revista do Waitrose e tinha uma ideia.

Comecei a ver uma psicóloga, porque o problema não era Londres. Ser triste, assim como escrever uma coluna gastronômica engraçada, era algo que eu podia fazer em qualquer lugar. Achei-a no encontreumterapeuta.com. Na primeira página do site, havia um botão O Que Está Te Preocupando? escrito em letras brancas sobre um fundo azul-celeste. Clicar nele abria um menu em cascata. Selecionei Outro.

O título da entrada dela era Julie Female. Escolhi-a porque ela estava a < 8 quilômetros do centro da cidade e porque achei a foto dela persuasiva. Ela estava usando um chapéu. Tirei uma foto da tela com meu telefone e mandei para Ingrid. Ela disse:

— Chapéu da foto cem por cento alarmante.

Julie Female e eu trabalhamos juntas por meses. Ela disse que estávamos fazendo um bom trabalho. Esse tempo todo, tomou cuidado de não revelar detalhes de sua própria vida, como se eu fosse querer dirigir até a casa dela num dia em que não tinha terapia e sentar lá fora no meu carro por longos períodos caso descobrisse que ela gostava de nadar e tinha um filho no exército.

Então, um dia, no meio de uma sessão, ela disse não-sei-quê meu ex-marido. Olhei para a mão esquerda dela. Naquela altura, eu conhecia todas as joias de Julie, e as canecas e saias de Julie, e todas as diferentes botas de bico fino de Julie. O conjunto de anéis tinha sumido do anelar dela, agora com a base notavelmente mais fina do que a dos outros dedos.

O casamento de Julie Female tinha acabado enquanto estávamos no quarto extra da casa dela fazendo um bom trabalho. No fim, eu lhe disse que tinha acabado de lembrar que não ia conseguir ir na semana seguinte.

Patrick estava em casa quando voltei, na cozinha, limpando algo do cotovelo com a esponja da pia. Contei o que havia acontecido.

Ele respondeu:

— Você não pode simplesmente deixar de ir a partir de agora. — E sugeriu que eu ligasse para ela. — Talvez você mude de ideia e queira voltar a vê-la de novo.

— Não vou mudar de ideia — falei. — É como ter um personal trainer gordo. — Ele fez uma careta. — Desculpa, é difícil. Não estou sendo má. É só que, claramente, você não entende o que estou tentando conseguir.

Patrick deixou a esponja na pia, foi à geladeira e pegou uma cerveja. Abrindo-a, ele disse:

— Você escreveria uma carta?

— Provavelmente, não.

Agora, queria que Julie Female tivesse me dito para colocar 95 libras numa conta poupança duas vezes por semana e ter ido dar uma volta.

INGRID NUNCA TEVE DEPRESSÃO pós-parto, mas, inexplicavelmente, depois que o segundo bebê nasceu, começou a colocar Botox. Milhares de libras da substância em seu rosto impecável de trinta e dois anos.

Hamish questionou o motivo depois de uma sessão que imobilizou o terço central da testa dela. Ela respondeu que era porque um, estava cansada de parecer alguém que tinha sido exumada e dois, paralisar os músculos do rosto significava que ela não seria capaz de comunicar a profundidade da raiva que sentia de seu marido inútil só com o olhar.

Assim, ele se perguntou se deviam fazer terapia de casal. Ingrid disse que, no máximo, ia considerar algum tipo de coisa de um dia, mas não ia fazer sessões semanais. Ela não precisava de um terapeuta escavando os problemas deles enquanto o preço da babá subia cinco libras por vez, já que ela já sabia que a porra do problema deles era ter dois filhos de menos de dois anos.

A única coisa de um dia que Hamish conseguiu encontrar foi um curso em grupo. No módulo de resolução de conflitos, o facilitador compartilhou que às vezes, no meio de uma discussão, ele ou sua parceira diziam algo do tipo:

— Ei, vamos dar um tempo! Vamos sair e comer um hambúrguer!

Ele disse que isso funcionava quase sempre, especialmente em conjunção com só fazer afirmações usando "eu", e perguntou se havia alguma pergunta.

Ingrid levantou a mão e, sem esperar, questionou se, digamos, um marido ficasse constantemente engravidando a esposa — de meninos — e ajudando a cuidar deles tanto quanto alguém com uma segunda família secreta, e o melhor tempo para si mesma que a esposa tivera nos últimos catorze meses fosse durante uma ressonância magnética, mas a principal preocupação do marido fosse quanto Botox a esposa estava colocando, não ela estar tão desesperadamente exausta e infeliz que fantasiava o tempo todo com ter que fazer outra ressonância, e eles vivessem brigando, a coisa do hambúrguer ia funcionar?

Depois disso, Hamish passou a ouvir audiolivros de autoajuda.

Ingrid o deixou quando o segundo filho deles tinha seis meses. O bebê estava com ela, berrando no *sling*, quando ela bateu na porta da Casa Executiva numa sexta à noite. Patrick e eu já tínhamos ido dormir. Assim que entrou, ela jogou a mala no chão e me disse que não conseguia mais.

Sentamos no sofá, e segurei a taça de vinho que ela tinha pedido que eu servisse a mim mesma, para que ela pudesse beber a maior parte mas sentir que tecnicamente não estava bebendo enquanto amamentava. Ela me contou que tinha parado de ver Hamish como uma pessoa. Agora, só o via como fonte de roupas a serem passadas e uma praga do sexo, porque ele continuava querendo transar com ela. Ela amaria nunca mais transar e, se precisasse fazer isso, não ia ser com ele. Eu a escutei e, um tempo depois, com Ingrid ainda falando, Patrick saiu do quarto, disse "não estou aqui" enquanto atravessava a sala e foi trabalhar. Falei a Ingrid que ela podia dormir na nossa cama com o bebê.

Ela olhou o horário no celular.

— Não se preocupa. Preciso ir.

— Ir para onde?

— Para casa. — Ela suspirou pela expectativa de ter que se levantar.

— Mas você acabou de ir embora.

Ela virou o resto do vinho na boca e disse:

— Martha. Como se eu fosse realmente largar o Hamish. — Ela circulou a mão acima do *sling*. — Como se eu pudesse fazer isto sozinha.

— Mas você disse que não o vê mais como uma pessoa.

— Eu sei, mas isso não é motivo para arruinar o fim de semana.

Sabia que ela estava fazendo uma piada, mas não ri.

Na verdade, disse ela, era só uma questão de aguentar os próximos quarenta anos.

Falei para ela, por favor, falar sério.

— Você vai deixar o Hamish ou não?

Ingrid parou de sorrir e disse:

— Não. Não vou. Ninguém só deixa o marido, Martha. A não ser que haja uma razão de verdade verdadeira ou você seja a nossa mãe e esteja pouco se fodendo para qualquer um que não seja você mesma.

— Mas e se estiver infeliz?

— Não importa se estiver infeliz. Não é um motivo bom o bastante. Se está só entediada e tudo é um pouco difícil e acha que não o ama mais, quem liga. Existe um acordo. — Ela se levantou e fez algo com o *sling*. Segui-a até a porta e, esperando que eu abrisse, ela falou: — Eu sei que isso não vai significar nada para você porque você não vai ter, mas a melhor coisa que uma mãe pode fazer por seus filhos é amar o pai deles.

Não parecia algo em que minha irmã teria pensado, e perguntei quem tinha dito aquilo.

— Eu.

— Não, mas quem disse isso para você?

— A Winsome.

Falei:

— Quando você conversou com a Winsome?

Olhamo-nos, separadamente incrédulas. Em geral, eu falava com a minha tia uma vez em abril, quando ela telefonava para falar dos planos para o Natal, e depois só duas semanas antes do Natal, quando ela telefonava para reiterá-los.

Ingrid disse como assim e estreitou os olhos:

DEVE TER ALGO *errado* **COMIGO**

— Eu falo com ela umas cinquenta vezes por dia. Isso se ela já não estiver na minha casa, dobrando roupas e fazendo tortas e todas as outras coisas que minha mãe devia fazer mas não faz porque está ocupada demais fazendo porcarias com garfos. — Ela soava tão exausta. Vi-a apertar um olho com a base da mão e esfregar para lá e para cá.

— Mas você não a suporta — falei. — Você pariu no chão da casa dela para se vingar porque ela te ofereceu uma cadeira com uma almofada. Você sempre a detestou.

— Porque era o que a gente devia fazer. Eu mesma nunca a odiei e, mesmo que odiasse, seria difícil continuar odiando a única pessoa que já me ajudou sem que eu pedisse.

— E ajuda mesmo? Ela ficar lá o tempo todo?

— Como assim? Claro que ajuda.

Eu não conseguia imaginar Winsome na casa da minha irmã. Pensar nela ali e nas duas formando uma relação próxima e só delas; Ingrid confiando nela em vez de em mim fez com que eu me sentisse periférica e com ciúme da proximidade delas agora que eu estava em Oxford. Ela disse:

— Não fique assim, Martha. Você me faz feliz, mas sabe que não pode me ajudar de verdade.

Por um segundo, ela desapareceu em alguma lembrança particular e, então, disse:

— Eu não sabia como ia ser. Preciso mesmo ir.

Segurei a porta, e Ingrid saiu na minha frente. Ela me abraçou e, aí, fazendo uma pausa, disse:

— Este é outro motivo para não deixar meu marido, Martha. Porque, primeiro, ia ter que me convencer de que tinha só a ver com nós dois e eu não devia nada a ninguém ao nosso redor. — Ela me olhou de uma forma que fez com que eu me sentisse desconfortável. — E eu nunca conseguiria fazer isso.

Eu a vi ir até o carro e colocar o bebê na cadeirinha, só os dois dentro do pequeno cone de luz. Um minuto depois, ela saiu dirigindo e se reconciliou com Hamish após três horas e meia de separação.

X

Não muito tempo depois, foram embora de Londres porque Ingrid disse que estava de saco cheio de caixas de areia cheias de merda de gato e embalagens de camisinha. Eles se mudaram para uma cidadezinha que coletivamente finge que Swindon não fica logo ao lado.

Ela me ligou enquanto observava os móveis serem descarregados do caminhão e me disse que já odiava a maioria das coisas de lá, em particular as pessoas e tudo o que elas representavam, mas havia decidido suportar porque significava que só estávamos a quarenta minutos de distância.

Dirigi até lá no dia seguinte e sentei na ilha de sua cozinha, que tinha sido descrita pela corretora como "de morrer", em vez de, disse Ingrid, um futuro local para todo mundo largar a carteira e outras porcarias. Fiquei colorindo com o filho dela enquanto ela guardava as compras ao mesmo tempo que amamentava o bebê, embora ele agora já fosse bem grande.

Ela chutou um pacote de papel higiênico na direção da porta da lavanderia e disse que, se precisasse descrever seu estágio de vida agora, seria gastar duzentas libras por semana em produtos de celulose: papel-toalha, papel higiênico, absorventes, fraldas, em tal quantidade que o carrinho já ficava cheio. Parei de desenhar e a vi pegar uma garrafa de leite pesada do chão, abrir a geladeira com o cotovelo e colocá-la na porta sem perturbar o bebê.

— Se o mercado tivesse um corredor com ingredientes para o jantar e a bagulhada absorvente, eu podia resolver tudo em dois minutos.

O filho dela estava colocando um giz de cera na minha mão, então, voltei ao que estávamos fazendo. Ingrid continuou falando. Peguei o giz e fiquei olhando para a página para que ela não conseguisse ver meu rosto.

— Tenho uma inveja legítima de você só ter que fazer compras para dois — disse ela. — Meu Deus. Você provavelmente usa uma cesta! Provavelmente, nem sabe que vendem papel higiênico em pacotes de quarenta e oito rolos.

Mais tarde, na porta, ela me perguntou se eu achava que ela ia conseguir dar conta da casa e da cidadezinha.

— Você gosta, né? — Em seu colo, seu filho estava tentando fazê-la olhar um carro plástico que segurava na frente do rosto dela. Ela ficava afastando a mão dele. — No sentido de que você fez dar certo. Era a coisa certa a fazer, porque você está bem, e você e Patrick estão bem. — A voz dela ficou mais alta no fim; eram todas perguntas. Ela precisava que eu dissesse sim.

Na tentativa seguinte do filho, Ingrid tirou o carro dele. Ele começou a chorar e tentou, com a mãozinha, bater na cara dela. Ela agarrou o pulso dele e segurou. O menino começou a se contorcer e chutar, segurando a parte de trás do cabelo dela com a mão livre. Ingrid continuou, sem se deixar abater:

— Então, definitivamente, Oxford é melhor. Um melhor diferente, mas, essencialmente, você gosta.

Falei que sim.

— Você vai ficar bem. Foi uma boa ideia.

— E você está bem?

Falei que totalmente.

— Então, nada de chão do banheiro. — Era outra pergunta. Ou uma instrução, um alerta, ou a esperança de minha irmã.

Falei que não para poder ir embora e Ingrid poder levar o filho, ainda se debatendo, para a cadeira das malcriações.

Será que era um melhor diferente? Essencialmente. No carro a caminho de casa, pensei em nossa vida em Oxford, com suas caminhadas e fins de semana, seus jantares e palestras com autores, miniférias e exposições, o trabalho importante de Patrick e meu trabalho muito insignificante. Eu não gostava nem mais, nem menos do que de nossa vida em Londres. Fazia quase dois anos. No único sentido que importava, Oxford não era diferente nem melhor. Ainda havia o chão do banheiro — Ingrid queria dizer as vezes em que eu ficava com tanto medo, ou inerte, ou consumida pela depressão de alguma forma que não conseguia me mexer de qualquer canto em que tivesse me enfiado até Patrick chegar, estender a mão e me puxar. Aí, como sempre, dentro de um dia, uma semana, o tempo que fosse, eu conseguia entrar no banheiro e não pensar mais sobre o último canto em que havia tremido, chorado, mordido os lábios, suplicado, a não ser que o chão todo precisasse de uma passada de pano.

Havia uma receita em um compartimento embaixo do rádio. Eu a tinha colocado lá antes para poder me lembrar de parar e comprar o remédio a caminho de casa. Num farol, peguei-a. Por algum motivo, a companhia farmacêutica tinha optado fazer seu antidepressivo mais potente mastigável — projetado para se desintegrar no primeiro contato com a língua de adultos sofredores, revestido por um gosto duradouro de abacaxi, depois se acumulando como grãos de areia nos cantos da boca, causando aftas, antes de se recompor em um bloco que descia queimando. Eu o tomava havia tanto tempo. Estava tomando antes de me casar com Patrick. Estava tomando quando comecei a jogar coisas e quando fui ao hospital. Estava tomando agora. Eu não estava diferente nem melhor.

Naquela noite, disse a Patrick que ia parar de tomá-lo, porque não fazia efeito nenhum. Falei:

— Não vejo para quê. Estou exatamente igual.

Eu o estava vendo fazer o jantar. Ele disse:

— Você quer que eu marque uma consulta com a médica para ela te dizer como parar?

— Não. Para parar é só não tomar mais.

Patrick parou na metade de cortar uma cebola e pousou a faca ao lado da tábua.

Eu disse que não tinha problema.

— Já fiz isso milhões de vezes. E também não quero mais ir a médicos. Só quero existir. Estou muito cansada, Patrick. Eu tinha dezessete anos. — Apertei os olhos para não chorar. — Tenho trinta e quatro.

Ele disse que entendia, fazia bastante tempo, e veio até mim, deixando-me ficar em seus braços por muito tempo. Com o rosto no ombro dele, falei:

— E também não quero mais tomar nem o anticoncepcional. Não consigo mais engolir outro comprimido. — Não sei por que falei por favor.

Patrick colocou a mão em minha nuca. Disse claro, não tinha problema nenhum. Ele preferia que eu parasse o antidepressivo com supervisão, mas entendia por que eu só queria na verdade parar com tudo, já que eu não achava que estivesse ajudando. Ele disse, quem sabe.

— Talvez você simplesmente seja assim.

Perguntei a Ingrid o que usar no lugar da pílula. Ela disse o negócio de implante. Se eu tocasse a parte de dentro do braço, sentia-o embaixo da pele.

O ano que se seguiu foi indistinguível de todos os anteriores. Perto do fim, Ingrid ligou e disse:

— Por que eu literalmente sempre faço testes de gravidez em banheiros do Starbucks? — E desta vez, contou, era um Starbucks em Swindon, o que tornava tudo pior.

— Você está grávida?

— Claro que estou.

— Você não tem o negócio de implante?

— Não tive tempo de colocar. — O barulho dela caindo em lágrimas fez um som que parecia estática no meu ouvido e, então, ouvi-a dizer: — Três com menos de cinco anos, Martha, caralho.

A FAMÍLIA DE HAMISH TEM uma casa no País de Gales. Quando estava com três com menos de cinco anos, caralho, Ingrid começou a me obrigar a ir até lá com ela sempre que Hamish viajava a trabalho, embora nos deprimisse. Não havia nada para fazer na casa. A cidade mais próxima tem um supermercado Morrisons, um centro de recreação e um aterro de entulho de mineração.

O bebê tinha um mês da primeira vez que fomos. Como todos os três estavam dormindo no banco de trás quando chegamos na cidade, não podíamos parar. Ingrid disse que íamos ficar dando voltas no aterro até o fim dessa adorável microférias.

— Você não acha — ela deu seta — que não dá para fazer uma piada com aterro de entulho que seja mais engraçada do que só dizer aterro de entulho?

Falei para ela que era o melhor correlato objetivo que já ouvira. Ela olhou de trás do volante e pareceu irritada.

— Dá para por favor não falar sobre coisas que você sabe que eu não entendo porque meu cérebro é uma massa sólida de lenços umedecidos a esta altura?

— Duas coisas que, quando colocadas juntas num poema, fazem o leitor sentir a emoção que o escritor quer que ele sinta, então, não é preciso nomeá-la expressamente. Por exemplo, se o autor escreve aterro de entulho, isso o poupa do trabalho de digitar desespero existencial mórbido.

— Não te pedi para explicar, mas tudo bem. — Ela soltou o rabo de cavalo com uma mão. — Mas será que o papai sabe disso? Talvez o dinheiro esteja aí.

Uma das crianças fez um ruído, e Ingrid baixou a voz:

— Se você conseguir colocar as palavras aterro e entulho na revista do Waitrose, eu te dou mil libras.

— Tem que estar uma ao lado da outra?

— Se estiverem, eu te dou mil libras e um filho à sua escolha. Mas não o bebê, porque ele ainda não fala e não me pede coisas.

O mais velho acordou quando estávamos passando de novo pelo centro de recreação e começou a chorar cada vez mais alto porque queria ir nadar. Ingrid começou a chorar porque estava cansada demais para dizer não de novo. Entrando no estacionamento, ela disse:

— E foi aqui que inventaram as bactérias resistentes a antibióticos.

Comecei a respirar pela boca assim que entramos.

No vestiário, três garotinhas estavam agachadas no meio do chão alagado tentando recolocar o uniforme da escola. Não conseguiam pôr sozinhas as meias-calças e estavam se revezando em comentar que iam levar uma bronca enorme se não se apressassem. Fiquei observando-as enquanto segurava as coisas para Ingrid, e vi a menor desistindo e colocando as mãos na cabeça.

Quis ir até lá e ajudá-la, mas Ingrid disse que falar com uma criança no contexto de um vestiário de piscina era basicamente pedir para ser acusada de pedofilia.

— Além do mais, pode me ajudar, por favor? Pega isso. — Ela me entregou algum tipo de fralda especial e me mandou colocar no bebê.

Um minuto depois, uma professora apareceu e parou na porta com as mãos na cintura. Ela estava vestida de forma incongruente, com um vestido envelope colado e sapatos de salto alto protegidos da água da piscina pelas sacolas de supermercado que tinha colocado em cada pé e amarrado em volta dos tornozelos. Ingrid e eu paramos o que estávamos fazendo quando ela começou a berrar. As menininhas ficaram paralisadas até ela ir embora, depois retomaram os esforços para se vestir de modo mais frenético, dizendo vamos ficar para trás, vamos ficar para trás. A menor caiu em lágrimas.

Coloquei o bebê de volta no carrinho. Ingrid disse sério, não quando fui até lá e, agachando-me, perguntei se a menina queria que eu a ajudasse com os cadarços. Ela levantou a cabeça e assentiu devagar. Os cadarços estavam molhados e eram cinza. Falei para ela que era difícil se vestir com pressa e ela respondeu, especialmente porque a piscina deixava as pernas grudentas. Os tornozelos dela eram inacreditavelmente finos; ela parecia frágil demais para estar no mundo. Quando terminei, ela deu um salto para correr atrás das amigas.

Voltei para perto de Ingrid, que estava enfiando coisas embaixo do carrinho. Ela disse:

— Acho que você não vai mais poder ir comigo nos parquinhos, agora que é suspeita. — Mas estava sorrindo. Ela soltou o freio com o pé. — Putz, mas elas eram fofinhas.

O sol estava se pondo do outro lado do aterro de entulho quando passamos de novo por ele a caminho de casa. Ingrid, olhando pela janela, disse:

— Meninos, não importa o que aconteça com a nossa família, eu nunca vou deixar o pai de vocês trazer a gente para morar em Merthyr Tydfil.

Mais tarde, com os filhos dela já na cama, minha irmã e eu sentamos no sofá bebendo gim tônica em lata e olhando a lareira, que estava se apagando desde o segundo em que a acendemos.

Falei:

— Quando alguém tem um bebê, automaticamente vira uma pessoa capaz de lidar com ver uma mulher com sacolas nos pés gritando com uma criança que não é filha dela? De repente se torna forte o bastante para viver num mundo em que isso acontece?

Ingrid engoliu e disse que não.

— É até pior, porque, assim que você vira mãe, percebe que toda criança era um bebê há cinco segundos, e como alguém pode gritar com um bebê? Mas, aí, você grita com o seu e, se é capaz de fazer isso, deve ser uma pessoa terrível. Antes de ter filhos, você tinha permissão de achar que era uma boa pessoa, então, fica secretamente ressentida com eles por a terem feito perceber que você na verdade é um monstro.

— Eu já sei que sou um monstro. — Queria que ela me dissesse que eu não era. Ela ligou a televisão.

— Então, acho que você tem um trabalho a menos.

Era um filme que nós duas já tínhamos visto com uma atriz que, na presente cena, estava tentando enfiar todas as suas sacolas de compras no banco de trás de um táxi amarelo. Na vida real, ela tinha acabado de pular de um telhado. Durante o comercial, Ingrid comentou aquilo que todo mundo diz. Não entendia como alguém podia se sentir tão mal a ponto de querer fazer isso. Eu estava cutucando algo no meu jeans, sem prestar muita atenção, e falei sem pensar que eu obviamente entendia.

— Não, mas, tipo, tão mal que você genuinamente queira morrer.

Dei risada, depois levantei os olhos para ver por que ela tinha de repente desligado a televisão. Ingrid estava só me olhando.

— O que foi?

— Quando você está deprimida, você não quer genuinamente morrer. Quando você já se sentiu assim?

Perguntei se ela estava falando sério.

— Eu me sinto assim todas as vezes.

Ingrid disse:

— Martha! Não se sente, não!

Falei tá bom.

— Você não pode só falar tá bom. Tá bom o quê? Tá bom você não se sente assim?

— Não. Tá bom, você não precisa acreditar em mim.

Ela jogou todas as almofadas que estavam entre nós no chão e me obrigou a mover as pernas para poder se sentar bem ao meu lado. Disse que, se aquilo era verdade, precisávamos conversar. Falei que não precisávamos.

— Mas eu quero entender como é para você. Sentir-se assim.

Tentei. Pela primeira vez, contei a ela sobre a noite na sacada em Goldhawk Road. A forma como me senti enquanto estava lá parada, olhando para o jardim escuro, depois parei, porque ela pareceu muito chateada. Seus olhos estavam enormes e vidrados.

Falei que não era algo que realmente dava para explicar para alguém que nunca sentiu aquilo.

Ela chorou, um único soluço doído, depois pediu desculpa e tentou sorrir.

— Acho que é o cúmulo do "só quem viveu".

Por um tempo, ficamos assim, minha irmã segurando meu pulso, até eu dizer que ela precisava ir dormir.

Ouvi-a se levantar no meio da noite e fui ao quarto dela. Ela estava sentada na cama amamentando o bebê, beatífica à meia-luz do abajur que cobrira com uma toalha ainda úmida do chão do centro de recreação.

Ela disse:

— Vem e me ajuda a ficar acordada. — Deitei na cama ao lado dela. — Me conta algo engraçado.

Contei sobre a vez em que éramos adolescentes e nossa casa — sem explicação e como se por alguma força exterior a nós quatro — começou a ficar cheia de arte tribal africana, máscaras, chapéus decorativos, em tal quantidade que o andar de baixo da Goldhawk Road começou a parecer a lojinha do aeroporto internacional de Nairóbi. Contei que a única peça de que eu me lembrava direitinho era uma estátua da fertilidade em bronze que ficou um tempo no corredor, imediatamente ao lado da porta de entrada, e o falo era tão pronunciado que, como ela disse na época, quando sem querer era virado noventa graus parecia uma porra de uma cancela.

Ingrid disse que também lembrava.

— Comecei a pendurar minha sacola de educação física nele.

Nenhuma de nós sabia quando e como a estátua desapareceu. Só que, um dia, tudo sumiu. O bebê soluçou. Minha irmã deu uma risada. Perguntei:

— Qual é a melhor parte?

Sem tirar os olhos do filho, Ingrid disse:

— Isto. Tudo isso. Quer dizer, é uma merda, mas tudo isso. Especialmente — bocejou — o momento entre descobrir que está grávida e contar a todo mundo, inclusive ao marido. Mesmo que seja só uma semana ou um minuto, no meu caso. Ninguém fala dessa parte.

Ela seguiu descrevendo uma sensação de privacidade tão singular e eufórica que, por mais que se sentisse desesperada para contar a alguém, ainda era doloroso de abrir mão. Disse:

— A gente sente uma superioridade muito intensa, porque ninguém sabe que você tem outro dentro de você. Pelo tempo que for, pode andar por aí sabendo que é melhor que todo mundo. — Ela bocejou de novo e me entregou o bebê enquanto vestia a blusa. — Você sabia que é por isso que a Mona Lisa sorri daquele jeito? Tipo, tão arrogante. Porque tinha acabado de fazer um teste ou coisa do tipo no banheiro do estúdio e viu duas linhas imediatamente antes de se sentar, e ele a está estudando por dez horas por dia e o tempo todo ela está, tipo, ele nem sabe que estou grávida.

Perguntei como ela sabia disso, mas ela disse que não conseguia lembrar, tinha algo a ver com uma sombra que ele colocou no pescoço dela, alguma glândula que só aparece quando a mulher está grávida e que era melhor eu pesquisar no Google depois.

Então, de pernas cruzadas, Ingrid esticou um quadrado de musselina à sua frente, pegou o bebê de volta, deitou-o e o embrulhou apertado. Ela não o pegou no colo, em vez disso, ficou olhando-o e alisou uma dobra no tecido, depois falou:

— Às vezes, eu queria que você tivesse vontade de ter filhos. Só acho que seria legal ter bebês ao mesmo tempo.

Falei que talvez pudesse ter, mas que odiava centros de recreação, e eles pareciam requisitos para a tarefa.

Ingrid pegou o bebê e o ofereceu.

— Pode colocá-lo de volta no negócio?

Levantei e o carreguei apoiado em meu ombro. Senti como se ela estivesse me olhando enquanto o deitava no pequeno colchão e deslizava as mãos por baixo dele.

Ela disse Martha?

— Espero que não seja porque você realmente se acha um monstro.

Cobri-o com um cobertor, prendi dos dois lados e pedi para minha irmã não falar mais naquilo.

De manhã, levantei e preparei o café da manhã para os meninos, para ela poder continuar dormindo. O mais velho me pediu para fazer ovos cozidos.

O do meio disse não quero ovos cozidos e começou a chorar. Ele falou que queria panqueca.

Expliquei que eles podiam comer coisas diferentes.

— Não podemos, não.

Perguntei por quê.

Ele falou porque aqui não é um restaurante.

Enquanto esperava a panqueca, ele contou um sonho que tinha quando era bem mais novo sobre um homem malvado que estava tentando bebê-lo. Ele disse que não achava mais assustador. Só às vezes, quando se lembrava.

Perto da entrada da Basílica de São Marcos, vomitei num cinzeiro público. Patrick e eu estávamos em Veneza para nosso quinto aniversário de casamento. Nas duas semanas anteriores, ele não parava de me perguntar se eu queria cancelar, porque obviamente estava doente. Falei:

— Mas, desta vez, do corpo, não da mente, então, está tudo bem.

Eu queria muito cancelar. Mas ele havia comprado um guia *Lonely Planet*. Estava lendo-o na cama todas as noites e, por mais doente e apavorada que eu estivesse, não suportava decepcionar alguém cujos desejos eram tão modestos que podiam ser circulados a lápis.

Patrick achou um lugar para sentarmos. Falou que eu devia ir de novo ao médico assim que voltássemos a Oxford, caso não fosse só um vírus. Respondi que era e, como não tinha me feito vomitar antes, claramente era uma reação psicossomática, isolada, ao fato de a gente ter tanta cara de turista por causa da mochila dele.

Eu estava grávida. Sabia havia quinze dias e não tinha contado para ele. O médico que confirmara respondeu não faço ideia à pergunta sobre como isso havia acontecido com o implante ainda no meu braço.

— Nada é infalível. Enfim, cinco semanas, segundo as minhas contas.

Patrick se levantou e disse:

— Vamos voltar ao hotel. Você pode deitar e eu mudo nosso voo.

Deixei que ele me puxasse para ficar de pé.

— Mas você queria ver aquela Ponte de sei lá das quantas.

Ele respondeu:

— Não importa. A gente volta.

A caminhada para o hotel nos fez passar por ela de toda forma. Patrick pegou o guia e leu uma página que estava com o canto dobrado.

— Por que a Ponte dos Suspiros tem esse nome? — Ele disse que bom que você perguntou. — No século dezessete...

Ouvindo-o ler, senti que estava sendo comprimida pela tristeza. Não por causa de etc. etc., segundo a lenda, criminosos sendo levados à prisão do outro lado suspiravam com a última vista de Veneza pelas janelas da ponte, que têm um estilo tipicamente barroco. Só por causa da forma como Patrick franzia a sobrancelha para a página, como levantava os olhos intermitentemente para checar se eu estava escutando, como disse uau depois de terminar.

— É bastante deprimente.

Voltamos para casa no dia seguinte.

Contei para ele no loteamento. Todos os dias desde que descobrira, antes de Veneza, em Veneza, na semana que se passara desde então, eu decidia contar, mas, na hora, achava um motivo diferente para voltar atrás. Ele estava cansado, estava segurando o telefone, estava usando um pulôver de que eu não gostava. Estava feliz demais com o que estava fazendo. Naquele dia, um domingo, acordei e li o bilhete que ele tinha me deixado. Eu me vesti e fui atrás dele.

Ele estava sentado no tronco caído segurando algo. Não achei que fosse conseguir contar quando cheguei perto o bastante para reconhecer o que era. Eu não podia causar uma ruptura na existência dele, revelar minha traição e bifurcar o futuro de Patrick enquanto ele segurava uma garrafa térmica.

Sempre havia só uma razão. Quando contasse a ele, viraria realidade e eu precisaria consertar aquilo. Não havia mais tempo. Simplesmente falei.

No período em que fiquei adiando, pensei ter imaginado todas as reações que Patrick pudesse ter, mas foi pior do que qualquer uma que eu mesma fosse capaz de inventar — meu marido me perguntando de quanto tempo eu estava. Era uma frase específica demais para uma experiência que não havíamos tido, ou que não tínhamos permissão de usar em nossa versão.

Respondi:

— Oito semanas.

Ele não me perguntou há quanto tempo eu sabia. Era óbvio demais.

Falou:

— Não sei como não adivinhei. — Como se fosse culpa dele e, então, se debruçando, cotovelos nos joelhos, olhando para o chão, disse: — Mas não precisamos decidir o que fazer.

— Não, estou só te contando.

— Então, não há uma pressa imediata.

— Não. Mas não vou ficar esperando sem motivo.

Ele falou está bem.

— Faz sentido.

Coloquei um pouco do chá e entreguei a xícara de volta para ele.

— Eu vou indo. Te vejo em casa.

— Martha?

— Quê?

— Posso ter alguns dias?

Expliquei que não tinha marcado nada ainda. Haveria pelo menos esse tempo, de todo modo.

Patrick não mencionou o assunto quando chegou em casa nem nos dias que se seguiram, mas mudou seu comportamento em casa. Chegava cedo. Não me deixava fazer nada. Estava sempre lá de manhã, mas, quando eu acordava à noite, estava em outro lugar. Eu sabia que era a única coisa em que ele estava pensando.

Domingo, de novo, ele entrou no banheiro enquanto eu estava na banheira e se sentou na beirada. Falou:

— Então, desculpa por ter levado tanto tempo. Eu só estava pensando, você definitivamente não quer manter?

Falei que não.

— Você não acha que, se a gente mantivesse... porque, sinceramente, acho que você seria...

— Por favor, Patrick, não faça isso.

— Está bem. É só que não quero que seja algo que, depois, a gente deseje ter considerado.

Empurrei a água com o pé.

— Patrick!

— Tá bom. Desculpa. — Ele se levantou e jogou uma toalha no chão molhado. — Vou pegar o encaminhamento com um médico.

— A camisa e uma perna da calça jeans dele estavam ensopadas.

Quando ele estava saindo do banheiro, falei:

— Não era para ter acontecido. — Disse a ele que nunca tinha sido uma opção. Mas ele nem se virou, só respondeu sim, ok.

Deslizei para debaixo da água assim que ele fechou a porta.

No fim, acabou sendo um aborto espontâneo.

Começou na manhã da consulta, enquanto empurrava minha bicicleta por um trecho íngreme do caminho que margeava o canal. Percebi o que era e continuei andando. Em casa, liguei para Patrick, que estava no trabalho, e esperei no banheiro até que acabasse. Estava tão frio fora de casa que eu ainda estava de casaco quando ele chegou.

Ele me levou ao hospital e pediu desculpas, no caminho de casa, horas depois, por não conseguir pensar na coisa certa a dizer. Eu disse que tudo bem, não queria falar sobre aquilo na hora de qualquer maneira.

Não contei a ninguém o que tinha acontecido e, depois, só chorava se Patrick tivesse saído — assim que ele saía, pelo esforço de segurar. Em resumo, intensas explosões ao lembrar o que estivera prestes a fazer. Durante minutos, enquanto andava pela casa, chorando de gratidão por ela ter me deixado antes.

Muito tempo depois — tempo demais depois —, quando Patrick e eu conversamos sobre o que tinha acontecido, eu disse, "com ela", ele me perguntou como eu sabia que era uma menina.
Respondi que simplesmente sabia.
— Que nome você teria dado a ela?
Flora.
Falei:
— Não sei.

Há algumas coisas, crimes num casamento, tão grandes que é impossível se desculpar por elas. Em vez disso, vendo televisão no sofá, comendo o jantar que ele fez enquanto você tomava banho depois do hospital, você diz: Patrick?
Sim.
Gostei desse molho.

Dissemos para as Cotswolds, uma caminhada ou um bar, alguma coisa, só para sair de Oxford. Dissemos, vai ser bom. Dissemos, chegamos lá em meia hora. Vamos logo.
A saída ficava a dezesseis quilômetros da Casa Executiva. Patrick não virou. Tinha ficado estabelecido sem palavras, a esta altura, que nenhum de nós queria parar, só dirigir e seguir em frente até haver bastante distância atrás de nós. Olhei pela janela para o punhado de casas construídas de costas para a estrada. Elas se adensavam perto das cidades, depois se diluíam de novo. Campos à direita. Ficamos numa estrada categoria A. Ela se estreitou, virou

bosques dos dois lados. Atravessou devagar outras pequenas cidades, curvou, alargou e acelerou, passando por uma cidade. Suas periferias industriais se tornaram uma paisagem interiorana. Serviços. Placas para a M6. Dizia Birmingham, próxima saída. Deixou de ser bonita. Do outro lado, era bonita de novo. Patrick disse como você está? Bem. Não estou com fome, e você? Na verdade, não. Quer ouvir música? Você quer? Na verdade, não.

Passamos por uma placa que dizia Manchester 40 e olhamos um para o outro e sorrimos, em silêncio, olhos esbugalhados, como duas pessoas numa multidão reconhecendo um segredo compartilhado. Seis faixas, uma densidade de carros, motoristas de cada lado ficando familiares de tanto desacelerar e parar e andar de novo. Eles fumavam, batiam no volante. Seus passageiros olhavam o telefone, comiam e bebiam, colocavam os pés no painel.

Então, passamos por Manchester. Interior, mas simples, pontuado por fábricas. Silos. Em intervalos ao longo da estrada, uma casa suburbana sem um subúrbio.

Falei:

— Há quanto tempo estamos dirigindo?

Patrick olhou a hora.

— Saímos às nove, então, seis horas. Cinco e meia?

Nada por muito tempo exceto a vaga sensação da estrada se curvando e começando a subir. Ele abaixou a janela, talvez sal no ar, mas sem oceano à vista. Depois, sinuosa e íngreme, até Você Agora Está Entrando em Uma Área de Destacada Beleza Natural.

Era fim de tarde. Patrick disse talvez eu precise parar um pouco em breve. Dali a um quilômetro e meio, havia uma placa que dizia Acesso com o ícone de uma ponte e, depois da próxima curva da estrada, um acostamento não asfaltado.

O ar estava limpo e fresco. Alongamo-nos e mexemos nossas costas da mesma forma, em uníssono. Patrick disse um segundo, pegou nossos casacos e trancou o carro. Dei a mão para ele e caminhamos pelo caminho que cortava um bosque denso até um rio. A correnteza era ágil, mas, onde o rio se curvava, à nossa frente, havia se formado uma piscina. Era profunda e imóvel e verde-escura e,

DEVE TER ALGO *errado* **COMIGO**

da margem onde estávamos parados, uma queda de — segundo Patrick — "dois, três metros". Olhamos para a água.

Ele disse tá bom, mas eu vou primeiro.

Tiramos as roupas e as penduramos num galho. Patrick disse:

— Não vejo por que você pode ficar com a cobertura adicional do sutiã.

Tirei, e nós dois paramos por um minuto na beira, já tremendo. Ele falou:

— Mire no meio. — E saltou. O barulho dele batendo na água foi como algo rachando. Fiz o mesmo enquanto ele ainda estava sob a superfície. A água estava tão fria que, no instante do toque, não dava para diferenciar entre choque e pressão, depois uma dor aguda no músculo do coração, pulmões como pedras pesadas, depois a pele queimando. Abri meus olhos, um borrão de verde e lodo rodopiando. Pensei, mexa os braços, mas eles estavam rígidos acima da minha cabeça. Senti-me suspensa. Aí, tudo era o aperto de Patrick no meu antebraço e a adrenalina de ser levada para cima e o grande puxão de ar. E então estávamos frente a frente, sem falar, respirando com força. Ele ainda estava segurando meu braço e me arrastou na direção da margem.

Só fiquei submersa por um segundo, mas achei que já estava me afogando. Não achei que conseguiria nadar de volta, mas só estava a alguns metros da margem. Era só a dor da água. E, aí, Patrick estava me ajudando a subir de volta para a margem, e eu estava parada, enrolada em meu casaco, água escorrendo por minhas pernas nuas, e só havia se passado um minuto.

Corremos de volta ao carro, segurando nossas roupas e sapatos. Levou muito tempo para nos vestirmos no banco da frente, com ar quente rugindo pela ventilação, falando muito rápido sobre o que tínhamos acabados de fazer.

Falei, nós somos incríveis.

Patrick perguntou, você está muito a fim de batata frita?

Voltamos a dirigir e achamos um bar. Estava vazio tirando um casal de idosos sentado numa mesa do outro lado do salão e uma mulher atrás do balcão polindo copos. Comemos batatas fritas e bebemos cerveja em frente a uma lareira, e eu estava muito quente e muito limpa.

— Às vezes você pensa que nós somos incríveis, Patrick?

Ele disse que não.

— Mas provavelmente somos. Ninguém mais teria feito isso.

Falei que concordava.

— Qualquer um teria ficado com medo demais. Nós somos os únicos.

Patrick disse:

— Você está muito, muito sem jeito de estar sem calcinha e sutiã?

— Não tem ninguém aqui — respondi. — Somos as únicas pessoas no mundo.

Li um artigo numa revista dominical sobre um transtorno recém-classificado. O jornalista, ele próprio portador, descreveu a Síndrome do Internato como uma espécie de híbrido de TEPT/transtorno de apego que estava sendo silenciosamente suportado por uma massa de homens britânicos que tinham sido encarcerados desde os seis anos por vontade dos próprios pais. Os sintomas, disse ele, incluíam autoconfiança excessiva, a incapacidade de pedir ajuda, "orgulho pela resistência", uma bússola moral hiperativa e repressão de emoções, em especial as negativas.

Patrick estava vendo um jogo com bola na televisão, ao meu lado. Algum tempo tinha se passado desde o aborto, não o bastante para eu ter parado de contar as semanas.

Cutuquei a coxa dele com o pé e disse:

— Posso fazer um teste com você?

— Só faltam dez minutos para acabar.

— Quero ver se você tem a Síndrome do Internato.

— Dez minutos.

Comecei a falar mais alto que a narração e disse vamos lá, pergunta um.

— Você tem dificuldade de pedir ajuda aos outros?

Patrick respondeu não a isso e a cada uma das outras perguntas, mas categoricamente à pergunta sobre se sofria de apego emocional, alegando que estava apegado emocionalmente a mim desde os catorze anos. Cheguei ao fim da lista e fingi que não tinha chegado.

— Tem só mais algumas.

— Posso só assistir aos pênaltis?

— Grava.

Patrick suspirou e desligou a televisão.

— Você vivencia uma reação emocional violenta a certas comidas, principalmente ovos mexidos com alto teor de água, hortaliças brássicas e/ou qualquer líquido que adquira uma membrana ao ser fervido, como leite ou creme inglês?

Patrick me olhou, certo mas incerto de que eu estava inventando.

— Com exceção de casa, você se sente mais confortável comendo na cantina do trabalho porque a comida vem numa bandeja? E concordaria ou discordaria que talvez seja por só ter tido permissão de escolher o que ia comer aos dezoito que, como adulto, é o analisador de cardápio mais lento do mundo e às vezes sua esposa sente que talvez morra no cavernoso período entre a garçonete perguntar o que você quer e você realmente conseguir dizer?

Patrick ligou a televisão de novo.

— Até ela apontar, depois que vocês se casaram, estava ciente de que come com a cabeça baixa defendendo seu prato com um braço? — Ele estava aumentando o volume. Gritei: — Se você respondeu mais As, é você o maluco da relação, não sua esposa, como se supunha anteriormente.

Achei que ele estava fingindo estar irritado com meu teste idiota e só percebi que não quando ele de repente se levantou e saiu da sala sem desligar a televisão. Levantei e entrei atrás dele na cozinha, pedindo desculpas, sem uma ideia específica de pelo quê. Ele foi do armário para a pia e dali para a geladeira como se eu não estivesse ali. Foi humilhante. Subi e me tranquei no quartinho.

Por algum tempo, fiquei sentada na minha cadeira cortando pontas duplas do meu cabelo com tesouras de escritório, depois liguei meu computador, planejando adicionar itens à minha lista de desejos de coisas para comprar on-line. Em vez disso, fui ao site da revista e li de novo o artigo, sentindo-me culpada e, depois, triste, depois, assustada. Fechei o artigo, ouvindo Patrick subir.

Ele entrou, mas não disse nada. Eu me virei e, como ele continuou mudo, falei:

DEVE TER ALGO *errado* **COMIGO**   **207**

— Acho que a gente devia fazer terapia. — Não estava falando sério. Falei da forma como sempre fazia: para machucar, em retaliação por um suposto crime, e fiquei chocada quando ele respondeu também acho. — Por quê?

— Porque sim, Martha.

— Por quê?

— Por causa do incidente do rio.

Não consegui continuar a olhar para ele e, portanto, peguei de novo a tesoura. Ele disse, Martha.

— Dá para parar de cortar o cabelo? Me diz por que acha que a gente precisa fazer terapia.

— Porque você tem a Síndrome do Internato.

Ele saiu de casa e eu fui ao banheiro em busca dos calmantes que tinha recebido de um médico de plantão a que Patrick me levou ao fim do incidente do rio. Eu queria ver quando exatamente tinha me levantado no meio da noite e saído, caminhando, depois correndo o mais rápido possível pelo caminho ao longo do canal até Patrick me alcançar na primeira ponte.

Eu estava subindo pela lateral. Ele colocou os braços ao redor da minha cintura e tentou me puxar para baixo. Lutei contra ele e acidentalmente arranhei seu rosto. A energia dele durou mais que a minha e ele me levou de volta e me colocou no carro para ir ao médico, enquanto eu dizia desculpa sem parar.

Peguei o frasco de comprimidos e li a data no rótulo. Parecia errada. Fui dormir, embora houvesse ainda horas de sol, porque me sentia tão envergonhada que não suportava ficar acordada.

Foi um sonho sobre a bebê — o que me acordou e me mandou correr pelo rio, porque e se ela estivesse lá. Duas noites atrás.

Tivemos uma sessão com uma terapeuta. Era branca, mas estava vestida como se tivesse vindo direto de uma celebração do Kwanzaa e disse "não se preocupem!" quando nenhum dos dois conseguiu articular por que estávamos ali.

Patrick não conseguiu dizer: "Porque, numa ocasião recente, minha esposa se comportou como uma Anne de Green Gables psicótica e bem mais velha no episódio da Dama de Shalott".

Eu não consegui dizer: "Porque, nos últimos tempos, descobri que os pilares da personalidade do meu marido, as qualidades pelas quais ele é tão amplamente admirado, o estoicismo excepcional, equanimidade emocional e nunca reclamar, na verdade, são só sintomas de um transtorno recém-classificado".

— O importante é que vocês vieram. — A terapeuta disse que era um ótimo sinal e nos pediu para sentar, dirigindo-nos às duas cadeiras no meio da sala, já de frente uma para a outra e tão próximas que, quando nos sentamos, nossos joelhos se tocavam. Ela nos disse que, como era muito comum parceiros que estavam juntos há muito tempo pararem de olhar nos olhos um do outro, ela sempre começava pedindo para os casais fazerem exatamente isso — olharem-se com total concentração e sem falar por três minutos. Ela só observaria.

Depois de alguns segundos do início do exercício, uma rápida sucessão de alertas eletrônicos veio da bolsa aos pés dela. Patrick e eu nos viramos ao mesmo tempo e a vimos colocar a mão na bolsa e tatear atrás do telefone, dizendo:

— Acho bom atender, caso seja minha filha pedindo uma carona. — Quando o encontrou, ela deslizou o dedo pela tela e disse, sem tirar os olhos do aparelho. — Podem me ignorar. Continuem. Só preciso responder rapidinho.

Patrick não odeia nada, exceto peixe-espada como prato e na natureza, presentes engraçadinhos e, como configuração de iPhone, o som do teclado ativado. Enquanto a terapeuta compunha sua resposta, cada letra produzia um clique como código Morse. Ele me olhou desacreditando, mexeu os lábios dizendo "não acredito" depois que a terapeuta se debruçou para guardar o telefone mas o levantou de novo quando ele apitou mais duas vezes na mão dela.

— Desculpa, pessoal. Ela tem dezesseis anos. Nessa idade, eles acham que o mundo gira ao redor deles.

Patrick se levantou, pediu desculpas por se dar conta de que tinha se esquecido de fazer uma coisa e que precisava fazê-la imediatamente. A terapeuta pareceu perplexa quando ele me carregou para a saída do consultório dela.

De repente, estávamos lá fora, atravessando a rua correndo, de mãos dadas, na direção de um bar. Bebemos champanhe, depois tequila. Disse a Patrick que éramos como duas pessoas que tinham decidido se entregar, mas, no momento da rendição, percebido que, por mais que fosse exaustivo viver fugindo e sobrevivendo e não desistir, a alternativa é pior. Falei:

— Porque a alternativa são outras pessoas.

Patrick disse:

— Para mim, a alternativa é ficar sozinho.

Do lado de fora, no meio-fio, ele pegou minha mão de novo. Estávamos procurando um táxi, mas ele apontou para uma loja mais à frente e disse que queria comprar algumas coisas. Nós dois estávamos mais bêbados do que jamais havíamos estado juntos. Era uma pequena farmácia, cuja atendente era uma mulher com uma cara de infeliz que não nos achou engraçados. Patrick colocou balas de goma e uma escova de dentes no balcão. Ele perguntou:

— Quer alguma coisa, meu bem?

Peguei uma touca de banho e falei que queria voltar para casa a vestindo, se a mulher fizesse a gentileza de me devolvê-la depois de passar no caixa. Ele colocou tudo no balcão e falou:

— Tudo isso e um pacote das camisinhas da casa, por favor.

Beijamo-nos no táxi e fomos para a cama assim que entramos em casa. Era a primeira vez desde o aborto. Ou, na hora estava bêbada demais para notar, a primeira vez desde que eu havia engravidado.

Quando estávamos prestes a terminar, Patrick parou de se mexer e disse:

— Desculpa, pode continuar. Só preciso checar meu telefone caso alguém tenha entrado em contato querendo uma carona.

Depois, deitado ao meu lado, disse:

— Martha. Tudo está arruinado e bagunçado e completamente bem. A vida é isso. São só as proporções que mudam. Em geral, por si sós. Assim que você acha que é isso, vai ser assim para sempre, elas mudam de novo.

A vida era isso, e foi assim que continuou por mais três anos. As proporções mudando por si sós, arruinadas, completamente bem, férias, um cano vazando, novos lençóis, feliz aniversário, um técnico entre as nove e as três, um pássaro bateu na janela, quero morrer, por favor, não consigo respirar, acho que vai ser um almoço, eu te amo, não consigo mais fazer isto, nós dois achando que ia ser assim para sempre.

Uma nova diretora entrou no hospital de Patrick no ano passado, em maio. Ela tinha se mudado para Oxford pelo estilo de vida, mas seu marido, um psiquiatra, estava indo e voltando de Londres porque tinha acabado de conseguir um consultório na Harley Street e, disse ela, todo mundo sabe que isso é uma raridade.

Eu a conheci num jantar beneficente para uma causa da qual não consigo me lembrar, embora o propósito de ter ido fosse aumentar nossa conscientização. Ela me perguntou o que eu fazia, e contei que criava conteúdo para as pessoas poderem consumir. Era um trabalho que tinha aceitado em paralelo ao da coluna engraçada de gastronomia, que não mencionei, caso ela lesse a revista do Waitrose e percebesse que eu era a escritora que ela detestava. Falei:

— Também consumo conteúdo, de modo particular. Não conteúdo de minha própria criação, nesse caso, obviamente. Mas, de qualquer forma, sou parte do problema.

Ela riu, e eu prossegui, contando-lhe que, sempre que estava fora de casa e via uma mãe no telefone, ficava preocupada de que fosse o meu conteúdo que ela estivesse consumindo, em vez de olhar nos olhos do filho.

Ela respondeu:

— Certamente, parece que perdemos a capacidade de não ficar em nossos telefones, não é? — E soou melancólica.

— Mas tenho certeza que no fim da vida vamos todos pensar: queria ter consumido mais conteúdo.

Ela riu e tocou meu braço e, durante o resto de nossa conversa, sempre que ela compartilhava alguma informação sobre si, tentava enfatizar um ponto ou fazia alguma observação, repetia o mesmo gesto — tocava meu braço e, se eu dissesse algo que achasse engraçado, ela o apertava suavemente. Gostei muito dela por esse motivo e porque, embora tenha me perguntado outras coisas além do que eu fazia, não me perguntou se eu tinha filhos.

A caminho de casa, pedi para Patrick descobrir o nome do marido dela, o psiquiatra.

Eu não tinha um médico havia quatro anos; não estava procurando por um. Mas marquei uma consulta, acho que porque queria ver que tipo de pessoa ele seria — se ser casado com uma mulher como aquela significava que ele seria bom. Portanto, diferente de qualquer médico que eu já tivesse consultado antes.

Uma recepcionista me disse que, em geral, eu podia esperar doze semanas por um horário, mas houvera um cancelamento — muito raro — e o doutor podia me receber hoje às cinco da tarde, se eu achasse que conseguia chegar a tempo. Consegui ouvi-la clicando a caneta enquanto eu segurava o telefone com o ombro e olhava o horário dos trens, e então disse que conseguia.

A sala de espera era escura e parecia quente demais porque eu tinha corrido pela maior parte do caminho desde a estação de Paddington com um casaco pesado demais para maio. A mesma recepcionista disse que, em geral, a espera seria longa, mas o doutor me chamaria em um minuto. Também, disse ela, muito raro. Fiquei de pé e joguei um jogo que meu pai inventou para mim no começo: como eu melhoraria esta sala se só pudesse remover uma coisa? Escolhi a etiqueta com o preço visível do cíclame, depois me virei ao som de uma porta pesada se abrindo em cima do carpete grosso. Um homem usando calça de sarja, camisa branca e gravata de tricô saiu e disse:

— Olá, Martha, eu sou o Robert. — Ele apertou minha mão com firmeza, como se não presumisse que estaria frouxa.

Em sua sala, ele me disse para sentar onde eu quisesse, posicionando-se numa poltrona ergonômica que tinha um braço mais largo de um dos lados para acomodar o caderno, aberto em uma página em branco exceto pelo meu nome. Sentei e esperei enquanto ele o sublinhava. Então, com a outra mão, ele alisou a gravata e vi que seu dedo indicador estava enfaixado com um esparadrapo muito branco e profissional. Estava rígido, separado dos outros dedos, isento de uso.

Ele levantou os olhos e me pediu para começar do começo. Por que tinha vindo vê-lo? E, depois da minha resposta, que pareceu desinteressante quando eu a dei, conseguia lembrar a primeira vez que me senti assim?

Ciclônico, tornando-se fechado ou muito fechado. Ocasionalmente bom.

Comecei com o dia do meu último exame pré-universitário e parei às nove e meia daquela manhã, quando tinha saído com um saco de lixo e uma mulher que estava passando segurando duas criancinhas pelas mãos sorriu para mim e disse que eu parecia tão cansada quanto ela se sentia. Fiquei imóvel até ela ir embora, depois entrei de volta com o saco de lixo e o joguei no corredor. Ele bateu na parede e estourou. Falei que seria Patrick quem o encontraria, porque eu estava aqui, e ele ia só limpar, espaguete e cascas de ovo, e ainda assim, depois de tanto tempo, fingir que era uma coisa normal que as esposas faziam.

Robert me perguntou se eu jogava muito as coisas ou fazia algo mais que eu não consideraria, "com suas próprias palavras, normal".

Contei sobre a vez que tinha espatifado um vaso de argila contra o muro do jardim. Contei a ele sobre bater o telefone tantas vezes contra os azulejos da cozinha que pedaços de vidro entraram na minha mão, sobre jogar o secador em Patrick, o hematoma que ficou, sobre jogar meu carro de propósito contra a mureta de metal num estacionamento, sobre ficar parada de costas para a parede batendo a cabeça sem parar porque a dor era melhor do que a forma como me sentia, sobre os dias em que eu não conseguia me levantar, as noites em que não conseguia dormir, os livros que havia despedaçado e as roupas que havia rasgado pelas costuras. Com exceção do secador de cabelo, nada disso não era recente.

Pedi desculpas a ele e disse que não tinha problema nenhum se ele não conseguisse pensar em nada em termos de me ajudar. Como um adendo, falei:

— O engraçado, não engraçado de dar risada, mas engraçado de terrível, é que, quando termina e me sinto normal, eu vejo as sobras, pedaços de louça quebrada no lixo ou o que for e penso: quem fez isso? Realmente não consigo acreditar que fui eu. — Contei a ele sobre as crises de guarda-roupa de Ingrid. O fato de ele continuar fazendo anotações me afetou de maneira peculiar. A delicadeza, acho, ele agindo como se fosse algo que valesse a pena escrever.

Ele virou a página do caderno e me perguntou quais diagnósticos outros médicos já haviam me dado. Falei:

— Mononucleose infecciosa, depressão clínica, depois, em ordem… — E passei a listar um após o outro até estar sendo chata e dar uma risadinha. — A maior parte do índice do DSM, na verdade.

Procurei o dicionário de transtornos mentais que sempre ficava à mostra em algum lugar nos consultórios de médicos do tipo que eu frequentava. Tinha se tornado uma espécie de *Onde está Wally?* deprimente — tentando encontrar a lombada vermelho-sangue nas prateleiras de livros de psiquiatria com títulos que pareciam intencionalmente ameaçadores. Mas não estava em lugar nenhum. Senti outra onda de gratidão quando me virei de novo e vi que ele estava me esperando.

— O que mais me interessa é o diagnóstico que você mesma se deu, Martha.

Pausei como se precisasse pensar naquilo.

— Que não sou boa em ser uma pessoa. Pareço ter mais dificuldade em estar viva do que a maioria.

Ele disse que era interessante.

— Mas, com base no fato de que você está aqui hoje, também deve achar que há uma explicação médica. — Assenti. — Nesse caso, o que diria que é?

Respondi:

DEVE TER ALGO *errado* **COMIGO**

— Depressão, provavelmente, mas não é constante. Só começa sem motivo ou por um motivo que parece pequeno demais. — Eu me preparei para que ele pegasse a lista plastificada da gaveta, virasse na minha direção e me obrigasse a fazer Sempre, Às Vezes, Raramente, Nunca.

Toujours, parfois, rarement, jamais.

Em vez disso, ele levou um tempo para recolocar a tampa da caneta, colocou-a sobre o caderno e disse:

— Talvez você possa me dizer como é quando você de repente se vê nas trincheiras, por assim dizer.

Descrevi das maneiras como descrevera a Patrick, depois da primeira exposição para ele — aquele dia no verão quando ainda não estávamos juntos — e tantas vezes depois. Falei:

— É como ir ao cinema quando está claro e, quando você sai, ficar chocado porque não esperava que estivesse escuro, mas está. É como estar num ônibus e estranhos de cada lado começam de repente a gritar um com o outro, brigando por cima de você, e você não consegue sair. Você está parada e, de repente, está caindo por um lance de escadas, mas não sabe quem te empurrou. Não tem ninguém atrás. É como quando você entra no metrô e o céu está azul e, quando você sai, está chovendo a cântaros.

Por um momento, ele esperou como se pudesse haver mais, depois disse que eram descrições interessantes e muito úteis.

Mordi a unha do dedão, depois baixei os olhos para ela por um segundo e puxei uma parte que não tinha saído por completo.

— Basicamente, é como o clima. Mesmo que você esteja preparado, não pode fazer nada. Vai vir de todo jeito.

— Um clima cerebral, digamos?

— É. Acho que sim.

Robert continuou:

— Sinto muito por você. Parece que tem sido difícil há muito tempo. — Assenti, mordendo a unha de novo.

— Fiquei me perguntando, será que alguém já mencionou ▬▬▬▬ a você, Martha?

Mexi a mão e disse não, graças a Deus.

— É o único que não recebi nem disseram que eu tenho. Se bem que, na verdade — lembrei enquanto falava —, quando eu tinha, talvez, uns dezoito anos, um médico escocês disse que não podia descartar, mas minha mãe disse a ele que ela podia, sim. Ela disse que a única coisa que acontecia era que eu chorava o tempo todo; que eu não era uma maluca completa que acha que é Boadiceia e que Deus fala com ela por meio do aparelho odontológico dela.

— Não, claro. Mas, preciso dizer — ele pausou brevemente —, o tipo de sintomas que sua mãe descreveu em termos tão vívidos só existe no imaginário popular. Sintomas reais podem incluir… — Robert nomeou uma dezena.

Eu tinha começado a sentir um calor desconfortável e, agora, parecia que alguém tinha enfiado um pano na minha garganta. Engoli.

— Mas é que ████████ é uma coisa que eu não quero — falei, e me senti idiota, depois, grossa.

Ele falou:

— Entendo perfeitamente. Como doença, ████████ não é bem compreendida e, inegavelmente, com o público geral, carrega uma espécie de…

— Por que você acha que é isso?

— Porque, em geral, começa com… — Uma pequena bomba explodindo no seu cérebro aos dezessete anos. — E devem ter te receitado… — Robert listou todos os medicamentos que eu já tinha tomado, todos os nomes familiares e há muito esquecidos, depois me explicou os motivos clínicos para não terem funcionado, terem funcionado mal ou terem me deixado muito pior.

Engoli de novo quando as lágrimas que tinham sido uma dor atrás dos meus olhos desde que ele dissera parece que tem sido difícil há muito tempo começaram a escorrer pelo meu rosto. Robert pegou uma caixa de lenços e, como acabou que estava vazia, tirou seu próprio lenço de tecido e o ofereceu por cima do tapete entre nós. Sequei o rosto e me perguntei quem passava os lenços deste homem por ele.

Perguntei por que ninguém mais tinha pensado nisso, fora o médico escocês que nem tinha certeza.

DEVE TER ALGO *errado* **COMIGO**

— Eu diria que porque você vem administrando a doença tão bem há tantos anos.

Eu não conseguia parar de chorar porque a única coisa que achava que administrava bem era ser uma pessoa difícil e sensível demais. Robert se levantou e me serviu um copo d'água. Eu me obriguei a sentar ereta e dizer obrigada. Bebi metade, depois falei ▬▬▬▬ em voz alta para ver como era, aplicando a palavra a mim mesma.

Ele voltou à sua cadeira, alisou a gravata e disse:

— É o que eu acho, sim.

— Bom. — Inspirei devagar e expirei. — Tomara que seja do tipo que passa em vinte e quatro horas.

Robert sorriu.

— Ouvi dizer que está todo mundo pegando. Você estaria interessada em tentar o que costumo prescrever para isso, Martha? Costuma ser muito eficaz.

Eu disse tudo bem e olhei pela janela, em silêncio, os prédios vitorianos do outro lado da Harley Street, enquanto ele começava a fazer minha receita. Eram tão bonitos. Não sabia se tinham sido construídos para pessoas doentes. Não achava que, se fosse o caso, teriam se dado a tanto trabalho. Virei-me de volta a Robert, que dizia:

— Perdoe minha lentidão para digitar. Tive um contratempo com um tomate.

Perguntei se ele tinha precisado levar pontos. Enquanto ele colocava papel na impressora, falou que, na verdade, meia dúzia.

No fim, fomos os dois até a porta, e Robert disse que me esperaria de volta dali a seis semanas. Quis dizer algo mais do que obrigada, mas só consegui falar:

— Você é uma boa pessoa — de uma forma que nos deixou ambos envergonhados, e, depois de apertar de novo a mão dele, me virei e andei rápido de volta à sala de espera.

A recepcionista cobrou o pagamento e disse:

— Virou uma consulta dupla, mas parece que o doutor registrou como uma só.

Perguntei a ela se era raro. Ela disse muito.

✕

Do lado de fora, coloquei o casaco para me proteger de uma névoa úmida e caminhei devagar na direção da farmácia na Wigmore Street. No caminho, parei no meio da calçada e peguei meu telefone. Um homem vindo na minha direção num patinete teve de desviar. Ele disse puta merda sai da frente. Dei um passo para trás, parando na porta de um restaurante fechado e dei um Google em ▬▬▬, clicando num site médico americano que apresenta todas as informações em formato de teste ou artigos com manchetes que parecem ser de uma revista feminina de supermercado se você os imaginar com pontos de exclamação. Ingrid o consultava antes de Hamish bloqueá-lo no navegador dela porque, ela me disse, não importa o sintoma que você coloque, literalmente sempre diz que você está com câncer.

Sentei no degrau e rolei a tela.

▬▬▬: Sintomas, tratamentos e mais!

▬▬▬: Mitos e fatos!

Vivendo com ▬▬▬? Nove alimentos a evitar!

Desejei que minha irmã estivesse comigo para pegar meu telefone e fingir que continuava lendo: Jantares fáceis de fazer para pessoas com ▬▬▬! Cinco semanas para uma barriga negativa para quem tem ▬▬▬. Acha que tem ▬▬▬? Provavelmente é só câncer!

Passei direto por ▬▬▬ e gravidez, porque já sabia o que estava escrito, e cliquei em Sintomas de ▬▬▬: Quantos você consegue listar? Eu conseguia listar todos. Se fosse um programa de auditório, teria chance de ganhar o carro.

Saí da farmácia e, chegando à estação, percebi que não queria ir para casa. Decidi, em vez disso, caminhar até Notting Hill. Eu não tinha um motivo para ir lá, exceto que levaria muito tempo. Começava a escurecer quando cheguei ao parque. Caminhei pela ciclovia, esperando chorar. O frasco de comprimidos chocalhava dentro da minha bolsa a cada passo. Não chorei. Só olhei as árvores, seus galhos negros pingando chuva, e segurei o lenço seco de Robert dentro de meu bolso.

No topo da Broad Walk, pensei em Patrick batendo sem querer no peito de Ingrid quando éramos adolescentes e, agora, na Casa Executiva, limpando a sujeira que eu tinha deixado, esperando que eu voltasse de onde quer que estivesse.

Peguei meu telefone enquanto caminhava. Contatos, Favoritos, Patrick como MARIDO. Eu não sabia o que ele ia dizer nem o que eu esperava que ele dissesse. Seguindo em frente, o imaginei me abraçando, perguntando se eu estava bem. Ficando chocado, contestando o diagnóstico de Robert, dizendo que obviamente precisávamos de uma segunda opinião. Ou "pensando agora, faz sentido". Guardei meu telefone e saí do parque no portão seguinte.

Já escuro, subi a Pembridge Road até Ladbroke Grove, depois segui para Westbourne Terrace. O supermercado de produtos orgânicos onde Nicholas e eu tínhamos trabalhado havia se tornado uma clínica que oferecia depilação a laser e preenchimentos cosméticos. As lojas e o bar de cada lado ainda estavam abertos, mas eu estava ensopada demais para entrar. Só fiquei lá parada por um minuto, escutando meu primo. "Idealmente, Martha, seja bom descobrir por que você não para de botar fogo na sua casa." Dei meia-volta e caminhei pela Pembridge Road até a estação, permitindo-me ficar presa atrás de turistas que andavam devagar, porque ainda não queria ir para casa.

No trem de volta a Oxford, liguei para Goldhawk Road, esperando ouvir a voz do meu pai. Já tinha tentado ligar para Ingrid da estação, para contar sobre a consulta. A resposta automática dela dizia Não Posso Falar No Momento. Agora, exausta, eu só queria escutar meu pai falando algo desinteressante, sabendo que ele continuaria por algum tempo, desde que eu dissesse jura? a intervalos regulares.

Minha mãe atendeu e disse imediatamente:

— Ele foi à biblioteca. Liga depois.

No quesito fonte de conforto, sempre tinha considerado minha mãe muitos degraus abaixo do último recurso. Hoje, me parece engraçada a frase que soou em minha mente naquele momento: Ah, bem. Um porto numa tempestade.

Falei:

— Podemos conversar, eu e você.

Minha mãe exagerou o choque.

— Podemos? Está bem. Como vai você? É assim que essas conversas começam, não é?

Respondi:

— Estou voltando de Londres. Acabei de sair de um psiquiatra.

— Por quê?

Falei que não tinha certeza.

É engraçado, agora, porque ela era a tempestade. Prestes a desabar na minha cabeça.

— Bom, espero que você não acredite numa palavra do que ele disse. Nunca conheci um psiquiatra que não falasse merda. Eles querem que todos nós sejamos loucos. É do interesse deles.

Ela sabia. Eu estava segurando o telefone com tanta força que senti um pequeno choque subir pelo meu braço.

Minha mãe disse:

— Você ainda está aí?

— Lembra aquela vez quando eu tinha dezoito anos — a saliva estava enchendo minha boca daquela forma que precede o vômito — e você me levou num médico que disse que eu tinha ▰▰▰▰▰? — Minha coxa direita começou a tremer. Precisei segurá-la com a mão.

— Não lembro.

— Ele era escocês. Você derrubou o cabideiro dele de propósito na saída e se recusou a pagar. A recepcionista seguiu a gente até o carro.

Minha mãe disse:

— E se eu lembrar, o que tem?

— Por que você ficou tão brava?

Houve um silêncio, e chequei minha tela para conferir se ela tinha desligado. Mas o cronômetro ainda estava seguindo, e coloquei o telefone de volta no ouvido.

Por fim, ela respondeu:

— Porque ele estava tentando colocar um rótulo horrível em você.

— Mas ele tinha razão. Não tinha?

— Quem falou. — Não era uma pergunta. Ela falou como se fosse uma criança brigando com um irmão. Quem falou.

Eu disse a ela que não importava.

— Você sabia que ele tinha razão. Você sabia o tempo todo e não falou nada. Por que faria isso comigo?

A esta altura, minhas duas pernas estavam tremendo.

— Eu não fiz nada com você. Já te disse, não queria que você passasse a vida toda com aquele rótulo terrível grudado em você. Fiz isso pelo seu bem.

— Mas o que acontece com os rótulos é que eles são muito úteis quando estão certos, porque — continuei por cima da tentativa de interrupção dela —, porque, aí, você não fica se dando os errados, como difícil, ou maluca, ou psicótica, ou má esposa. — Foi aí que comecei a chorar de verdade desde que saíra do consultório de Robert. Abaixei a cabeça para que meu cabelo caísse e escondesse o meu rosto, mas minha voz estava cada vez mais alta. — Passei minha vida adulta toda tentando entender o que há de errado comigo. Por que você não me contou? Não acredito que tivesse a ver com rótulos. Não acredito em você. — Um homem do outro lado do corredor se levantou e levou o filho e a filha para assentos mais distantes. — Você ficava perfeitamente contente que fossem outras coisas. Me deixou pensar que era depressão e tudo o mais que os médicos me falaram. Por que não isto? Por que você não…

Ela me interrompeu.

— Eu não queria que fosse verdade. ▆▆▆▆▆▆ é uma doença odiosa. Nossa família foi destruída por ela. A minha família e a do seu pai. Eu vi o que ela faz, acredite, e não consegui suportar a ideia de você ser assim também. Não consegui. Se isso me faz uma mãe ruim…

— Quem?

— Como assim?

— Quem na nossa família?

Minha mãe exalou e começou a falar no tom exausto de alguém começando uma lista que sabe que é longa.

— A mãe do seu pai, a irmã dele que você nunca conheceu. Uma das minhas tias ou provavelmente as duas. E minha mãe, que acho que posso contar agora que não morreu de câncer. Ela entrou no mar no meio de fevereiro. — Ela parou e, aí, soando exausta, disse: — E, provavelmente…

— … você.

Ela falou sim.

— Eu.

— Mas não provavelmente.

— Não. Não provavelmente.

Pela janela, a periferia de Londres estava dando lugar ao interior. O trem desacelerou e parou num trecho de trilho iluminado. Um bando grande de pássaros voou de uma árvore pelada. Fiquei olhando-os até minha mãe dizer:

— O que você quer que eu faça?

O bando se separou em dois, deu uma volta para cima e voltou a se unir.

— Você pode parar de beber. — Desliguei, supondo que minha mãe já tivesse feito o mesmo.

Senti-me devastada. Pelo resto do caminho, minha mente passou por períodos de doença. As lembranças vieram fora de ordem. Tentei posicionar minha mãe nelas, mas ela nunca estava em lugar nenhum. Chegando à estação, mandei uma mensagem lhe dizendo para não contar nada para Ingrid nem para meu pai. Ela não respondeu.

Entrei na Casa Executiva e fui para a cozinha. Patrick e alguns colegas estavam sentados ao redor da mesa. Havia garrafas de cerveja na frente deles. Alguém tinha aberto um saco de batatinhas, rasgado inteiro pelo meio. Agora, era um quadrado gorduroso prateado só com migalhas.

Patrick falou oi, Martha, e se levantou, fazendo um gesto fora da visão deles ao se aproximar, indicando que definitivamente tinha me informado sobre o que estava acontecendo, mas, evidentemente, eu havia esquecido. Afastei minha cabeça da tentativa de beijar dele, e, com um olhar incerto, ele voltou a se sentar.

Um dos médicos, abrindo outra cerveja, me disse que eu podia me sentar com eles. Outro disse que era uma boa ideia, já que eles estavam só papeando. Todos os outros médicos sinalizaram sua concordância, todos os outros médicos inúteis, inúteis de merda, médicos de merda, com sua confiança médica e com seu ar médico que dominava um cômodo e todo o ar nele, me dizendo o que eu podia ou não fazer e decidindo por mim o que era uma boa ideia. Falei não, obrigada e subi correndo, deixando-os conversando uns com os outros, com a certeza do que sabiam, embora nenhum médico que eu já tivesse conhecido, exceto um, soubesse porra nenhuma. Nem mesmo Patrick. Meu próprio marido, médico, não tinha descoberto o que havia de errado comigo. Em todo esse tempo.

Tomei banho. Depois, fiquei parada no meio do banheiro, pingando sem toalha, olhando as plantas e a vela de sessenta libras, os potes de coisas. Nada era meu. Tudo tinha sido escolhido por uma mulher que, até onde sabia, não tinha ▬▬▬▬, uma mulher que só achava que não era boa em ser uma pessoa.

Fingi estar dormindo quando Patrick subiu mais tarde. Na manhã seguinte, depois que ele saiu, peguei um dos novos comprimidos do frasco ainda na minha bolsa. Era minúsculo e rosa-claro. Na cozinha, enchi a mão de água da torneira, Mim quer biscoito, e saí para dar uma volta.

Durante o caminho todo, pensei em meu diagnóstico. No fato de que, ao recebê-lo, o mistério de minha existência fora resolvido. ▬▬▬▬ tinha determinado o curso de minha vida. Tinha sido procurado e nunca encontrado, conjecturado, nunca corretamente, suspeitado e desqualificado. Mas sempre havia existido. Informara cada decisão já tomada por mim. Fazia com que eu agisse da forma como agia. Era a causa do meu choro. Quando eu gritava com Patrick, colocava as palavras na minha boca; quando eu jogava coisas, era ▬▬▬ que levantava meu braço. Eu não tivera escolha. E, toda vez nas últimas duas décadas que eu vira uma estranha ao me observar, eu estava certa. Nunca fora eu.

Agora, eu não conseguia entender como não tinha visto. Cada vez menos quanto mais eu caminhava. Não é incomum. Os sintomas não são ocultos. Não podem ser disfarçados pela pessoa afligida numa crise. Devia ter sido óbvio para Patrick, o observador, todo o tempo.

Ele chegou em casa naquela noite e pediu desculpa por eu não ter lembrado da reunião ontem à noite. Eu estava na pia enchendo um copo. Olhei por cima do ombro e o vi pairando na porta, segurando um saco plástico com algo dentro. Ele me perguntou como tinha sido o meu dia. Falei bom e fechei a torneira. Naquele momento, ele me pareceu, com seu saco plástico, desinteligente. Uma pessoa incerta, que não questionava nada. Pedi que ele saísse da frente, e ele deu um passo para o lado. Ele pediu desculpa quando meu cotovelo bateu nele quando passei, e me enchi de desdém por um homem que era tão gentil, e obediente, e alheio.

MEU PAI ME PERGUNTOU ao telefone se eu poderia ir à cidade almoçar com ele. Presumi que queria falar sobre o que minha mãe lhe tinha contado e a nossa discussão no trem, porque mencionou imediatamente que ela não estaria em casa, como se soubesse que eu diria não se ela estivesse.

Eu havia pensado nela constantemente na semana desde minha consulta, encenando conversas mentais com ela, telefonemas, rabiscando cartas listando cada um de seus crimes, todas as formas como ela havia ferido a mim, minha irmã e meu pai, até onde eu me lembrava. Páginas sobre seu descumprimento do dever como mãe — sua escolha de fazer estátuas feias a partir de lixo em vez de cuidar de nós. Sobre o jeito como bebia e caía, sua crueldade estúpida com Winsome, o fato de ela ser gorda e desimportante, a vergonha de minha vida, e agora eu nunca mais queria vê-la novamente.

Patrick não parava de me perguntar se eu estava bem. Ficava me dizendo que eu parecia um pouco preocupada. Um pouco estressada. Ele se perguntava se algo havia acontecido. Mas minha mãe não deixava espaço para Patrick — sua incapacidade de perceber que havia algo errado comigo era muito menor do que o esforço dela para fingir que não havia, sua devoção de décadas para não notar.

Eu o mandei parar de perguntar e ele o fez, me deixando livre para pensar em minha mãe à exclusão de tudo o mais, acordada e em sonho. Patrick e contar a Patrick e a possível reação de Patrick a ▬▬▬▬ tinham se tornado irrelevantes para mim. Tudo o que eu queria era odiar minha mãe, puni-la e expor o que ela tinha feito. Eu disse sim ao almoço.

✗

Quando cheguei, meu pai estava na cozinha, passando manteiga em sanduíches. Nós os levamos para seu escritório e nos sentamos no sofá embaixo da janela, com nossos pratos no colo. Ele me perguntou o que eu estava lendo. Eu não estava lendo nada e disse *Jane Eyre*. Ele me disse que deveria pegá-lo de novo também, depois, com uma breve hesitação:

— Sabe, sua mãe não bebeu nada esta semana. Quase seis dias.

Ficando tensa, falei:

— É mesmo. Bom, você sabia que minha mãe tem… — E, então, parei. Sua expressão era tão clara. Ele parecia tão certo de que eu ficaria feliz com aquilo. Que chegou a pensar que valia a pena relatar. — Você sabia que ela…

Ele esperou e, um pouco depois, com minha resposta ainda pela metade, pegou seu sanduíche. Um pequeno pedaço de pepino escorregou. Ele falou ops. Era insuportável. Eu não queria magoá-lo, só queria machucá-la. De alguma forma direta, não através dele. Só falei:

— Seis dias não é nem o recorde pessoal dela.

Meu pai levantou um canto do pão e colocou o pepino de volta.

— É, acho que não.

— Mas você quer falar sobre ██████?

— Do quê?

— Do meu diagnóstico. Do médico novo.

Ele pediu desculpa. Disse que não estava se lembrando.

Minha mãe não havia lhe contado. Supus, por um segundo, que em deferência à minha mensagem. Mas, depois, claro que não. Senti-me tão cansada.

Meu pai pediu:

— Você precisa me dar uma pista.

Comecei a contar a ele o que Robert havia dito.

O interesse em seu rosto virou preocupação e, então, sofrimento total enquanto eu continuava. Ele disse puxa vida.

— Puxa vida — dizia sem parar. Eu via que ele queria acreditar em mim quando eu disse, como uma espécie de conclusão, que isto é bom, porque significa que não sou louca.

Ele disse sim, ok.

— Entendo isso e, supostamente, isso realmente acomete os mais brilhantes. Inclusive — ele afastou o prato e se levantou, indo ao computador, enorme e velho, comprado com o dinheiro da aliança de noivado de Jonathan —, vamos dar uma olhada.

Ele batucou no teclado com os dedos indicadores, dizendo devagar e em voz alta:

— Pessoas... famosas... com... ▬▬▬▬. — Ele pressionou mais uma tecla e olhou a tela, apertando os olhos para os slides de fotos oferecidos. Eu o vi tentar, com algum esforço, guiar o mouse na direção do alvo. E me senti feliz, sem explicação exceto pelo fato de estar com ele, neste cômodo em que tínhamos passado tanto tempo e onde eu sempre me sentira bem, se estivéssemos só nós dois.

Clicou e disse:

— Olha, vamos lá. Logo no começo. — Ele leu em voz alta o nome do artista famoso que aparecia em primeiro lugar. Olhei a foto em branco e preto e disse que era uma escolha curiosa — o artista sentado na beirada de uma cama, segurando um rifle.

— Ele não se deu um tiro na cabeça?

Meu pai pegou o mouse. Outro artista morto apareceu, depois um compositor morto e dois escritores mortos enquanto ele continuava clicando, cada vez mais rápido, em busca de um exemplo melhor. Um político morto e um apresentador de televisão morto. Assisti, ciente de que devia ter ficado chateada com a lista virtual de suicídios, mas não me chateei. Apesar de tudo que havia feito comigo, não tinha me vencido. Pessoas mais brilhantes, famosas e desconhecidas, não tinham conseguido, embora tivessem feito tanto para se salvar e eu tivesse feito tão pouco. Eu não merecia estar viva no lugar delas. Elas tinham sofrido e perdido. Eu tinha ouvido de um médico que havia administrado a doença muito bem. Não devia ter tido tanta sorte.

Após uma série de atores mortos, meu pai olhou por cima do ombro e, soando desesperado, perguntou:

— Quem é esse?

— É um comediante que era viciado em analgésicos. Mas ele ainda está vivo, o que é uma coisa boa.

— Sim. — Meu pai deu um sorriso fraco antes de voltar à tela e passar por uma foto de um artista pop que ele também não reconheceu, desesperado até, finalmente, recostar-se na cadeira. Ele pronunciou o nome de um poeta americano que tinha morrido, mas de causas naturais. Exausto, mas recompensado. Falou:

— Ora, eu não sabia disso.

Eu ri e falei:

— Incrível.

— É incrível. Minha filha e o arquiteto do pós-modernismo!

Perguntei se ele achava que devíamos ir fazer um café, e ele pulou da cadeira e se dirigiu à cozinha na minha frente.

No fim da tarde, à porta da frente prestes a ir embora, abracei meu pai e, com a bochecha apertada contra o peito dele, com a sensação familiar e o cheiro de lã de seu cardigã, falei:

— Por favor, não conte para ninguém sobre ▆▆▆▆▆. Para a Ingrid nem ninguém. Ainda não contei ao Patrick.

Ele deu um passo para trás.

— Por que não?

Baixei os olhos e alisei uma dobra no tapete do corredor com o pé.

— Martha?

— Porque sim. Estava ocupada.

— Mesmo assim, mesmo se estivesse — meu pai pausou, tentando pensar numa forma mais delicada de dizer não minta, você nunca está ocupada —, em todo caso, isto é mais importante que qualquer outra coisa. É a coisa mais importante. Estou surpreso, para ser bem sincero.

Eu tinha cometido tantos crimes como filha dele e nunca, nenhuma vez, meu pai ficara bravo comigo. Ele estava bravo comigo agora, por um crime contra outra pessoa.

— Bom — falei —, para ser bem sincera — meu pai se encolheu com o meu tom —, não tive tempo de falar com o Patrick porque estive tentando processar o fato de que sua esposa tinha essa informação desde sempre e decidiu só guardar para si. Quer dizer, sim, minha filha não está bem de maneira intermitente pela maior parte de sua vida e talvez tenha leves tendências suicidas, mas por que incomodá-la com o motivo. Com certeza, é só tomar um banho que passa. — Não consegui saber se o rosto do meu pai ainda expressava choque pela forma como eu estava falando, ou incredulidade, ou tristeza porque sabia que era verdade. Ele só disse Martha, Martha quando eu o empurrei para passar e saí, batendo a porta com força demais. O fato de eu não ter contado a Patrick, até aquele momento, não havia parecido errado. Não havia feito eu me sentir culpada. Mas caminhei até a estação com o peso da condenação, odiando minha mãe por isso também.

Quando o metrô saiu de um túnel para um trecho de trilho ao ar livre, meu telefone tocou dentro da bolsa. Atendi, e a recepcionista de Robert me falou que o doutor queria falar comigo, que eu, por favor, ficasse na linha.

Esperei, ouvindo uma parte perturbadora do *O Messias*, de Händel, até haver um clique e, aí, Robert falando alô, Martha. Ele esperava que não tivesse me pegado num momento ruim, mas tinha percebido hoje de manhã, revisando as anotações sobre mim, que não havia feito uma das perguntas-padrão antes de dar a receita — era um lapso pelo qual ele sentia muito, embora, neste caso, não fosse perigoso.

O metrô estava chegando na próxima estação, e mal consegui escutá-lo por cima do anúncio gravado. Pedi desculpa e perguntei se ele podia repetir.

Ele disse é claro.

— Você não está grávida nem tentando engravidar? Acabei não perguntando durante nossa consulta.

Respondi que não.

Robert falou maravilha e me disse que não era necessária nenhuma mudança quanto à medicação, ele apenas precisava checar para seus registros e, então, era só isso.

Por cima do apito alto das portas, falei por favor.

— Só, rapidamente, teria problema se eu estivesse?

Ele disse perdão?

Um grupo de garotos adolescentes estava tentando entrar no vagão tarde demais. Um forçou as portas e as manteve abertas enquanto os outros passavam por baixo do braço dele. Eu não estava consciente de ter levantado, mas o ouvi me chamando de vaca quando o empurrei para poder sair.

Na plataforma, perguntei de novo a Robert se teria problema caso engravidasse tomando esse medicamento.

— Nem um pouco, não.

O metrô saiu e, no silêncio total que se fez então, eu o ouvi dizer:

— Qualquer medicação nesta categoria, e certamente as versões que lhe prescreveram antes, é perfeitamente segura.

Perguntei se ele se importava de esperar um momento enquanto eu procurava um lugar para me sentar. Em vez disso, me debrucei sobre uma lata de lixo e cuspi lá dentro, segurando o telefone o mais longe que conseguia. Nada saiu, embora houvesse uma sensação grossa de vômito na minha garganta.

Robert me perguntou se estava tudo bem. Havia uma fileira de bancos ao lado da lata de lixo. Fui me sentar, mas errei a beirada e caí de bunda. A plataforma agora estava vazia. Fiquei lá, no chão imundo.

— Não. Desculpa. Estou bem.

Ele disse ótimo.

— Mas, se você ficar preocupada, posso garantir que é perfeitamente seguro, tanto para a mãe quanto para o bebê. Tanto no pré-natal como no pós-parto. Portanto, se essa medicação funcionar e você decidir, mais tarde, engravidar, não precisaria descontinuá-la.

Era como um sonho em que se tenta levantar mas não consegue, precisa fugir de alguma coisa, mas suas pernas não se mexem. Tentei responder, mas não havia palavras. Depois de um tempo, Robert perguntou se eu ainda estava na linha.

Falei que não queria ter filhos.

— Eu seria uma péssima mãe.

Não lembro como a resposta dele começou, só que terminou com ele dizendo:

— Se essa crença estiver conectada a uma sensação de que você é instável ou pode apresentar algum risco a uma criança, eu só diria que ▬▬▬ não a desqualifica para ter filhos. Tenho muitas pacientes que são mães e estão muito bem. Não tenho dúvidas de que você seria uma mãe maravilhosa, se for algo que você queira. ▬▬▬ realmente não é motivo para abrir mão da maternidade.

Falei a ele que não conseguia pensar em nada pior e ri alegremente enquanto apertava a mão num punho. Dei um soco na minha cabeça. Não doeu o suficiente. Fiz de novo. Vi uma faísca branca em meu olho esquerdo.

Robert disse de fato, de fato.

— Estou aqui, caso você mude de ideia.

Outro trem estava vindo. Observei seu progresso em minha direção. Um minuto depois, eu estava de pé num vagão lotado, olhando para o nada, me permitindo ser jogada para a frente e para trás enquanto ele sacolejava pelos trilhos e rasgava a escuridão total do túnel.

Havia um táxi de aeroporto estacionado na frente da Casa Executiva. Patrick estava parado ao lado do porta-malas aberto, tentando ajudar o motorista a guardar sua mala.

Ele me viu e deixou o motorista pegar a mala, depois correu na minha direção parecendo incomumente irritado.

— Achei que não ia te ver antes de partir. Você viu minhas ligações?

Falei que não e inventei um motivo, mas a atenção de Patrick tinha se voltado para algo que acabara de notar na lateral da minha face.

— O que aconteceu com seu rosto?

— Não sei.

Ele esticou a mão para me tocar. Dei um tapa na mão dele e comecei a rir.

— Martha, o que está acontecendo? — Frustrado, ele disse pelo amor de Deus, o que me fez rir mais. — Para. Martha, sério. Para. Já cansei.

— Do quê? De mim?

— Não. Cacete.

Aquilo também foi muito engraçado.

Ele, então, ficou bravo e disse:

— Vou embora, não vou te ver por duas semanas. Por que você não pode só ser normal?

Aí, fui tomada por uma gargalhada. Respondi:

— Não sei, Patrick. Não sei! Você sabe? Eu não sei. É um mistério. Um completo mistério! — E entrei na casa, suficientemente expandida pela mudança de ser capaz de odiar minha mãe e meu marido ao mesmo tempo, como ocorrera a partir de então. Intencionalmente e não intencionalmente, os dois tinham arruinado minha vida.

Naquela noite, tomei meu comprimido cor-de-rosa, embora não fizesse mais nenhuma diferença se eu ia melhorar ou não.

DEVE TER ALGO *errado* **COMIGO**

Patrick ia ficar dez dias fora. Ele me mandou mensagem. Não respondi, exceto para avisá-lo que eu ia passar a semana com Ingrid, ao que ele disse: "Ótimo, divirta-se".

Eu disse para ela que eram alguns dias. Para te ajudar, falei. E, embora fosse inacreditável, ela estava desesperada demais por ajuda para questionar. E se encontrava perpetuamente cansada, muitas vezes em prantos por causa das crianças, ou então gritando com Hamish. A casa estava desarrumada e sempre com barulho de eletrodomésticos e televisão e os amigos dela e os filhos deles entrando e saindo o dia todo, os choros e as batidas de porta à noite, e eu era perfeitamente invisível. Mesmo quando não conseguia conter meu sofrimento ao meu quarto, ninguém notava. Não fui embora para casa depois de alguns dias. Ainda estava lá quando Patrick voltou. Ele me mandou mensagem. Respondi que Ingrid queria que eu ficasse mais uma semana.

Só uma vez, no que se tornou duas semanas e depois três, minha irmã me perguntou como eu estava, e também não questionou quando respondi excelente nem pediu mais informações além disso. Não falei nada sobre Robert nem Patrick. Contei a ela que não estava falando com nossa mãe, e ela não se interessou pela razão específica, já que ela mesma tinha ficado sem falar com nossa mãe em tantos momentos, por tantos motivos.

Quando ele veio à casa, fazia um mês que Patrick e eu não nos víamos. Ele entrou pela porta da frente e foi até a cozinha. Ingrid e eu estávamos à mesa, ajudando os meninos com o chá.

Ele disse:

— Está na hora de voltar para casa, Martha.

Não pretendia voltar com ele, mas Ingrid deu um pulo e disse sim, sim, definitivamente, e começou a dar uma volta na cozinha pegando tudo o que era meu. Pousei o garfo que estava segurando, com uma pequena rodela de salsicha na ponta que eu estava tentando convencer o filho dela a colocar na boca. Achei que estava sendo muito útil. O alívio da minha irmã era tão óbvio, e ela insistiu tanto que eu devia só ir agora e Hamish podia levar todas as minhas coisas depois que me levantei e segui Patrick até o carro, nós dois carregando os vários objetos que ela colocara em nossos braços.

Minha raiva dele não diminuiu nas semanas seguintes. Quando eu estava com ele, era aguda, alimentada pela forma como ele bebia de uma xícara, como escovava os dentes, sua maleta de trabalho, o toque do celular, a roupa suja dele no fundo do cesto, a parte de trás de seu cabelo, seu esforço em ser normal, ele comprando pilhas e enxaguante bucal, dizendo você parece infeliz, Martha. Aquilo me tornou cruel e provocadora durante as conversas, desdenhosa ou insolente. Depois, ficava envergonhada, mas, na hora, não conseguia resistir à minha raiva. Mesmo quando decidia ser melhor, conversar com ele, uma frase que começava bem acabava de forma odiosa. E era por isso, principalmente, que evitava ficar no mesmo cômodo, ou mesmo em casa se ele estivesse lá.

Sozinha, eu sentia tristeza. Era intensa, mas não constante, e, no meio-tempo, eu sentia uma serenidade antinatural que não havia experimentado antes. Era, decidi, a serenidade de um paciente com câncer que está lutando há tanto tempo que fica aliviado por descobrir que é terminal, porque agora pode parar e só fazer o que quiser até o fim.

A única coisa que Patrick disse em referência à nova ordem das coisas foi que, outro dia, lhe ocorrera que ele não me via chorar havia muito tempo. Comentou:

— Pelo jeito, você finalmente exauriu o mecanismo. — E:
— Ha, ha. — As palavras, não o som.

Era sua forma de me pedir para lhe contar o que havia acontecido. Respondi:

— Você pode começar a dormir em outro quarto?

Meu editor me mandou um e-mail sobre uma coluna que eu tinha escrito. Era uma segunda à tarde. Contei depois, na minha agenda, seis semanas desde a consulta com Robert.

O assunto era Feedback. Meu estômago não se revirou quando li essa palavra ou a primeira frase de seus muitos parágrafos com erros de digitação. "Oi, dsclp ter demorado tanto pra responder." As coisas, disse ele, estavam uma loucura. "Enfm", continuava, "tem umas questões bem ruins com este, acho que você perdeu a mão, nogeral muito duro/censurante". Ele queria que eu refizesse. "Algo mais engraçado & mais em primeira pessoa. Sem rpessa."

Olhei pela janela para as folhas no plátano, enormes e iridescentes sob o sol. Ao passarem de volta para a tela, meus olhos pararam num padrão de cavidades triangulares profundas na parede acima do meu computador. Fiquei pensando em como o último e-mail parecido com este que meu editor me enviara tinha me deixado tão humilhada e assustada e com calor e nauseada que eu havia levantado da cadeira em que estava agora sentada, ido até o armário, voltado com o ferro de passar e, segurando-o acima da cabeça, o enfiado de frente na parede várias e várias vezes. Desta vez, só me senti muito calma. Foi aí que soube que estava melhor, os comprimidos que Robert me dera tinham funcionado.

Virei-me de volta à janela e olhei por um tempo para a árvore, depois reescrevi a coluna, falando da época em que perdi meu copo reutilizável e precisei pedir café para levar numa coqueteleira porque tinha dito muitas coisas críticas sobre pessoas que ainda usavam copos descartáveis para o barista e foi a única alternativa que consegui encontrar.

O fato de eu ter conseguido voltar à coluna, tirar o e-mail dele da minha cabeça e trabalhar até terminar me era extraordinário. Não podia enviar na hora, porque meu editor saberia que eu só tinha levado quarenta minutos para produzir seiscentas palavras mais engraçadas & mais em primeira pessoa. Salvei o arquivo e comecei a escrever um e-mail para Robert.

Eu queria lhe contar o que tinha acabado de acontecer. Queria dizer que era a primeira vez que conseguia decidir como reagir a algo ruim, mesmo uma coisa tão pequena, em vez de voltar à consciência já no meio da reação. Falei que não sabia que era possível escolher como se sentir em vez de ser tomada por uma emoção exterior. Disse que não conseguia explicar direito. Eu não me sentia uma pessoa diferente, me sentia como eu mesma. Como se tivesse sido encontrada.

Deletei tudo e mandei uma linha dizendo que estava me sentindo melhor e grata, e pedindo desculpas por lhe mandar aquele e-mail. Depois, busquei o nome dele no Google.

Não importava qual pequena informação particular ela pudesse sem querer ter divulgado em nossas inúmeras horas juntas, eu nunca teria estacionado na frente da casa de Julie Female na esperança de conseguir descobrir outro fato precioso sobre a vida dela. Não ligava para quem ela era fora de seu quarto extra convertido. Mas, depois daquilo, pensei constantemente em Robert por dias. Busquei-o no Google Imagens e cliquei em fotografias tiradas em congressos. Li artigos científicos que ele havia escrito e assisti a uma longa palestra dada por ele para uma plateia de psiquiatras no YouTube.

Imaginei voltar a Londres, à Harley Street, num momento em que ele pudesse emergir do prédio de seu consultório e soube que, se o visse parar no meio-fio, avaliar a noite enquanto abotoava uma capa de chuva, eu daria um passo para trás e o observaria, perguntando-me aonde ele estava indo e quem estava esperando por ele e se, no trem, ele ia pensar em seu dia, reconsiderando cada paciente, com um jornal não lido à sua frente.

Fiquei consumida pelo desejo de saber o que Robert achava de mim; se, depois de minha consulta, ele havia contado à esposa que eu havia conhecido e de quem havia gostado tanto sobre uma nova paciente, uma mulher que tinha diagnosticado com ▬▬▬. Começou a me importar demais Robert me achar inteligente e divertida e original e lembrar de mim assim agora, embora eu não tivesse sido nenhuma dessas coisas durante a hora que passei no consultório dele.

Enquanto enviava minha coluna na sexta de manhã, ele respondeu. Meu coração deu uma batida forte quando vi o nome dele. Após uma semana pensando nele em termos imaginários, ter certeza do que ele estivera fazendo segundos atrás era tão primoroso que tirei um *print* da minha caixa de entrada e do e-mail depois de lê-lo. Dizia: "Maravilha, fico feliz em saber. Enviado do meu iPhone". Aí, deletei os dois *prints*, limpei meu histórico e desci. O nome de Robert e sua única linha de resposta não deviam me parecer tão preciosos a ponto de que precisasse preservá-los. O que eu estava fazendo há tantos dias até o momento era coisa de loucos, e eu não era louca; eu sabia que Robert era só uma pessoa.

Mas, se tivesse sido descoberta, teria dito que era porque ele tinha salvado minha vida, e a única coisa que realmente sabia sobre ele era que uma vez machucou a mão cortando um tomate.

Cancelei minha consulta de retorno porque não tinha mais nada a dizer.

Supostamente, minha coluna ficou perfeita.

Tudo ficou normal depois disso. Eu estava normal e vivia hiperconsciente disso. Quebrava algo, acidentalmente, e reagia como uma pessoa normal, com uma frustração que só durava o tempo que levava para limpar. Queimei minha mão e senti um nível de dor normal e fiquei incomodada, não enraivecida, quando não consegui achar o remédio para aplicar em cima. A casa e os objetos nela eram só objetos, não imbuídos de ameaça ou intenção. Ao sair, eu me sentia tão normal que me perguntava se era óbvio para os outros. Tinha conversas em lojas. Perguntei a um homem se podia fazer carinho no cachorro dele. Falei para uma mulher grávida:

— Não falta muito.

E ela riu e respondeu:

— Estou só de cinco meses.

E sentia um sofrimento normal, compatível com as descobertas que tinha feito e as consequências de fazê-las naquele momento. Segundo esse critério, meu comportamento com relação a Patrick também era normal. Qualquer um teria de admitir que, naquelas circunstâncias, uma mulher agindo como se odiasse o marido era mais do que normal.

✗

Num dia de novembro, Patrick entrou no quartinho enquanto eu estava anotando na agenda o prazo que meu editor me dera para a próxima coluna. Em minha mesa, estava de costas para ele. Senti-o vindo parar atrás de mim, olhando por cima do meu ombro. Falei:

— Dá para não fazer isso?

Ele apontou que o prazo era um dia antes do meu aniversário. Perguntou por que eu não tinha anotado isso.

— Adultos costumam escrever Meu Aniversário em calendários? Por que você veio aqui?

Ele disse por nada, e achei que então fosse embora, mas, em vez disso, caminhou até uma cadeira de palha no canto. Ela rangeu quando ele se sentou. Sem me virar, eu lhe disse que não era uma cadeira para se sentar.

— Quer fazer uma festa?

Respondi que não.

— Por que não?

— Não estou no clima para comemorar.

DEVE TER ALGO *errado* **COMIGO**

— Mas é seu aniversário de quarenta anos — falou ele. — Precisamos atacar o dia.

— Será?

— Tá bom. Não comemore, então. — A cadeira rangeu de novo quando ele se levantou. — Mas eu vou organizar alguma coisa, porque, senão, quando o dia chegar sem nada planejado, você vai me punir por isso.

— Tá. Então — eu me virei e o olhei pela primeira vez desde que ele tinha entrado — a festa é mais uma garantia contra uma possível irritação minha do que você querendo celebrar sua esposa adorável que você ama tanto.

Patrick colocou as duas mãos na cabeça, cotovelos para fora.

— Nada que eu faço adianta. Sério. Eu te amo, é por isso que estou tentando fazer essa coisa. Para te fazer feliz.

— Não vai. Mas faça o que tiver que fazer.

Virei de costas para ele, que foi embora, dizendo, ao sair:

— Às vezes, fico me perguntando se na verdade você gosta de ser assim.

Ele me mandou um convite por e-mail, o mesmo que mandou a todos os outros.

A próxima conversa de alguma duração que Patrick e eu tivemos foi no carro, na volta da festa, quando lhe disse que ele apontar para as pessoas, a arminha que formava com o dedo ao oferecer bebidas, fazia com que eu quisesse dar um tiro nele.

Ele disse tenho uma ideia, Martha. Que tal a gente não falar até chegar em casa?

Eu disse:

— Que tal a gente não falar depois que chegar em casa também? — E liguei o aquecedor no máximo.

Sempre que encontro o filho mais velho de Ingrid, ele pede:

— Você pode contar sobre como eu nasci no chão? — Ele me explica que a mãe está cansada demais para falar e o pai só viu a parte do fim. Diz que os irmãos não acreditam que os bebês podem nascer no chão — o que significa que também vão precisar ouvir, mas separadamente, depois dele. No meu colo, ele coloca uma mão de cada lado do meu rosto e fala que eu preciso fazer a versão engraçada.

A última fala é dele. A última fala é:

— Mas minha mãe não gostou e é por isso que às vezes todo mundo me chama de Não Patrick.

Antes de escorregar do meu colo, ele precisa que eu explique mais uma vez como Patrick não era tio dele na época e, um pouco depois, era. O fato é surpreendente para ele. Parece confirmar sua crença de que a própria natureza das coisas depende de sua existência, mas só consegue desfrutar disso depois que garanto que as coisas não podem voltar a ser como eram antes. Que Patrick sempre será tio dele.

Na manhã seguinte à festa, Ingrid ligou para fazer a dissecação.

— Como é meu costume — disse.

Eu ainda estava no sofá onde Patrick me deixara quando saíra para comprar um jornal, acreditando que era isso que ele estava fazendo e que voltaria em breve. Ela me disse que estava no banheiro se escondendo dos filhos e que precisaria desligar caso a encontrassem. Por cima do som da água chapinhando na banheira, ela classificou as roupas das mulheres em ordem crescente de pior a okayzinha, depois falou um pouco sobre a nova namorada de Oliver, que tinha ficado espetacularmente bêbada e flertado com Rowland. No fim da noite, Ingrid a havia visto fazendo uma varredura no salão em busca de copos abandonados e, depois, levando um pé na bunda no estacionamento. Era tão estranho, disse ela, não ser nossa mãe fazendo a varredura, insistindo, quando não conseguia mais ficar de pé, que alguém tinha batizado a bebida dela — com outras dez bebidas, Ingrid costumava dizer. Na festa, minha irmã não havia me perguntado por que nossa mãe não estava lá e também não perguntou naquele momento. A ausência dela em um evento em celebração a outra pessoa não era notável o bastante.

— Você se divertiu?

Achei que ela estivesse realmente perguntando e disse que não.

— Sim. Isso era óbvio.

Senti-me acusada e falei que tinha tentado.

— Tentou? Mesmo? Quando você se trancou no banheiro ou quando estava olhando seu telefone durante meu discurso idiota?

— Dá para lembrar, por favor, que eu nem queria fazer festa? A coisa toda foi ideia de Patrick. Mas enfim. Desculpa.

Ouvi o barulho alto de sucção de água, minha irmã saindo da banheira. Ela me pediu para esperar um segundo, depois suspirou profundamente no telefone antes de recomeçar a falar.

— Eu sei que você e Patrick estão passando por um momento de merda por motivos que não consigo saber, mas queria entender por que você não pode só deixar tudo de lado por uma noite e dizer, caralho, é meu aniversário, meu marido fez tudo isto, todo mundo está aqui, vou só tomar um champanhe e comer uma porra de uma azeitona e voltar aos meus problemas conjugais amanhã.

Não consegui explicar a Ingrid por que eu me comportava como se odiasse Patrick sem revelar por que, àquela altura, eu realmente o odiava. E estava tão exausta — de repente —, tão exausta de ser a malvada, a decepcionante, a que estraga tudo de novo, e de novo e de novo que, quando respondi, estava quase gritando.

— Porque é tudo falso, Ingrid. Todos aqueles discursos e risadas e ah, Martha, você está linda, feliz aniversário, o grande quatro-ponto-zero. Eles não são meus amigos. Nenhum deles sabe nada sobre mim, por que eu sou do jeito que sou. E é culpa minha, porque sou uma fodida e uma mentirosa. Nem você me conhece.

— Literalmente, do que você está falando?

Passei o telefone para a outra mão.

— Eu tenho ▬▬▬▬.

— Quem disse isso?

— Um médico novo.

Como se eu tivesse reclamado de estar gorda, Ingrid respondeu:

— Bom, isso é uma bobagem. Ele obviamente está errado.

— Não está, não.

— Como assim? Sério?

Falei que sim.

— Você tem ▬▬▬▬ de verdade? Caralho. — Ela ficou em silêncio por um momento. — Sinto muito.

— Não sinta. Estou bem com relação a isso. Ele me deu algo que funciona. Sou um novo homem há seis meses.

DEVE TER ALGO *errado* **COMIGO**   **243**

— Por que você não me contou?

Falei:

— Não contei pra ninguém a não ser nossos pais.

— Por que não? Se você está bem com relação a isso, por que não simplesmente contar para todo mundo?

— Porque ainda é vergonhoso pra caralho.

— Eu não teria te julgado. Ninguém teria. Ou não deveria, pelo menos. — Aí, soando tão completamente como outra pessoa que tive medo de dar risada, minha irmã comentou: — Nós, como sociedade, temos que quebrar o estigma em torno dos transtornos mentais.

— Meu Deus do céu, Ingrid. Prefiro que nós, como sociedade, aumentemos um pouco o estigma para podermos falar de outra coisa.

— Não tem graça.

— Tá bom.

— O que Patrick acha?

— Ingrid, eu acabei de falar.

— O quê?

— Ele não sabe.

— Como assim? Meu Deus, Martha. Por que caralho você decide contar para nossos pais em vez de para o seu próprio marido?

— Eu não decidi. Contei para o nosso pai por acidente. A nossa mãe, no fim, não precisava que alguém contasse.

— Ahn? Por que não?

Perguntei se podíamos falar dela depois.

— Tá bom. Mas… — Alguém gritou mãe e começou a bater na porta do banheiro. Ingrid ignorou. — Ainda não entendo por que você não quer que ele saiba. Você está péssima e, sem nem contar o fato de que provavelmente ajudaria se ele tivesse essa informação fundamental sobre a esposa, guardar segredo é um comportamento extremamente cagado dentro de um casamento.

— Ele devia ter sabido.

— Por quê? Você não sabia.

— Eu não sou médica.

— E o Patrick não é psiquiatra. E você sabe agora, então, ainda tem importância?

— Sim.

— Por quê?

Houve outro barulho alto no fundo, a porta sendo aberta com força demais e batendo na parede, seguida pelas vozes dos filhos dela. Ingrid me pediu para esperar. Escutei-a falando "fora, fora, fora", mas eles não saíam e o diálogo se arrastou por minutos. Quando ela voltou, tinha esquecido a pergunta.

— Martha, você precisa contar para ele. Não pode só seguir com isso indefinidamente, achando que pode ser feliz de alguma maneira, algum dia, sem contar para ele essa coisa gigante.

— Não acho que podemos ser felizes de maneira alguma. — Nunca: era a primeira vez que eu me ouvia dizer aquilo, com todas as palavras, em voz alta.

— Martha, sério. — Ingrid estava exaurida. — Onde ele está agora?

Falei que ele tinha ido comprar o jornal. Do lugar onde estava sentada, conseguia enxergar a cozinha, o relógio no forno. Estávamos conversando havia duas horas. Eu não tinha ideia de onde Patrick realmente estava.

— Por favor, prometa que vai contar a ele assim que ele voltar. Ou até, sei lá, escrever uma carta. Você é boa nisso.

Falei que ia fazer isso e que precisava desligar porque meu telefone estava com quatro por cento de bateria. Não sabia se nenhuma dessas coisas era verdade.

✗

Fiquei sentada lá por mais um tempo até minha culpa se tornar irritação, ou vice-versa. De todo modo, um sentimento forte o suficiente para me compelir a levantar do sofá e subir. Tomei um banho e sequei o chão com meu vestido, ainda lá desde a noite anterior. Desci até a cozinha e joguei o café de Patrick fora, descasquei uma banana e não comi e, quando tinha terminado de fazer todas essas coisas pequenas e estúpidas, eu não ligava para mais nada. Peguei uma caneta de uma gaveta e escrevi a carta, de pé, com o papel apoiado na parede até acabar a tinta e eu decidir ir para Londres.

✗

A luz do óleo acendeu quando liguei o carro. Fui a pé até a estação. Na plataforma, recebi uma mensagem de Ingrid. Li, sem o instinto de jogar meu telefone contra alguma coisa ou o triturar no chão com o calcanhar, depois entrei no trem, sem saber ao certo para onde em Londres eu estava indo.

Coloquei a bolsa contra a janela do meu assento e apoiei a cabeça nela. Alguém tinha riscado a palavra Akabado no vidro. Fui dormir me perguntando por que uma pessoa tinha escolhido essa palavra, escrita daquele jeito, e onde estaria agora.

Quando abri os olhos, o trem estava entrando na estação de Paddington. A mensagem da minha irmã dizia: "Era para eu ter te contado no telefone. Vou ter outro filho. desculpa x 100000000".

Peguei o metrô para Hoxton, em direção a um lugar onde tinha estado um ano antes, quando Ingrid decidira tatuar o nome dos filhos na parte de dentro do pulso com um homem que achou no Instagram. Segundo ela, ele tinha cem mil seguidores.

Uma garota atrás do balcão disse que o estúdio não atendia sem agendamento, mexendo em seu piercing no septo enquanto falava.

— Mas ele tem uma hora vaga em cinco minutos e pode fazer alguma coisa pequena pra você, quer dizer, nada tipo isso — me mostrando suas clavículas expostas, tatuadas com um padrão de folhas de trepadeiras. Falei que era muito impressionante. — Pois é, eu sei. Pode esperar ali se quiser.

Fingi analisar o cardápio de opções aterrorizantes de arte corporal na parede até o homem com todos aqueles seguidores aparecer e me levar para os fundos, me dirigindo a uma cadeira reclinável e sentando-se perto de mim em sua banqueta. Mostrei a ele uma imagem em meu telefone. Falei:

— Sem colorir. Só o traço. O menor possível.

Ele pegou o telefone e aumentou a imagem.

— O que é?

Falei que era um mapa da pressão atmosférica das ilhas Hébridas. Eu queria na minha mão, não me importava onde.

Ele falou legal, pegou minha mão e esfregou o dedão pela pele de quarenta anos fina e riscada do meu.

— É, acho que bem perto da unha. — Ele soltou meu dedo e puxou um carrinho para perto, pegando coisas das gavetinhas. — Você nasceu lá ou o quê?

Respondi que não e depois não disse nada por um segundo, sem saber se devia contar-lhe o motivo. Eu queria, mas estava preocupada de que fosse ser incompreensível, depois rapidamente tedioso, como alguém explicando um sonho, uma revelação que teve na terapia ou uma descrição de como seria seu vestido de casamento.

Aí, lembrei que não me importava mais com nada.

Ele tinha pegado minha mão de novo e estava passando álcool na minha palma com um algodão. Falei:

— O clima lá geralmente é só de ciclones e tempestades torrenciais e furacões imprevisíveis e devastadores, o que, suponho, torne difícil viver uma vida normal. É como eu me sinto. Eu tenho ▆▆▆▆▆.

Ele se virou, jogou o algodão no lixo e disse:

— Quem não tem, gata?

Não fazia sentido e pareceu a mais intensa das gentilezas — que esse homem com um crucifixo e uma cobra e uma rosa morta e uma faca com sangue pingando tatuados no pescoço, e o nome Lorna, que, com base na data de nascimento abaixo, talvez pertencesse a sua mãe, tivesse ficado tão inalterado com minha revelação que nem levantou os olhos nem me perguntou mais nada até terminar de desenhar no meu dedão com uma caneta.

— Mas você está bem agora, não? Você não parece uma telepata.

— Sim, estou bem agora.

— Então, por que ainda quer seu clima em você?

— Acho — talvez, falei — que como um monumento. Perdi coisas.

Ele estivera prestes a começar. A ponta da agulha estava em minha pele, mas ele a tirou de novo e, então, me olhou nos olhos ao dizer:

— Tipo o quê? Amigos?

Abri a boca e disse:

— Não, quando…

… quando eu era adolescente, uma médica me deu uns comprimidos e me disse para não engravidar. O próximo me deu outra coisa, mas disse o mesmo. Outro médico, e outro, e outro, diagnosticando e prescrevendo e insistindo que seu antecessor estivera errado, mas sempre emitindo o mesmo alerta.

Tomei tudo o que me deram, imaginando os comprimidos se dissolvendo em meu estômago, o que quer que houvesse dentro deles se espalhando pelo meu corpo como tinta preta ou veneno, tornando-o tóxico ao feto que me disseram enérgica e repetidamente para não conceber.

Eu tinha dezessete e dezenove e vinte e dois e ainda era uma criança que achava que médicos não podiam estar errados ou não suspeitava que pudessem me alertar contra a gravidez não porque a medicação fosse perigosa, mas porque, para eles, eu era perigosa. Para mim, para um bebê, para meus pais, para seus registros profissionais excelentes e imaculados. Nem um único bebê não planejado nascido de uma garota doente mental sob supervisão deles.

E, então, fiz o que me mandavam e me certifiquei de não engravidar e nunca parei de ter medo até conhecer Jonathan. Com ele, brevemente, tive permissão de pensar que era uma pessoa diferente. Se eu parasse com tudo, podia ter um filho.

Mas não consegui parar com tudo. Meu corpo não podia viver sem a tinta preta fluindo por ele. E, aí, Jonathan viu quem eu era, alguém com tendências, e disse graças a Deus. E eu disse sim, graças a Deus não consegui engravidar.

Porque, mesmo que um bebê sobrevivesse dentro de mim e mesmo que ele nascesse e eu fosse capaz de cuidar de seu corpo, um dia, uma pequena bomba explodiria no cérebro dele e toda a dor e a tristeza que ele sentiria na vida dali em diante viriam de mim, e minha culpa pelo que eu lhe havia dado me faria odiá-lo como minha mãe me odiava. Eu aceitava aquilo. Uma genealogia bíblica.

Mãe litorânea em depressão gerou Celia.

Celia gerou Martha.

Martha não gerará ninguém.

E, então, um médico disse que eu estava errada. Robert disse "████████ realmente não é motivo para abrir mão da maternidade".

Ele tem muitas pacientes que são mães. Elas estão muito bem. Ele não tem dúvidas de que eu seria uma mãe maravilhosa. Se for algo que eu queira.

Ouvindo-o, sentada na plataforma suja, foi que percebi que aquilo em que eu sempre acreditara era o entendimento de uma criança doente. Nunca me havia ocorrido questionar quando me tornei adulta. Em vez disso, considerei como evidência e guardei, todas aquelas miçangas naquele longo cordão. Imaginei mais do que me haviam dito e, sempre que imaginava meu bebê danificado, uma criança danificada pelo tipo de mãe que eu seria, sentia medo e, pior, vergonha, e era por isso que mentia.

O tempo todo. Para qualquer um. Estranhos, pessoas em festas, meus pais. Para minha irmã enquanto olhávamos seu bebê embrulhado na escuridão suave. Para mim mesma, olhando pela janela de um ônibus da linha 94. Menti para Robert. Ele disse "se você decidir engravidar" e eu falei que não conseguia pensar em nada pior. E menti para Patrick, antes de nos casarmos e todos os dias que se seguiram.

Meu marido não sabe que um filho é a única coisa que eu sempre quis. Ele não sabe que ver minha irmã se tornar mãe, uma excelente mãe, era como ser cortada ao meio, e ela conceber com tanta facilidade e ter mais bebês do que queria tornava esse corte largo demais para se fechar. E eu a odiei, solluaestrelasgrandeamordaminhavida, por reclamar de tudo, de seu corpo arruinado, dos recém-nascidos que a exauriam com seu choro, dos bebês e seus toques constantes e suas necessidades constantes, dos gastos, de lavar lavar lavar sempre lavar, e dos sapatos lamacentos, do fim do sexo, das marcas de dedo em todas as janelas, piolho de novo!, os terrores noturnos, febres e brigas repentinas, o barulho sem fim, e eles a deixam completamente inútil porque, meu Deus, esses meninos lindos e perfeitos perfeitos perfeitos. A melhor coisa que ela já tinha feito. Mas você tem tanta sorte — você provavelmente usa uma cesta —, você provavelmente nem sabe que vendem papel higiênico em pacotes de quarenta e oito rolos!

Não há nada dentro de mim exceto o desejo por um filho. Está em cada inspiração e cada expiração. A bebê que perdi naquele dia à beira do rio, eu a queria tão desesperadamente que pensei que ia parar de existir ao mesmo tempo que ela. Chorei por ela todos os dias desde então.

E ainda estou mentindo porque te escrevi uma carta hoje de manhã, Patrick, e não a deixei para você. Está aqui na minha bolsa. Estou olhando as páginas dobradas dela. Estou me inclinando para pegá-la, e o homem com o pescoço tatuado está dizendo sem problema e jogando-a, amassada, no lixo para mim.

Não dei a carta a você porque você não merece saber essas coisas sobre mim, sobre meu desejo por um bebê ou mesmo sobre meu diagnóstico. Essas coisas são minhas. Estive carregando-as sozinha e são como ter ouro dentro de mim. Estou andando por aí sabendo que sou melhor que você. É por isso que sorrio para você como a Mona Lisa, Patrick, enquanto você me estuda tão de perto e mesmo assim permanece alheio. Você não percebeu. Você não estava procurando. E nada disso importa, de qualquer forma. Te contar ou não. É tarde demais.

Falei:

— Não, quando… bom, só algumas oportunidades, acho. Coisas que eu queria fazer e não fiz.

O homem respondeu:

— É, entendo. A vida. Que monte de merda. Vamos lá.

Achei que ia doer, mas não doeu, e coloquei de novo a mão que ele não estava segurando na bolsa para pegar meu telefone. Por cima do som da agulha, ele disse que nunca tinha tido uma cliente que ficou rolando o Instagram ao mesmo tempo que era tatuada.

Ele terminou em poucos minutos e, enquanto enrolava meu dedão em plástico-filme, perguntei se ele se lembrava da minha irmã, a mulher que precisou parar antes de ele terminar a primeira letra do nome do filho mais velho porque ia desmaiar, então, em vez dos três nomes, ela tem uma linha curtíssima tatuada.

— Se foi aquela que disse que eu devia estar preso por não oferecer peridurais a meus clientes, depois vomitou no chão todo, lembro.

Levantamos ao mesmo tempo e, enquanto eu estava saindo, ele disse que, em geral, sugeriria alguns comprimidos de ibuprofeno ou algo assim, mas, claramente, eu me dava muito bem com a dor.

✗

Era tarde, depois das dez, quando voltei à Casa Executiva. Tinha tomado chuva. Meu cabelo pingava pelas costas. Limpei embaixo dos olhos e meus dedos ficaram pretos de rímel. Patrick estava na sala. Ele tinha pedido comida, suficiente para uma pessoa, e estava vendo o jornal.

Ele não me perguntou onde eu estava. Eu não estava planejando contar a ele nem, antes daquele momento, falar com ele quando chegasse em casa, mas a fúria causada por encontrar Patrick realizando atividades normais quando cheguei foi tão intensa que meus olhos ficaram quentes e minha visão, turva. De agora em diante, ele não tinha direito à noite normal que havia criado para si nem a qualquer contentamento em relação à vida doméstica, seus rituais básicos e pequenos prazeres comuns. Por causa do que ele havia feito, eu não tinha sentido isso e nunca sentiria no tempo que ainda me sobrava.

Entrei e parei entre ele e a televisão. Levantei o dedão, ainda envolto em plástico-filme, e contei que estivera em Londres fazendo uma tatuagem. Em silêncio, ele moveu o garfo na embalagem de plástico, procurando no meio do arroz um pedaço de algo para espetar. Quando perguntei se ele queria saber do que era, Patrick disse você que sabe e continuou mexendo o garfo.

— É um mapa das ilhas Hébridas. Quer saber por que tatuei isso? — Falei tá bom, então, eu conto. — É uma referência ao programa de notícias de navegação, Patrick. Ciclônico, ocasionalmente bom etc. Aquela piada que eu fiz uma vez, lembra? Sobre isso ser uma metáfora do meu estado mental. Você está se perguntando, por que agora? É porque fui a um médico novo que me deu uma explicação para esse estado. — Eu disse em meados de maio, antes que você pergunte. — Então, é, há sete meses.

— Eu sei.

— Sabe o quê?

— Que você consultou um psiquiatra.

Falei:

— Quê? Como?

— Você pagou com o meu cartão. O nome de Robert apareceu no extrato. — A próxima onda de fúria se originava de tantas fontes que só consegui me atentar a uma: quanto eu odiava que Patrick se referisse a ele pelo primeiro nome. — Se você não queria que eu soubesse, você provavelmente devia ter pagado o Robert em dinheiro.

— Não o chame assim. Ele não é seu amigo. Você nunca nem o conheceu.

— Tá bom. Mas você tem ██████, é isso o que estava prestes a dizer?

Falei meu Deus do céu.

— Como você sabe disso? Você ligou para ele? — Eu disse a Patrick — eu gritei — que ele não tinha permissão de fazer aquilo, embora, na parte não inundada de minha mente, soubesse que ele não tinha feito aquilo e, mesmo que tivesse, Robert não poderia ter compartilhado meu diagnóstico.

E Patrick, que nunca era sarcástico, respondeu:

— Sério? Eu não sabia. Tem algo tipo de sigilo entre médico e paciente?

Como uma criança, bati o pé e mandei que ele calasse a boca.

— Me fala como você sabe.

— Eu conheço a droga.

— Que droga?

— Que você está tomando. — Ele jogou o garfo na embalagem e a colocou na mesa de centro.

— Eu não te contei que estou tomando nada. Você mexeu nas minhas coisas?

Patrick perguntou se eu estava falando sério.

— Você o deixa em qualquer canto, Martha. Você nem joga fora as embalagens vazias. Só enfia numa gaveta ou larga no chão em algum lugar para eu pegar. Quer dizer, suponho que seja para eu

DEVE TER ALGO *errado* **COMIGO**

253

pegar, já que é isso que a gente faz, né? Você bagunça e eu arrumo para você, como se fosse minha obrigação.

Minhas mãos estavam tão cerradas que pareciam latejar.

— Se você sabia de tudo, por que não me contou?

— Eu estava esperando você me contar, mas você não fez isso. E, depois de um tempo, pareceu que você não ia contar, e não tenho ideia de por quê. Claramente está correto — disse ele. — Você claramente tem ▬▬▬▬▬.

Ao responder, senti os músculos ao redor da minha boca se contorcendo e me enfeando.

— Tenho, Patrick? Claramente? Se está tão claramente correto, por que você não descobriu antes? É uma questão de competência? No sentido de que uma pessoa precisa estar fisicamente sangrando para você compreender que ela não está bem? Ou é porque, como marido, você não se interessa pelo bem-estar da sua esposa? Ou é só passividade total? Sua aceitação absoluta e completa de como as coisas são.

Ele disse ok.

— Esta conversa não está indo a lugar nenhum.

— Não! Não vá embora. — Eu me mexi como se pudesse bloqueá-lo para não sair.

Patrick não se levantou; em vez disso, recostou-se no sofá.

— Não consigo conversar quando você está assim.

Respondi:

— Só estou assim por sua causa. Estou bem. Estou bem faz meses. Mas você faz com que eu me sinta louca. Isso não estava claro também? Você não se perguntou por que, em vez de ser melhor com você, fiquei pior?

— Sim. Não. Não sei. Seu comportamento sempre foi — ele pausou — errático.

— Vai se foder, Patrick! Você sabe por quê? Não sabe. É porque eu sempre quis ter um filho. Esse tempo todo, minha vida toda, eu sempre quis ter um filho mas todo mundo me disse que seria perigoso.

Muito devagar, Patrick falou:

— Você acha mesmo que eu também não sabia disso? Não sou idiota, Martha. Mesmo que seja sempre sobre como eles são irritantes e como você não os suporta e como a maternidade é tediosa, você só fala de bebês. Não podemos sentar perto de ninguém com um bebê num restaurante, mas depois fica olhando para ele a noite toda. Ou, cruzamos com uma mulher grávida ou alguém com uma criança, você fica completamente em silêncio, e, sempre que vamos a alguma festa, você é incrivelmente grossa com qualquer um que ouse mencionar os filhos. Já precisamos vir embora mais cedo mil vezes só porque alguém te perguntou se você tem filhos. — Então, Patrick se levantou. — E você é obcecada pelos meninos da Ingrid. Obcecada por eles e finge que não tem inveja dela, mas é tão óbvio que tem, especialmente quando ela está grávida. Você não mente bem, Martha. É uma mentirosa crônica, mas não mente bem.

Contornei a mesa de centro, agarrei a frente da camisa dele com as duas mãos, apertei e torci e disse sabe de uma coisa, Patrick, sabe de uma coisa.

— Robert disse que não tinha problema. — Tentei empurrá-lo. — Ele disse que não teria problema. — Tentei bater no rosto dele. — Não seria perigoso, mas você também sabia disso, você também sabia disso. — Patrick me agarrou pelos pulsos e só soltou quando parei de lutar contra ele. Então, embora ele tenha me mandado sentar, voltei à mesa de centro, coloquei o calcanhar na beirada e a tombei. A embalagem de comida virou, o líquido que sobrava escorreu pelo carpete. Patrick disse pelo amor de Deus, Martha, e foi para a cozinha.

Não fui atrás dele. Cada célula do meu corpo parecia individualmente paralisada, exceto meu coração, que batia rápido e forte demais. Pouco depois, ele voltou com a mão cheia de papel-toalha, jogou tudo em cima do líquido que tinha encharcado o carpete e pisou em cima. Não consegui fazer nada exceto assistir até parar de sentir meu coração. E, aí, falei para ele parar.

— Deixe aí. Me escuta.

— Estou escutando.

— Bom, então para de limpar.

DEVE TER ALGO *errado* **COMIGO**

Ele disse tudo bem.

— Por que você não falou nada? Por que você só me deixou mentir? Se você tivesse dito algo desde a consulta, eu podia estar grávida agora. Você sempre quis ter filhos, Patrick. Eu podia estar grávida agora. Por que você fez isso?

— Porque, você acabou de dizer, você devia ter ficado melhor. Você finalmente recebeu seu diagnóstico, está tomando o remédio certo e não passou a me tratar nem um pouco melhor. Eu não conseguia entender, mas, aí, percebi. — Ele moveu o papel-toalha com o pé. O líquido tinha escurecido o carpete, uma mancha que nunca sairia. — Esta é quem você é. Não tem nada a ver com ▬▬▬▬▬. E — continuou ele — não acho que você devesse ser mãe.

Abri a boca. O que saiu não foi fala nem grito. Foi um som primitivo, surgindo de algum lugar, do estômago, do fundo da garganta. Patrick saiu e me deixou ali. Caí de joelhos, depois coloquei o rosto no chão. Estava agarrando punhados do meu cabelo.

Depois disso, há uma lacuna, um apagão na minha memória até, algumas horas depois, estar parada em um canto da cama, arrancando os lençóis enquanto Patrick colocava coisas numa mala aberta no chão. O sol está entrando pela janela. Preciso correr ao banheiro para vomitar.

Quando voltei, Patrick tinha fechado a mala e a estava tirando do quarto. Disse algo atrás dele, mas ele não me ouviu. Um momento depois, ouvi o motor do carro e fui até a janela. Ele estava dando ré. Tentei fechar a persiana, puxei com força demais e ela quebrou. Por muito tempo, só fiquei lá parada com a corda solta na mão olhando sem foco para a casa do outro lado, onde outra mulher vivera minha vida espelhada.

Aí, Patrick estava dando meia-volta na entrada de carros. Eu não sabia por que ele havia voltado. Vi-o estacionar o carro e sair. Ele estava com uma garrafa na mão e, depois de abrir o capô, esvaziou-a no motor, fechou de novo o capô e se afastou a pé na direção da estação.

Patrick é um homem que coloca óleo no carro como o último ato antes de abandonar a esposa. Coloquei a mão no peito, mas não senti nada.

Passei o dia e a primeira noite sem ele na cama sem lençóis; depois que ele se foi, não parecia haver motivo para arrumá-la. A vida, uma vida envolvendo roupa de cama e louça e cartas do banco não existia mais.

 Entre dormir e acordar e dormir de novo, dei um Google em Robert. Depois, dei um Google em Jonathan. A esposa dele é uma influenciadora. Seu Instagram é uma mescla de fotos de viagens, posts patrocinados sobre uma marca de bebidas com colágeno e registros do que ela está usando no espelho do elevador que eu costumava pegar para ir à rua respirar. Ela ganha mais curtidas quando posta fotos de sua pequena tribo, #asgarotasfortes, todas loiras e com nomes que também são substantivos comuns. Objetos e frutas. Rolei até o casamento dela com Jonathan num terraço em Ibiza. Perguntei-me quanto ele lhe contara sobre mim, quanto a @mae_de_garotas_fortes sabe sobre o primeiro casamento de quarenta e três dias de seu marido.

 Ingrid me mandou uma mensagem de manhã. Disse que havia falado com Patrick. Perguntou: "Você está bem?".
 Enviei os emojis de banheira, tomada de três pinos e caixão. Ela me perguntou se eu queria que ela viesse me buscar. Respondi que não sabia.
 Ainda estava na cama — em cima da cama —, meio vestida, com a lingerie e a meia-calça com que tinha ido a Londres e cercada

de xícaras que estavam vazias ou tinham se tornado receptáculos de lenços de papel e casca de laranja ressecada quando escutei Ingrid entrando na Casa Executiva. Ela foi direto para a sala, seguida por passos menores e mais rápidos, e ligou a televisão em algum tipo de desenho antes de subir as escadas.

Achei que ela viria deitar comigo na cama e acariciar minha cabeça ou meus braços, como sempre. Achei que diria vai ficar tudo bem e já consegue tentar se levantar, consegue ir até o chuveiro? Em vez disso, ela abriu a porta com tudo, olhou ao redor e falou:

— Que belo coquetel visual e olfativo. Uau, Martha.

Na minha festa, eu não tinha notado a barriga dela. Agora, vi como já estava redonda. Ingrid cruzou os dois lados do cardigã por cima dela ao entrar e ir à janela. Quando conseguiu abri-la, ela se virou e apontou para os lençóis.

— Há quanto tempo estão no chão?

Falei que era para eu ter lidado com eles, mas terminar meu casamento e tentar colocar um lençol de elástico sozinha parecia coisa demais ao mesmo tempo. Ela ficou de pé no fim da cama, de cara fechada, e colocou a ponta dos dedos de uma mão no lugar onde as costelas encontravam o topo da barriga como se estivesse com dor.

— Se você vai vir, venha. Os meninos estão lá embaixo e eu não vou pegar a A420 com eles depois das quatro.

Demorei demais para me levantar. Demorei demais para achar algo para vestir, uma bolsa na qual colocar as coisas. A impaciência crescente de minha irmã me deixava ainda mais lenta. Desisti e voltei a deitar, de costas para ela.

Ingrid falou:

— Quer saber? Tudo bem. Eu também não consigo mais fazer isso. É muito chato, Martha. — Ela saiu do quarto e gritou lá de baixo: — Ligue para seu marido.

Ouvi-a convocando os filhos da porta da frente e, um momento depois, a porta se fechando. A televisão ficou ligada.

Era a primeira vez que ela se recusava a fazer seu trabalho. Eu queria sua empatia, mas ela não a quis me dar. Queria que ela fizesse com que eu me sentisse bem e certa de obrigar Patrick a ir embora. Fiquei com raiva e, então, ao som do carro dela ligando, mais solitária do que antes de sua chegada.

Não liguei para meu marido. Não podia ligar para meu pai, que ficaria abalado e seria incapaz de esconder. Peguei meu telefone e disquei o número de minha mãe.

Eu não falava com ela desde o dia da minha consulta e não queria falar com ela naquela hora. Queria que ela atendesse e dissesse: "Bom, se não é uma reviravolta histórica" para eu poder brigar com ela e, aí, ela desligaria na minha cara e eu poderia me sentir injustiçada e contar a Ingrid, que concordaria que era clássico dela. Literalmente, muito típico.

Eu não tinha perdoado minha mãe pelo que ela havia feito. Não tinha tentado, nem precisava tentar continuar com raiva. Odiar alguém que era capaz de ver a filha em sofrimento e não dizer nada, piorando-o, em vez disso, ao beber, não exigia esforço.

Tocou uma vez. Ela atendeu e disse:

— Martha, ah, eu estava torcendo e torcendo para você ligar.

Não era sua voz normal. Era a voz de antes, antes de eu me tornar a adolescente que realmente ressaltava suas tendências de vaca, sua crítica residente. A voz que ela usava para me chamar de Lalalá. Ela me perguntou como eu estava e, quando eu respondi com um barulho, em vez de palavras, disse:

— Péssima, provavelmente.

Ela continuou nessa toada por dez minutos, fazendo perguntas e ela mesma as respondendo — corretamente. Como eu responderia.

Depois que desligamos, desci, achei duas garrafas de vinho abertas e levei para o quarto. Não teria ligado para ela de novo se sua última pergunta não tivesse sido:

— Você me liga mais tarde? A qualquer hora. Mesmo se for no meio da noite. — E sua resposta a isso foi: — Ok, ótimo. A gente se fala em breve, então.

✖

 Eu estava bêbada quando liguei pela segunda vez, antes do amanhecer. Falei para ela que não sabia o que fazer, implorei que ela me dissesse. Ela começou a falar algo genérico. Eu a interrompi:
 — Não, agora mesmo, o que eu faço? Não sei o que fazer.
 Ela me perguntou onde eu estava e, então, disse:
 — Você vai se levantar e aí vai descer as escadas e colocar seus sapatos e seu casaco. — Ela esperou enquanto eu fazia cada coisa. — Agora, você vai sair para dar uma volta e eu vou ficar no telefone.
 Caminhei devagar e, quando cheguei ao fim do canal, me sentia sóbria. Ela falou:
 — Certo, dê meia-volta e ande rápido o bastante para sentir seu coração batendo. — Não sei por que ela disse isso, mas obedeci.
 Estava claro quando cheguei de volta a Port Meadow. A neblina estava levantando lá longe, gradualmente revelando o contorno de torres de igreja. Quando cheguei em casa, ela disse:
 — Tome um banho. — Depois: — Me ligue em vinte minutos. Vou estar aqui.

 Comecei a ligar para minha mãe todo dia.
 As pessoas descrevem as coisas como "a única forma de eu conseguir sair da cama", mas, em geral, não querem dizer fisicamente. Mas eu queria dizer dessa forma — ligava para ela de manhã, no minuto em que acordava. Não conseguia me mover, nem comer, nem caminhar pela casa, abrir janelas ou lavar o cabelo a não ser que ela estivesse falando comigo e me dizendo o que fazer.
 À tarde, eu me sentava na janela da frente da Casa Executiva, olhando a rua. A casa do outro lado estava para alugar. Conversávamos até a lateral do meu rosto ficar quente do telefone, ou eu não conseguir virar a cabeça porque estava segurando-o com o ombro, ou eu notar que já era de noite. Falávamos sobre banalidades. Algo que ela ouvira no rádio, um sonho que uma de nós havia tido.

Não falávamos de Patrick, mas me perguntava se ela também conversava com ele. Perguntava-me se ela sabia onde ele estava. Não falávamos de Ingrid; nossa mãe devia saber que não estávamos nos falando. Devia saber que, por enquanto, era melhor manter meu pai e seu sofrimento afastados de mim, porque ele não ligou e eu era grata por isso.

Certa manhã, liguei para ela e anunciei, como uma criança:

— Adivinha? Já levantei.

E ela disse:

— Ah, é? Muito bem! — E perguntou: — O que foi essa batida?

Expliquei que estava pegando uma xícara do armário porque ia fazer um chá, e ela disse:

— Isso é ótimo.

A voz dela era a única coisa que eu ouvia de seu lado da linha, sem nenhum ruído no fundo. Se eu lhe perguntava o que estava fazendo, ela dizia só sentada. Pedi desculpas uma vez e falei que ela provavelmente tinha que desligar, devia precisar trabalhar. Ela respondeu que seu público teria que esperar pelas instalações de vanguarda. Eu nunca a tinha ouvido fazer piadas com seu trabalho antes.

Ela nunca me perguntava por que eu tinha ligado em uma ocasião ou naquela — sabia que eu ligava em pânico, entediada, solitária, quando o silêncio da casa ficava insuportável. Por muito tempo, não notei que, não importava o horário, minha mãe nunca estava com voz de bêbada.

No meio-tempo, eu caminhava até conseguir sentir meu coração batendo. Principalmente ao lado do canal, atravessando Port Meadow ou, se fosse cedo o bastante para estar sem estudantes nem turistas, pelo parque da Magdalen College. Os veados pastavam e me ignoravam.

Então, embora minha mãe não perguntasse, comecei a lhe contar o que tinha acontecido, sobre meu casamento, e filhos, e Patrick. Ela me falou para contar o que eu quisesse; nada era capaz de chocá-la. Disse:

— Cubro a coisa mais venenosa que você já tiver dito a ele e aumento a aposta com algo muito pior que eu já disse ao seu pai.

Contei a ela que, primeiro, fiquei com raiva por ele não ter notado que havia algo errado comigo. Era o que eu pensava. Mas ele não podia não ter percebido. Deve ter-lhe ocorrido em algum estágio ou, então, soubera desde o começo. De toda forma, ele não fez nada porque gostava que fosse assim. Era tão óbvio agora — eu sendo o problema, Patrick podendo ser o herói. Todo mundo o achando tão incrível por aguentar uma mulher tão difícil. Salva vidas o dia todo no trabalho, volta para casa e continua. Todo mundo pensando que dureza deve ser esse casamento.

Falei que ele nunca devia ter aceitado a forma como eu o tratava, mas aceitava porque a única coisa para a qual ligava era me ter, ter aquilo que sempre quis. Ele só aceitava tudo e sempre deixava ser a minha versão da história, acreditando que, assim, não ia me perder. Não eu — uma versão de mim que ele inventou aos catorze anos, falei. Disse que ele devia ter superado, como todo mundo, em vez de se casar com sua própria invenção.

Ele desistiu de sua própria chance de ser pai. Não devia ter me deixado tirar isso dele. Não devia ter me tornado responsável por isso.

Contei a ela que era culpa de Patrick eu não ser mãe. Eu menti, mas ele também.

Por muito tempo, segui assim. Minha mãe ouvia pela maior parte sem dizer nada. Nunca parecia chocada, nem com as coisas que eu mal conseguia dizer em voz alta. Só falava é claro, é claro. Não estou surpresa. Quem não se sentiria assim?

Finalmente, me exauri. Disse que Patrick e eu nunca devíamos ter ficado juntos. Tínhamos quebrado um ao outro. Nosso casamento nunca fez sentido. E, aí, fiquei quieta.

Fazia quase um mês, horas e horas diariamente, e, como se agora fosse a vez dela de falar, minha mãe disse:

— Martha, nenhum casamento faz sentido. Especialmente não para o mundo exterior. Um casamento é um mundo próprio.

Pedi para ela, por favor, não filosofar.

A risada fina dela me irritou. Ela disse:

DEVE TER ALGO *errado* **COMIGO** **263**

— Está bem, mas Maya Angelou...

Eu a interrompi.

— Por favor, também não venha com a Maya Angelou pra cima de mim. Eu sei que estou certa. Nós éramos disfuncionais. Tornamos um ao outro disfuncional. Precisei ser eu a terminar, mas sei que é o que ele queria também. Ele só era passivo demais para fazer isso. É claro que é triste, óbvio. Mas é o melhor para todo mundo. Não só para nós.

— Sim... bom. — Minha mãe suspirou. — A que horas você vai chegar lá amanhã? — Ela parecia prestes a dizer mais alguma coisa.

Perguntei que dia era amanhã.

— O Natal.

Fiquei em silêncio por um minuto, tentando imaginar dirigir a Londres, ver meu pai, enfrentar Ingrid, o caos dos filhos dela, a conversa excruciante de Rowland, a fricção infinita e inútil entre Winsome e minha mãe. Ela bebendo.

— Acho que não consigo. Acho que é gente demais.

— Vamos ser só Winsome e Rowland, eu e seu pai. Desculpa, achei que tinha te contado. Seus primos foram viajar. Ingrid e Hamish levaram as crianças para a Disney. Não tenho ideia do porquê. Ainda mais por dez dias — nesse tempo, daria para ver duas vezes cada sala do Louvre.

Ela esperou que eu perguntasse onde Patrick estava, depois, passado um momento de silêncio, disse:

— Ele foi para Hong Kong. Vai ser um dia difícil. Eu sei. Mas você poderia vir?

Neguei.

— Acho que não. Desculpa.

Minha mãe suspirou de novo.

— Bom, não posso te obrigar. Mas, por favor, pense sobre se precisa ficar mais infeliz do que já está. Passar o Natal sozinha, Martha, não sei. Vai ser desolador. E, se me permite dizer, eu simplesmente gostaria de te ver.

Assim que desligamos, fui caminhar. A imagem do canal, de fazer aquilo de novo, me exauriu e peguei outro caminho, em direção ao centro.

A Broad Street estava lotada. Fiquei tonta com a concentração de pessoas com sacolas plásticas entrando e saindo de lojas, comprando sapatos e celulares e coisas da Accessorize. Bebês choravam em seus carrinhos, com fome e calor. Crianças ficavam para trás de seus pais ou tentavam correr à frente seguradas por coleiras infantis.

Mães estavam fazendo compras com filhas adolescentes que andavam de cabeça baixa, mandando mensagens. Uma garota saiu num rompante da River Island, deixando a porta bater na mãe que tentava acompanhá-la.

A garota não pediu para nascer, a mãe que fosse se foder. Ela pegou o telefone, e a mãe, que já estava ao seu lado, disse já chega, Bethany. Ela estava por aqui. Saíram andando em direções opostas. Eu estava no caminho da mãe, que parou na minha frente, perto o bastante para que conseguisse ver que seus brincos eram minúsculas bengalas doces. Por um segundo, ficamos frente a frente, olhando diretamente nos olhos uma da outra, mas não acho que ela tenha me visto. Ia dar um passo para o lado, mas ela deu meia-volta e começou a correr atrás da filha, segurando a bolsa acima da cabeça e balançando-a como uma bandeira branca.

Caminhei devagar, olhando o rosto das pessoas que vinham em minha direção, passando rápido de cada lado, imaginando se alguma delas havia posto fogo em sua própria casa e, se tivesse, quanto tempo levara para conseguir sair e andar por aí e querer coisas da Accessorize.

Entrei no café Costa e comprei um *muffin*. Eu não estava com fome e, ao sair, tentei dá-lo a um morador de rua sentado embaixo de um caixa eletrônico. Ele me perguntou de que sabor era e, quando respondi, falou que não gostava de uva-passa.

Continuei andando até o mercado. Parada em frente a uma loja de doces, liguei para minha mãe. Havia um menino sentado em uma mesa alta na janela com a avó. Estava tomando sorvete. Embora o estivesse segurando com as mãos enluvadas, e ainda vestisse sua parca e seu gorro de lã, seus lábios estavam roxos.

Ela atendeu e me perguntou se estava tudo bem.

— Se eu for amanhã, você pode não beber?

Não houve pausa. Ela disse:

— Martha. Você me pediu para parar. No dia que me ligou do trem.

— Eu sei.

— Bom, eu parei — anunciou minha mãe. — Não bebi mais nada desde aquele dia. Depois que você desligou, joguei tudo na pia. Na linguagem do grupo — ela disse aquela palavra como se tivesse a inicial maiúscula —, faz duzentos e dezoito dias desde meu último drinque.

Nós — Ingrid, meu pai, Winsome, Hamish ou Patrick —, nenhum de nós nunca tinha pedido para ela parar. Por lealdade ou por sentir que era inútil, nunca tínhamos nem discutido entre nós fazer isso.

Eu não tinha notado que estava sorrindo para o menino de lábios roxos. Ele mostrou a língua para mim.

Minha mãe disse:

— Você está rindo?

Falei que não.

— Quer dizer, estou. Mas não de você. De algo que acabei de ver. — Falei que era bom.

— Isso é bom.

Era meio da tarde, já começando a escurecer, quando cheguei a Belgravia. Tinha acordado sem pretender ir e passado a manhã no sofá vendo televisão de luz apagada, tentando me convencer de que não me sentia culpada por decepcionar minha mãe, que a sensação de enjoo e tensão na minha testa eram os primeiros sintomas de uma enxaqueca e que eu não tinha mergulhado tão fundo no desespero que, na altura em que o programa *As melhores receitas natalinas de Mary Berry* começou ao meio-dia, pensei que ia parar de respirar.

Winsome abriu a porta e pareceu felicíssima por me ver, sua sobrinha que não tinha tomado banho e estava vestindo calça de moletom e camiseta por debaixo do casaco e segurando um presente para a anfitriã comprado em uma lanchonete de estrada. Ela fez um estardalhaço para pegar meu casaco e expressou gratidão excessiva pelo presente, depois me levou até a sala de estar formal.

Eu não tinha vindo com a expectativa de me sentir melhor. Tinha vindo porque não achava que podia me sentir pior, mas, quando entrei na sala, senti uma nostalgia instantânea e perversa por aquelas horas de tristeza enclausurada na Casa Executiva. Vendo Rowland e minha mãe e meu pai sentados na sala avassaladoramente vazia, cada um abrindo um presente bem pequeno, me senti indescritivelmente pior. Eu tinha causado isto. Eu era o motivo para Ingrid e meus primos terem escolhido estar em outro lugar. A sala vibrava com a ausência deles. Havia uma atmosfera à parte de tristeza tão palpável que, se um estranho entrasse, imaginaria um luto recente. Era por Patrick não estar lá. Eu também tinha conseguido isso. E, assim como minha tia, meus pais e meu tio ficaram absolutamente felizes em me ver.

Meu pai se aproximou e me abraçou, me dando batidinhas nas costas ao mesmo tempo, como se eu tivesse feito algo elogiável por aparecer em Belgravia atrasada, sem avisar e vestida de forma desrespeitosa no dia mais importante do ano para minha tia. E ela tinha separado o almoço para mim — para a possibilidade remota, disse Winsome, a esperança é a última que morre, de que eu fosse surpreendê-los. E Rowland, que sempre fazia tanta questão de evitar atos de serviço, me disse para sentar que ele ia buscá-lo.

Minha mãe esperou para ser a última e me abraçou pelo mesmo tempo que meu pai, mas, depois, em vez de me soltar completamente, me segurou à distância de um braço, as mãos logo embaixo

DEVE TER ALGO *errado* **COMIGO**

dos meus ombros, e disse que tinha esquecido como eu era bonita. Ela não estava bêbada.

    E eu a afastei. E, quando Rowland voltou, falei que não estava com fome. E, quando meu pai me contou uma frase do livro que estava lendo, alegando achá-la ao mesmo tempo hilária e oportuna, só dei de ombros e, quando Winsome se aproximou de mim com um presente que estava embaixo da árvore — a esperança é a última que morre etc. —, ao abrir falei que já tinha um vaso e não conseguia, de todo modo, imaginar uma ocasião em que fosse receber flores. E, aí, falei que ia embora e me recusei a levá-lo, naquele momento e uma segunda vez junto à porta.

    A frase do livro do meu pai era mesmo hilária e oportuna. "A cremação não foi pior do que um Natal em família."

    Liguei para minha mãe de manhã cedo enquanto me vestia. Assim que ela atendeu, comecei a falar de ontem, de como tinha sido horrível sem os outros. Tirando Patrick, obviamente. Estava feliz que ele não tivesse estado lá. Repetidas vezes, falei:

— É melhor para ele também. Ele queria...

Ela disse:

— Não. Pare. — A paciência dela havia acabado. Sua voz vacilou. — Você não pode decidir o que é melhor para os outros, Martha. Nem para o seu próprio marido. Especialmente para o seu próprio marido. Porque, por acaso, você não tem ideia do que Patrick quer. — Eu quis dizer alguma coisa para fazê-la parar, mas minha boca tinha ficado seca, e ela continuou: — Ao que me parece, você nunca se esforçou para descobrir. Às vezes, me pergunto se você achou que ia ser mas fácil só explodir tudo de uma vez. Tchá, tchá, tchá, querosene por todo lado, fósforo por cima do ombro enquanto sai andando. Incinerar o terreno.

Ela parou e esperou. Falei:

— Por que você está dizendo isso? Você devia estar do meu lado. Você precisa ser legal comigo.

— Eu estou do seu lado. Mas você me deixou constrangida ontem. Você se envergonhou e envergonhou todo mundo. Agiu como uma criança. Nem levar o vaso…

Gritei com ela. Falei que ela não tinha permissão de me dar bronca.

— Não, na verdade, tenho. Alguém precisa fazer isso. Você acha que tudo isso aconteceu com você e só com você. Foi isso que eu vi ontem. É a sua tragédia pessoal terrível, então você é a única que tem permissão de sentir dor. Mas — ela disse minha menina — isso aconteceu com todos nós. Você não entende isso? Nem ontem? É a tragédia de todo mundo. E, se ele estivesse lá, você teria visto que é, acima de tudo, a tragédia de Patrick. Era a vida dele tanto quanto a sua.

Respondi que ela estava errada.

— Ele nunca se sentiu como eu. Ele não tem ideia de como é.

— Talvez, mas ele teve de cuidar de você. Teve de ouvir a esposa dizer que quer morrer, vê-la em agonia sem saber como ajudá-la. Imagine isso, Martha. E você achando que ele gostava que fosse assim! Ele ficou ao seu lado o tempo todo, independentemente do que custasse a ele, e acabou sendo odiado e mandado embora por isso.

— Eu não o odeio.

— Perdão?

— Eu nunca disse que o odiava.

— Mesmo que fosse verdade, com todo o resto que você disse, posso afirmar, qualquer um exceto Patrick teria te abandonado há muito tempo sem você precisar pedir. Você mentiu primeiro, Martha. Ele não te obrigou. Ninguém te obrigou.

Fiquei enjoada. Minha mãe expirou profundamente, depois continuou.

— Não estou dizendo que você não tenha sofrido, Martha. Mas estou dizendo: cresça. Você não é a única.

Ela parou e esperou até eu perguntar:

— Como eu faço isso?

— O quê? Não consigo te escutar quando você está sussurrando.

Repeti, devagar:

— Como eu faço isso? Mãe, eu não sei o que fazer.

— Eu pediria perdão ao seu marido, e — disse ela — considere-se muito sortuda se ele fizer isso.

Não liguei mais para ela. No fim da semana, recebi uma carta.

Dizia: Martha. Você sabe tanto quanto eu que a conversa que tivemos durante essas semanas terminou. O que acontece depois é escolha sua, mas espero que considere o seguinte ao tomar qualquer decisão.

Durante toda minha vida, acreditei que as coisas aconteciam comigo. As coisas horríveis — infância, minha mãe louca/morta, pai sumido. Que, como ela precisou me criar, perdi Winsome como irmã. Seu pai não ter sucesso, esta casa, morar num lugar que não suporto, beber muito, virar alcoólatra. E a lista continua, tudo isso acontecendo comigo.

E, aí — você. Minha filha linda, se quebrando quando ainda era criança. Embora fosse você que estivesse sofrendo, embora eu tenha escolhido não a ajudar, em minha própria mente era a pior coisa que já havia acontecido comigo.

Eu era a vítima, e vítimas, claro, têm permissão de se comportar como quiserem. Ninguém pode ser responsabilizado se estiver sofrendo, e eu fiz de você minha desculpa infalível para não crescer.

Mas, aí, eu cresci — aos sessenta e oito —, porque você me obrigou.

Sei que não faz muito tempo, mas eis o que consegui enxergar desde então: as coisas acontecem. Coisas terríveis. A única coisa que todos nós podemos fazer é decidir se elas vão acontecer conosco ou se, pelo menos em parte, vão acontecer por nós.

Sempre pensei que sua doença tivesse acontecido comigo. Agora, escolho acreditar que aconteceu por mim, porque foi por isso que finalmente parei de beber. Não comecei a beber por causa de você e da sua doença, como tenho certeza de que permiti que você acreditasse, mas você é o motivo de eu ter parado.

Talvez o que eu pense seja errado. Talvez eu não tenha direito de pensar desta maneira em sua dor, mas é a única forma em que consigo pensar para dar a tudo isso um propósito. E me pergunto: será que há alguma forma de você conseguir ver que aquilo pelo que passou é por algum motivo?

Será por isso que você sente tudo e ama mais e luta com mais ferocidade do que qualquer outro? É por isso que você é o amor da vida da sua irmã? Por isso será uma escritora de muito mais coisas, algum dia, do que de uma pequena coluna de supermercado? Como você pode ser minha crítica mais feroz e alguém com tanta compaixão que compra um óculos de que não precisa porque o homem caiu de sua banqueta? Martha, quando você está em um cômodo, ninguém quer falar com mais ninguém. Por que será, se não pela vida que você viveu, como uma pessoa refinada pelo fogo?

E você foi amada por um homem por toda a sua vida adulta. É um presente que muita gente não recebe, e o amor teimoso e persistente dele não é apesar de você e de sua dor. É por causa de quem você é, que é, em parte, um produto de sua dor.

Você não precisa acreditar em mim, mas eu sei — eu sei, Martha — que sua dor a fez corajosa o bastante para seguir em frente. Se você quiser, pode corrigir tudo isto. Comece pela sua irmã.

Coloquei a carta numa gaveta e peguei meu telefone. Havia uma mensagem de Ingrid. Eles tinham voltado havia dias, mas não tínhamos nos falado desde que ela viera a Oxford. Eu tinha mandado mensagem, mas ela não respondeu. A mensagem dela dizia: "Compra produto de desentupir ralo quando voltar porque a banheira não está esvaziando. desculpa por mandar mensagem safada enquanto você está no trabalho". Emoji de berinjela, boca com batom.

Enquanto eu lia, os pontinhos cinza apareceram e desapareceram e apareceram de novo.

"Não era para você, óbvio."

Respondi com o rosário, um cigarro e o coração preto. Comecei outra com a estrada e a garota correndo, mas não enviei, porque, se ela soubesse que eu estava a caminho, não estaria lá quando eu chegasse.

Ela estava no jardim da frente, sentada numa mesa de jardim negligenciada, balançando as pernas, olhando os filhos andarem de bicicleta batendo uns nos outros de propósito. Apesar do frio que fazia, os três usavam shorts e camisetas da Disney. Ela se virou quando gritaram meu nome, mas não demonstrou reação enquanto eu caminhava até ela, acenando que nem uma idiota até chegar.

— Olá, Martha. — Era como levar uma ferroada, minha irmã me cumprimentando como se eu fosse uma amiga, ou ninguém. — Por que está aqui?

— Para te dar isso. — Entreguei uma sacola plástica com o produto de desentupir ralo. — E também para pedir desculpa.

Ingrid olhou dentro da sacola sem falar nada. Depois:

— Licença. — E se inclinou de lado para ver como, por trás de mim, os filhos dela tinham começado a derrapar as bicicletas de propósito, o que sabiam que não podiam fazer — ela começou a gritar com eles — porque sabiam que destruía a grama.

Não havia grama, ela estava destruída desde a tarde em que eles se mudaram e, embora os meninos a ignorassem, minha irmã repetia o aviso no mesmo volume a cada vez que eu tentava dizer algo por achar que ela tivesse terminado.

A chuva que havia caído a manhã inteira tinha parado quando eu desci do carro, mas o céu ainda estava escuro, e cada pequena rajada de vento fazia cair água das árvores. Esperei.

Ingrid desistiu e disse:

— Pode falar.

— Eu queria dizer…

— Espera. — Minha irmã se levantou da mesa e pegou um carrinho Matchbox de uma poça, pegou o telefone e mandou uma série de mensagens antes de voltar e começar a secar uma parte diferente da mesa com um lenço que levou muito tempo para achar no bolso.

— Ingrid?

— O que foi? Vai. Eu falei vai. — Ela não voltou a se sentar, só se apoiou na beirada da mesa.

Pedi desculpas. Era uma versão do que eu havia composto no carro, mas circular e hesitante, com infinitas repetições e largadas queimadas, cada vez mais excruciante quanto mais eu me esforçava. Eu me sentia uma criança numa aula de piano, tropeçando numa peça que tocava perfeitamente em casa.

Minha irmã se tornou visivelmente mais irritada conforme eu prosseguia. Exceto por dizer "eu já sei de tudo isso" quando eu voltei mais uma vez à parte sobre querer ter filhos, antes do meu final anticlimático.

— Então é isso provavelmente.

Ela disse certo e apertou uma das costelas com os dedos. O problema, ela me disse, olhando para a frente, era que eu a havia exaurido. Eu havia exaurido todo mundo. Tinha tudo se tornado pesado demais. Ela não podia mais cuidar de mim e dos próprios filhos. Disse que ia me perdoar em algum momento, mas não agora.

Falei tudo bem e pensei em ir, mas Ingrid mudou de posição e me perguntou se eu ia me sentar ou não. Por um minuto, assistimos aos meninos, que estavam tentando fazer uma rampa com tábuas de madeira e um tijolo. Aí, eu disse:

— Eles são tão incríveis. — Ingrid deu de ombros. — Não, sério. Eles são incríveis.

— No que você está se baseando?

— Porque eles eram bebês há cinco minutos e, agora, olha o que estão fazendo.

— Andando de bicicleta. Acho.

Falei não.

— Quis dizer reaproveitando um monte de objetos encontrados.

Ingrid cobriu o rosto com as mãos e balançou a cabeça como se estivesse chorando.

Esperei. Um minuto depois, ela disse:

— Ok, tudo bem. — E tirou as mãos. — Eu te perdoei. — Os olhos dela estavam vermelhos e cheios de lágrimas, mas ela estava rindo. — Você ainda é a pior. Literalmente, você é a pior pessoa que existe.

Respondi que sabia disso.

— Por quê — falou ela, com uma tristeza repentina na voz —, por que você mentiu para mim sobre não querer ter filhos? Por que não pôde confiar em mim?

— Eu podia confiar em você. Não podia confiar em mim.

Ela perguntou por que não.

— Porque você podia ter me convencido. Igual ao Jonathan. Se tivesse me dito que eu seria uma boa mãe, eu me permitiria acreditar em você.

Ingrid se apoiou em mim, de modo que nossos braços se tocaram.

— Eu nunca teria dito isso.

— Você disse. Você me dizia o tempo todo que eu devia ter um filho.

— Não, eu nunca teria dito que você seria uma boa mãe. Você seria uma merda.

Ela deu um chutinho no meu pé e disse meu Deus, Martha.

— Eu te amo tanto que meu corpo chega a doer. Pode pegar aquilo para mim? — Ela apontou para a sacola. Peguei-a do chão e Ingrid disse, olhando o interior. — É da marca cara. Obrigada. — E, por um minuto, senti como se estivéssemos juntas dentro do nosso campo de força.

Então, gritos. Uma briga tinha começado por causa do tijolo.

Ingrid disse bom, isso aqui acabou e disse que eu podia ficar à vontade para ir lá resolver, ela precisava entrar e fazer o chá da tarde deles.

DEVE TER ALGO *errado* **COMIGO**　　　　**275**

Nós duas nos levantamos e fui até os meninos, todos agora segurando gravetos.

Ela estava quase dentro da casa quando chamou meu nome e eu me virei e a vi, andando de costas pelo último trecho de gramado, e só me lembro que, quando ela levantou os braços para apertar o rabo de cavalo, uma nuvem cruzou rapidamente na frente do sol, de modo que a luz oscilou no rosto e no cabelo dela enquanto ela gritava, em êxtase, para todos nós:

— Meu famoso macarrão com nada.

Depois, enquanto os meninos estavam no banho, sentamos em frente à porta, apoiadas na parede. Estávamos conversando sobre outra coisa quando Ingrid disse:

— Se você está melhor desde junho ou sei lá quando, por que ainda está se comportando como antes? Quero dizer, com Patrick. Não estou julgando. É só que, se você está se sentindo mais racional, porque isso não está necessariamente, sabe, se manifestando exteriormente. — Ela fez uma careta como alguém esperando uma explosão.

— Porque eu não sei como ser de outro jeito com ele. — Falei que sabia que não era uma desculpa.

— Não, eu entendo. Tantos anos versus sete meses. Mas você precisa descobrir.

Expliquei que não me sentia pronta para fazer isso, para vê-lo, e sabia que, de todo modo, não seria capaz de perdoá-lo.

— Você sabe onde ele está?

— Londres.

— É, mas sabe onde?

— Não. Ele provavelmente pegou o apartamento de volta.

— Ele vai pegá-lo de volta, mas, por enquanto, está na casa de Winsome e Rowland. — Ingrid pareceu séria.

Perguntei por que isso importava.

— Winsome e Rowland estão viajando.

— Mas Jessamine está lá.

Dei risada e falei que, se tinha uma coisa com a qual eu nunca tinha me preocupado, era com Patrick ficar com alguém que não sua esposa.

Embora eu o tivesse feito ir embora, punindo-o sem parar por meses para que ele fosse, e dito que não o amava mais — gritando atrás dele enquanto ele saía de nosso quarto pela última vez —, senti como se alguém tivesse me empurrado quando Ingrid falou:

— Mas, Martha, até onde o Patrick sabe, você não é esposa dele.

Ingrid me fez esperar enquanto procurava, numa gaveta, sua chave da casa de Belgravia.

— Por via das dúvidas, por via das dúvidas.

Eu já tinha aceitado uma barra de cereal e uma garrafa d'água e um audiolivro de três CDs que ela havia tirado da gaveta primeiro. Em vinte e um dias, seria capaz de dominar a arte do autoperdão. Falei para ela que não precisava da chave.

— Se ele não estiver lá, eu só vou para casa. Não tem outro motivo para entrar.

— Tem, sim. Você pode precisar ir ao banheiro ou algo assim.

Ela a encontrou e a estendeu para mim. Como eu não quis pegar, ela agarrou minha mão e tentou fechar meus dedos ao redor da chave.

— Que diabos é isso? — Ela estava segurando meu dedão.

— As Hébridas.

— Certo. Claro que é. Pode, por favor, só pôr isto na sua bolsa?

Peguei a chave para ela parar de falar no assunto.

Patrick não estava. Bati e esperei nos degraus em frente à casa da minha tia até meu rosto doer e minhas mãos ficarem dormentes dentro dos meus bolsos. Voltei ao carro e sentei, de casaco, por uma hora. A praça estava deserta. Ninguém passava. Só fazia seis semanas desde que Patrick se fora, mas, em questão de dias, o tempo tinha adquirido uma qualidade irreal, e minha solidão se tornara tão imensa que, agora — comigo sentada no carro —, parecia desafiar a existência das coisas.

Outra hora se passou. Ninguém apareceu. Comecei a delirar. Só havia o frio. Fiz a busca "hipotermia em um carro" no Google, mas, enquanto meus dedos tentavam acertar cada letra, meu telefone ficou sem bateria, e era por isso que eu, disse a mim mesma, precisava entrar. Mas era uma compulsão por ver, se não Patrick, algo dele. Depois de semanas sozinha, culminando naquelas duas horas no carro, sem ver nada pela janela exceto a escuridão e uma ausência de seres humanos, nem ele parecia real.

Tudo lá dentro estava errado. Fiquei parada no vestíbulo com a chave de Ingrid na mão, tensa.

Winsome tinha uma regra de que itens pessoais não podiam ficar em áreas públicas, mas as coisas de Jessamine estavam por todo lado, os sapatos espalhados por todos os cantos do vestíbulo, roupas empilhadas pelo corredor. Tirei meu casaco e entrei na sala de estar formal. Havia uma garrafa de vinho e duas taças, vazias a não ser pelo sedimento marrom no fundo, apoiadas diretamente numa mesa de canto de nogueira.

Um ano, bêbada no Natal, minha mãe falou para todo mundo que, quando Winsome morresse, seu fantasma voltaria para assombrar a sala de estar formal, aterrorizando a todos nós com gritos de "Molhado na madeira! Molhado na madeira!" e, invisível, jogaria porta-copos pelo ar. Entrei e peguei as duas taças para levar à cozinha, coletando outras coisas enquanto me movia pela sala, por último, um carregador de celular e um frasco de plástico cor-de-rosa de removedor de esmaltes. O fato de minha prima colocar um solvente na tampa laqueada do piano da mãe parecia reunir a totalidade de sua natureza. Quis ir embora. Mas nada que eu pegara lá ou enquanto progredia na direção da cozinha pertencia a Patrick. Deixei tudo empilhado na entrada e voltei à escadaria principal.

A mala e as coisas que ele devia ter adquirido desde que fora embora estavam em caixas, empilhadas em frente ao quarto de Oliver, fechadas com fita e numeradas, eu sabia, de acordo com uma planilha que descreveria o conteúdo de cada uma. Não as abri. Os números estavam escritos à mão. Era o suficiente.

A caminho da saída, entrei no quarto de Jessamine para usar o banheiro dela. O relógio de Patrick estava na mesa de cabeceira dela ao lado de um copo d'água e um elástico roxo com fios de cabelo loiros presos na parte de metal. Fui até lá e o peguei. Eu me senti enjoada, não porque ele estava ali. Só por causa de sua familiaridade intrínseca, de seu peso enquanto eu o revirava na mão e da lembrança que carregava, da forma particular como ele o colocava, da primeira vez que eu o vira fazendo isso. Não senti que tinha direito à lembrança. Patrick não era meu. Devolvi o relógio e entrei no banheiro.

Na frente do espelho, sequei meu rosto com lenços, o chão onde ele havia feito o parto do bebê de minha irmã refletido atrás de mim. Uma lata de lixo transbordando com os detritos cosméticos de Jessamine estava ao lado da privada. Fui até lá jogar os lenços. Caíram em cima de uma cartela metalizada, com o formato de um único comprimido. Esta era a única outra coisa com a qual nunca me preocupei: Patrick tendo que comprar a pílula do dia seguinte para alguém que não era sua esposa.

Em algum ponto, saindo de Londres, percebi que tinha esquecido meu casaco na pressa de ir embora e fiquei cada vez mais incerta, enquanto seguia, de ter fechado a porta da entrada.

Na semana que se seguiu, empacotei a Casa Executiva, andando pelo imóvel e enchendo caixas que, se as tivesse etiquetado, diriam: talheres soltos virados da gaveta. Latas de sardinha em conserva/certidões de nascimento. Uma almofada, um secador de cabelo, uma molheira embrulhada numa capa de edredom.

Eu me alimentava de Gatorade azul e bolachas de água e sal da despensa que se esvaziava e dormia de roupa no sofá.

Nevou no dia em que fui embora. De manhã, dois homens chegaram num caminhão para atender a todas as minhas necessidades de remoção e armazenamento, segundo a promessa pintada na lataria. Começaram a carregá-lo de coisas enquanto eu ainda estava terminando no nosso quarto. Exceto por uma mala, Patrick tinha deixado tudo para trás.

Empacotei o guarda-roupas e a cômoda dele, depois abri a gaveta de sua mesa de cabeceira. Em cima de outras coisas, havia um livro que meu pai lhe dera de Natal havia um ano, que Patrick persistia em ler, apesar de ser sobre poesia, não de poesia. Peguei e abri numa página marcada por alguns cartões de anotação, as orelhas expostas dobradas e moles.

Ele teria dito: "Sem dúvida minha esposa vai me corrigir depois e insistir que foi só pelas bebidas de graça, mas estamos todos reunidos aqui pelo amor por essa mulher incomum, bela, enlouquecedora — que, na minha opinião, não parece ter um dia a mais do que trinta e nove anos e doze meses". Ele ia dizer: "Queria que não fosse o caso, mas todo mundo sabe que a Martha é a única coisa que eu já quis na vida…". Não consegui ler mais. Deslizei-os de volta para dentro do livro e guardei de novo na gaveta, em vez de empacotar todo o conteúdo. Passei fita em torno do móvel inteiro. Os homens vieram até a porta e eu disse que tinha terminado, podiam levar tudo.

Eles foram embora e eu andei pela casa, segurando o endereço que me haviam dado de um depósito em algum lugar de Londres. Eu conhecia cada saliência dos rodapés, cada lasca nas portas, todos os lugares das paredes da sala onde já tínhamos tentado pintar por cima das marcas deixadas por um locatário anterior. Patrick tinha comprado uma tinta com outro acabamento e, ainda agora, eles se destacavam como um sistema solar de partes de alto brilho num vasto universo fosco. O carpete castanho-acinzentado tinha as marcas de nossos móveis, a poeira se assentava como faixas de velcro cinza em cima de cada tomada fora do padrão, sua utilidade nunca determinada. Por sete anos, a Casa Executiva tinha exalado uma espécie de hostilidade psíquica perceptível apenas a mim. Não sei por que, em minha última hora lá, ela me ofereceu uma sensação de lar. Subi as escadas de novo para ir ao quartinho.

DEVE TER ALGO *errado* **COMIGO**

Em frente a sua pequena janela, a neve estava se assentando nos ramos dos galhos sem folhas do plátano. Deixei-a aberta e voltei à porta, ficando ali por um momento. Alguns flocos entraram, flutuando até o chão, e derreteram no carpete.

O corretor tinha entrado na casa e estava lá embaixo, na cozinha, com um casal mais jovem do que Patrick e eu. Estava dizendo algo sobre eletrodomésticos de qualidade. Olhei de relance, sem ser notada ao passar a caminho da porta, e vi a esposa abrir o forno, torcer o nariz e dizer:

— Amor, dá uma olhada.

Tranquei-me para fora, coloquei a chave na caixa de correio e saí com o carro.

Passando pelos portões do Empreendimento Executivo, encostei e estacionei ao lado de uma abertura numa cerca-viva alta. Atravessei por ela, saindo na ampla faixa de campo dividida em loteamentos. Estava deserta, a terra aos meus pés estava vazia e feia e ensopada. Eu não sabia por que tinha tido vontade de parar e entrar; nunca tinha vindo aqui sozinha antes. Sem Patrick, não conseguia achar o jardim que nos pertencia, exceto correndo de um lado para o outro nos caminhos entre eles, olhos se enchendo d'água quando eu andava contra o vento, cabelos batendo ao redor do rosto quando ele estava a meu favor.

Por fim, vi nosso galpão e passei correndo por cima do jardim de outras pessoas para chegar ao nosso — um quadrado de terra escura e folhas alaranjadas submersas na água que se acumulara nos sulcos abertos por Patrick. Fora isso e as gavinhas de antigas batatas achatadas pela chuva, não havia nada do trabalho dele. O inverno tinha apagado as horas que ele passara ali, sozinho ou comigo sentada observando-o empurrar a pá com o pé, arrancar ervas daninhas, coisas que tinham semeado.

A porta do galpão estava destrancada e batendo ao vento. Tinham roubado as ferramentas dele e a cadeira que ele me comprara. A única coisa que tinha sido deixada, porque não dava para levar embora, era a árvore caída.

Fui me sentar, mas lembrar me fez cair de joelhos na terra na frente do tronco. E, aí, dobrar meus braços por cima dele, afundar a cabeça, inalar a madeira molhada, escutando Patrick dizer de quanto tempo? Posso ter alguns dias? Falei não vou ficar esperando sem motivo, Patrick. Te vejo em casa.

Logo, ficou tão frio que precisei levantar. Eu não suportava ir embora. Eu já tinha estado grávida. Tinha estado grávida, aqui, e isso tornava este lugar sagrado, este quadrado de lama escura que ia abandonar às intempéries. Deixando algo que nos pertencia desprotegido, ao alcance de qualquer um que o quisesse e achasse que não era mesmo de ninguém — não tinha nada aqui exceto um tronco morto. Peguei um galho e enfiei no solo e me obriguei a voltar ao carro, balançando com o vento.

No silêncio imediato após fechar a porta, lembrei-me de Patrick me dizendo, enquanto íamos de carro para a Casa Executiva pela primeira vez, que em breve seríamos inteiramente autossuficientes no que dizia respeito a alface. Dei risada, mas ainda estava chorando. Por um momento, naquele primeiro verão em Oxford, tinha sido verdade.

Depois de menos de dois quilômetros, coloquei o endereço no Google Maps, embora eu tivesse morado na Goldhawk Road desde os dez anos, exceto pelo intervalo de dois curtos casamentos. Quando entrei na rodovia, a moça do sistema de navegação disse em oitenta e seis quilômetros, pegue a saída da esquerda e, quando a perdi, faça o retorno assim que possível.

A porta principal da casa dos meus pais estava entreaberta. Entrei e encontrei Ingrid no sofá do escritório do meu pai, sentada, com os pés no chão, não deitada nele com os pés no apoio ou estendidos de alguma forma parede acima. E seus olhos estavam fixos no meu pai, que estava parado no centro do cômodo, preparando-se para ler algo de um livro aberto em suas mãos como um hinário. E minha mãe estava com eles, segurando um pequeno espanador — que eu nunca antes tinha visto na casa — sobre algum objeto em cima da lareira.

A impressão que passavam era de serem atores numa peça, esperando a cortina se abrir mas lentos demais para assumir suas marcações, de modo que, por um curto segundo, a plateia os vê daquela forma — paralisados em suas posições naturais — antes de entrarem em ação.

A mãe começa a balançar o espanador, o pai começa a ler o meio de uma frase, a personagem da irmã se debruça para a frente como se estivesse escutando. O fato de ela estar pegando o telefone é óbvio aos que estão do outro lado da quarta parede. O pai olha para cima e para de ler porque outra atriz — claramente, a personagem problemática — está entrando, arrastando muitas malas. Ele a convida a se sentar e a mãe sai dizendo algo sobre café e, tendo perguntado sobre a viagem até lá, o pai diz:

— Agora, onde eu estava? Ah, sim, vamos lá. — E recomeça. Uma irmã desiste da farsa de prestar atenção e olha abertamente para o celular.

A outra fica parada onde está, não solta as malas, mas escuta, dando à plateia tempo para se perguntar sobre sua história de fundo, por que ela veio, o que quer, quais obstáculos estão à sua frente e como serão resolvidos em noventa minutos. Se haverá intervalo. Se a máquina do estacionamento aceita cartão.

— "A grande revelação talvez nunca chegasse. Em vez disso, havia pequenos milagres cotidianos, iluminações, fósforos inesperadamente riscados na escuridão; aqui estava um deles." — Ele termina. — Não é brilhante, meninas? É…

— Virginia Woolf.

Ingrid respondeu sem tirar os olhos do telefone, mas, aí, antecipando a pergunta dele, levantou a cabeça e explicou:

— Vi no Instagram.

Ele perguntou:

— O que é o Instagram?

— Olha. — Ela rolou a tela com o dedão e mostrou o telefone para meu pai, que o pegou e fez uma imitação primitiva de rolar a tela usando todos os dedos da mão direita e um movimento rígido com o punho. — Você pode publicar a bobagem que quiser aqui, até poesia, e alguém vai curtir. Um dedo. Pai. Sobe desde o fim.

Ele conseguiu e, minutos depois, meu pai declarou que @citações_de_autores_diárias era um repositório de genialidade e perguntou quanto custava para participar. Ingrid explicou que seu único investimento seria comprar um telefone que não tivesse antena, o que ela disse que faria para ele pela internet após a expressão de hesitação que se formou no rosto dele à menção de uma interação em uma loja.

Eu disse que precisava desfazer as malas. Ingrid se ofereceu para me ajudar e se levantou.

Do lado da sala, falei para ela que não precisava de ajuda.

— Por ajudar, eu quis dizer que vou ficar sentada olhando.

Ela subiu as escadas atrás de mim.

— Cadê os meninos?

— Hamish os levou para ajeitar os cortes de cabelo deles. Achei que eu conseguisse cortar, mas acaba que é bem difícil. — Ela estava sem fôlego antes de chegarmos na metade do primeiro lance e precisou de pequenos intervalos no segundo. — Eu ia abrir um salão chamado Cortes de Mãe… —, mas… —, obviamente, esse nome pode ser lido de duas… — formas, dependendo… — do… — preciso sentar por um segundo… do — seu estado mental.

Quando chegamos à porta do meu quarto, Ingrid me mandou sair da frente para ela poder abrir para mim. Olhando lá dentro e saindo de ré direto, ela disse:

— Por que você não fica com o meu quarto? — O meu tinha sido transformado em um depósito de esculturas que, segundo explicou minha mãe quando perguntamos mais tarde, "ainda não tinham conceitualmente chegado lá".

Fomos para o quarto ao lado e enfiei as malas no fundo do armário vazio de Ingrid, depois sentei com ela no futon que tinha vindo com a mesa de bétula e o sofá marrom, e que tinha aguentado o fardo de seus cigarros na adolescência.

Ela falou por um tempo sobre a ocasião específica de cada marca de queimado, seu quarto, coisas que ela havia escrito e desenhado na parede, muitas das quais permaneciam ali, incluindo, ela me mostrou atrás da cortina, a frase ODEIO MINHA MÃE. E, então, as vezes que ela se lembrava de mim entrando e a abraçando quando havia ocorrido Uma Partida. Distraída, ela pegou minha mão e, lembrando, passou o dedão por minha tatuagem como se o desenho pudesse sair.

— Às vezes se arrepende de ter feito?

— Sim.

— Quando?

— Quando eu a vejo.

— Eu te julgaria, mas… — Ela virou o pulso para cima e me mostrou a linha curtíssima. Enfim, disse. — O que você vai fazer agora? Você tem um plano? Porque você podia… — O tom dela indicava o começo de uma lista, mas não saiu nada depois da inspiração preparatória exceto uma expiração. Ela pareceu sentir compaixão.

— Eu sei, não se preocupe.

— Vou pensar em algo.

Falei que não tinha problema.

— Não é sua obrigação. E, de todo modo, eu tenho um. Não é bem um plano. É mais… — Fiz uma pausa. — Preciso descobrir que tipo de vida está disponível para uma mulher da minha…

— Não diga idade.

— Uma mulher que nasceu mais ou menos na mesma época que eu, que está solteira e não tem filhos nem nenhuma ambição em particular e um currículo — eu queria dizer "de merda", mas havia tanta preocupação no rosto de minha irmã que falei — que não tem uma progressão convencional.

— Mas não precisa ser algo triste. Tipo, não pressuponha automaticamente que tem que ser…

— Não vou. Eu quero que não seja triste. Só não sei quais opções não tristes existem se você não gosta de animais nem de ajudar pessoas. Se você quis as coisas que supostamente as mulheres devem querer, bebês, um marido, amigos, casa…

— … uma loja de sucesso na Etsy.

— Uma loja de sucesso na Etsy, inveja, realização, o que for, e não as tiver conseguido, o que é para querer, então? Não sei como querer algo que não seja um bebê. Não consigo pensar em mais nada e decidir querer isso no lugar de um bebê.

Ingrid disse consegue, sim.

— Mesmo as mulheres que conseguem essas coisas as perdem. Maridos morrem e filhos crescem e se casam com alguém que você odeia e jogam fora o diploma de direito que você comprou para eles para abrirem uma loja na Etsy. Tudo, no fim, se vai, e as mulheres sempre são as que sobram de pé, então, simplesmente inventamos outra coisa para querer.

— Não quero que seja uma coisa inventada.

— Tudo é inventado. A vida é inventada. Tudo o que você vê alguém fazendo é algo que essa pessoa inventou. Eu inventei ir para Swindon, pelo amor de Deus, e me fiz querer isso e, agora, quero.

— Quer mesmo?

— Bom, não é algo que eu não queira.

— Como você fez isso?

DEVE TER ALGO *errado* **COMIGO**

— Não sei — disse ela. — Só me concentrando nisso ou fazendo coisas práticas e fingindo curtir até eu realmente meio que curtir de verdade ou não conseguir lembrar o que curtia antes.

Mordi o lábio, e ela continuou:

— Tipo, talvez faça uma limpa em suas roupas ou pratique a besteira da ioga e provavelmente algo vai aparecer ou você vai achar. Você é muito inteligente, Martha, a pessoa mais criativa que eu conheço. — Ela me bateu porque revirei os olhos. — Você é, sim, e preciso ir para casa, então, pode, por favor, me ajudar a levantar?

Fiz isso, e minha irmã segurou minhas mãos por um segundo, parada no meio do quarto dela, e disse:

— Pequenos milagres cotidianos, iluminações, alguma coisa, alguma coisa, fósforos, Woolf. Faça isso. Faça o que a Virginia diz.

Desci com ela e prometi, porque ela me obrigou, que ia fazer algo prático, mas não um diário de gratidão porque, segundo ela, isso a assustaria.

— Nem, tipo, um painel de visualização. A não ser que seja só com fotos da Kate Moss com mais de quarenta num superiate.

— Com o biquíni desarrumado.

— Sempre.

— Eu te amo, Ingrid.

Ela disse eu sei e foi para casa.

Meu pai tinha deixado a luz do escritório acesa e o livro aberto virado para baixo em sua mesa. Entrei e peguei, mas não consegui achar o trecho que ele tinha lido. Tentando encaixá-lo num espaço não existente na prateleira, pensei nele dizendo certa vez — no verão que passei neste cômodo — "a vida inteira numa parede, Martha. Todo tipo de vida, real ou inventada".

Fiquei lá e li muitas lombadas, depois, um a um, comecei a tirar livros, fazendo uma pilha no braço esquerdo. Meu critério de seleção era tríplice. Livros escritos por mulheres ou homens apropriadamente sensíveis/deprimidos que tinham inventado suas próprias vidas. Qualquer livro que eu tivesse mentido sobre ter lido, exceto Proust, porque, mesmo com tudo o que eu tinha feito, não merecia sofrer tanto. Livros com títulos promissores que conseguisse alcançar sem precisar subir numa cadeira.

Eram velhos. As capas faziam meus dedos ficarem ressecados, e as páginas tinham o cheiro do tédio de esperar meu pai num sebo quando eu era mais nova. Mas iam me dizer como ser ou o que querer e iam me salvar de começar um diário de gratidão, e era a única coisa em que eu conseguia pensar.

Comecei com Woolf, todo o catálogo, lendo o dia todo no quarto dos meus pais, e, às vezes, quando começava a me preocupar sobre enlouquecer por passar tanto tempo fazendo só isso e concebia o pensamento em linguagem woolfiana, eu saía e lia em outro lugar. À noite, lia até dormir e, onde quer que eu estivesse, sempre que alguém num livro queria algo, eu anotava o que era. Quando terminei todos, tinha muitos pedaços de papel guardados num pote na penteadeira de Ingrid. Mas todos diziam uma pessoa, uma família, uma casa, dinheiro, não ficar sozinha. É só isso que todo mundo quer.

Tentei correr. É tão horrível quanto parece. No shopping Westfield, a 1,1 quilômetro da casa dos meus pais, desisti e entrei para comprar uma água. Como era segunda de manhã, pouco depois das nove, e eu era uma mulher com mais de quarenta anos usando roupas esportivas, não chamei atenção ao dar voltas no térreo tentando achar algo.

Havia um supermercado Smiths. A única rota da entrada até as geladeiras era por um corredor com uma placa pendurada que dizia Presentes/Inspiração/Agendas Variadas e, apesar disso, era, peculiarmente, de fileira após fileira de diários de gratidão. Parei e olhei-os em busca do pior para mandar de presente para minha irmã. Embora houvesse muitos preceitos individuais em suas capas cor de menta, lilás com purpurina e amarelo-manteiga — viver e amar e sorrir e brilhar e florescer e respirar —, considerados juntos, parecia que o maior imperativo da humanidade é seguir seus sonhos.

Escolhi um que era inexplicavelmente grosso, com duas vezes mais páginas do que seus colegas de prateleira, porque sua capa dizia Você Devia Simplesmente Ir Em Frente. Era para soar descontraído e motivador, mas, pela ausência de ponto de exclamação, soava cansado e resignado. Você Devia Simplesmente Ir Em Frente. Todo Mundo Está Cheio De Ouvir Você Falar Disso. Siga Seus Sonhos. Não Tem Nada Importante Em Jogo.

Era o meu dia, disse a mulher do caixa.

— Uma caneta grátis com todos os diários. — Ela era velha demais para estar trabalhando lá e respirou com muita dificuldade depois do esforço de se abaixar para pegar a caixa debaixo do balcão. — A que você quiser. — As canetas também eram motivacionais. Peguei uma que tinha uma citação apropriada da terceira onda do movimento feminista, agradeci-a e fui até um quiosque de café no meio do shopping que espalhava fragrância sintética de pão pelo ar.

Pedi uma torrada. Demorou muito para vir, e cheguei ao fim do meu *feed* do Instagram enquanto esperava. O último post era uma foto de F. Scott Fitzgerald, @citações_de_autores_diárias. A legenda dizia: "Aquilo de que as pessoas se envergonham costuma render boas histórias".

Minha torrada ainda não tinha vindo. Tirei o diário de Ingrid da bolsa e copiei a legenda na primeira página, depois olhei rápido por cima do ombro para ver se alguém tinha me visto. Mas eu era a única pessoa que julgaria uma mulher sentada sozinha num quiosque de shopping num dia útil de manhã, quando suas roupas de corrida e seu diário de gratidão eram testemunha de um esforço para melhorar a si mesma em duas frentes distintas. Mudei de posição na cadeira. Foi no espírito de arrependimento, provavelmente, que virei as páginas, para algum lugar do meio, porque não sabia onde começar. Só comecei. Você Devia Simplesmente Ir Em Frente. Sério, Ninguém Está Nem Aí.

Era a primeira semana de março. Eu estava sentada na porta dos fundos da casa dos meus pais, descalça, arrancando ervas daninhas de rachaduras no concreto, notando como meu chá parecia de uma cor âmbar brilhante com o sol frio refletindo nele, conversando com o filho mais velho de Ingrid no telefone. Eles tinham voltado a me ligar.

Ele estava explicando a história da série que estava lendo, sem poupar detalhes e, intermitentemente, de boca cheia.

Perguntei o que ele estava comendo.

— Uvas e pãozinho salvado.

Ouvi Ingrid pedir o telefone.

— Ele quis dizer salgado. Desculpa, meu Deus, essa série tem sete milhões de livros. Juro, eles devem obrigar crianças em uma fábrica em algum canto a escrevê-los. Como você está?

Contei para ela sobre o emprego que eu havia conseguido. Conselheira e orientadora vocacional numa escola para meninas. Ela não achou irônico que tivessem me oferecido o cargo, como eu achava.

— Você literalmente já teve todos os empregos. — Merda, ela disse. Precisava desligar. — Alguém está brincando com uma porta.

Quando fui desligar, vi uma mensagem de Patrick. Não tínhamos nos falado desde que ele saíra de casa.

Dizia: "Oi, Martha, vou voltar para o apartamento amanhã e preciso de alguns de nossos móveis etc. Onde está tudo?".

Hesitei por um momento, tentando assimilar a nova e extraordinária dor de uma mensagem que começa com oi e seu nome vinda de alguém com quem você costumava ser casada. Esfreguei o olho e o nariz e, aí, respondi, perguntando se podíamos resolver isso amanhã.

Ele disse que não podia. Iria trabalhar.

Respondi com o endereço do depósito, me perguntando, enquanto digitava, se Patrick lembrava que era nosso aniversário de casamento. E, aí, depois de mandar, se, quando você desiste de ser casado, deixa de ser seu aniversário de casamento.

Patrick escreveu de volta perguntando se eu podia encontrá-lo lá em duas horas. Meu desejo de não fazer isso era tão agudo que precisei de muito esforço para me convencer a levantar e entrar depois de responder que sim.

Ele ia atrasar. Eu já estava lá quando ele mandou uma mensagem para dizer isso, esperando em frente ao armário no depósito, no fim de um corredor tão escuro e desolador que parecia pós-apocalíptico.

Provavelmente, ele ainda demoraria uma hora — pediu desculpa e disse que tinha algo a ver com um caminhão e a rodovia North Circular. Eu podia ir embora se precisasse. Falei que não me importava e peguei o diário da minha bolsa. Estava manchado, se desfazendo, com uma grossura agora ridícula de tanto ser molhado e secado no aquecedor.

Sentei no chão e escrevi por muito tempo até perceber, ao virá-la, que tinha chegado à última página. Eu não sabia como terminar. Quando, depois de minutos pensando, nenhum fim adequado se apresentou, voltei ao começo e comecei a ler. Não tinha feito isso até então, sabendo que o que quer que encontrasse em minha escrita — autofascinação, banalidade, descrições de objetos — me faria ir lá fora botar fogo em tudo.

Não foi isso que aconteceu, ou, pelo menos, vi vergonha e esperança e sofrimento, culpa e amor, mágoa e júbilo, cozinhas, irmãs e mães, alegria, medo, chuva, Natal, jardins, sexo e sono e presença e ausência, as festas. A bondade de Patrick. Minha impressionante antipatia e pontuação desesperada por atenção.

Eu conseguia, agora, enxergar o que eu tivera. Tudo o que as pessoas querem em livros, uma casa, dinheiro, não ficarem sozinhas, tudo ali, na sombra da única coisa que eu não tinha. Até a pessoa, um homem que escrevia discursos sobre mim e abria mão de coisas por mim, que sentava ao lado da cama por horas enquanto eu estava chorando ou inconsciente, que dizia que nunca mudaria de ideia sobre mim e ficou mesmo sabendo que eu estava mentindo para ele, que só me machucava o quanto eu merecia, que colocava óleo no carro e nunca teria me deixado se eu não o tivesse mandado fazer isso.

Não foi minha revelação final. O fato de eu querê-lo de volta já não era revelação alguma quando cheguei à última página. Foi a razão pequena e horrível pela qual eu o perdera. Não era minha doença; não era nada que eu tinha dito ou feito. Escrevi e fechei o diário, tendo terminado, embora a maior parte da página ainda estivesse em branco porque o motivo para o nosso casamento ter terminado não preenchia uma linha inteira.

No fim do corredor, o elevador se abriu.

Levantei do chão e coloquei o diário em cima da minha bolsa. Patrick caminhou na minha direção, tão devagar, ou era um caminho tão longo, que, antes de ele chegar na metade, eu não conseguia lembrar como as pessoas aguentam. Quando alguém que você conhece mais do que qualquer outra pessoa, que você amou e odiou e não vê há meses, está vindo na sua direção, evitando seu olhar até o último minuto, depois sorrindo para você como se não tivesse certeza de quando ou se vocês se conheceram, o que fazer com as mãos?

Nossa conversa durou dois minutos, uma confusão de desculpas e ois e obrigados, perguntas desnecessárias e instruções ainda mais desnecessárias sobre cadeados e como eles funcionam. Pareceu uma piada. Um jogo para ver quem conseguia fingir ser outra pessoa por mais tempo. Nenhum de nós cedeu, e a conversa terminou com uma série de ok, ótimos. Patrick pegou a chave, e eu me fui.

Só tomei consciência de que minha bolsa estava com o peso errado quando faltavam duas paradas para chegar de volta em casa. Olhei dentro, como se pudesse estar lá quando a bolsa parecia vazia em meu ombro. Não estava no banco ao meu lado. Não tinha escorregado para o chão. Fiz uma cena. Tentei escancarar as portas do vagão antes de o trem parar completamente na próxima estação, depois abri caminho pela multidão na plataforma e forcei minha entrada num vagão de um trem prestes a sair do outro lado. Estaria cheio demais se tivesse metade das pessoas já nele. Um homem balançou a cabeça para mim. Não me importei.

No caminho de volta, o metrô ficava parando no túnel — continuei de pé, como se isso pudesse fazer a viagem ser mais rápida, imaginando o diário largado na calçada em algum lugar entre a estação e o depósito, um passante o pegando, checando se havia um nome dentro, vendo que não havia, indo embora com ele mesmo assim, jogando-o na primeira lixeira pela qual passasse. Ou o levando para casa. A ideia era muito pior — o que parecia minha única posse sendo colocada ao lado da pilha de cardápios de delivery e correspondência a ler na cozinha, sendo lido na frente da televisão, "outro trecho engraçado" em voz alta para um marido desinteressado durante o comercial.

Uma atendente da estação disse, quando finalmente cheguei, que ninguém tinha entregado um diário, mas, se eu quisesse um guarda-chuva, podia escolher. Saí e caminhei de volta para o depósito pelo mesmo caminho, atravessando nos mesmos lugares de uma hora e meia antes, ainda de mãos vazias ao chegar ao fim.

Quando entrei, o recepcionista comentou que eu tinha voltado outra vez. Evidentemente, eu adorava aquele lugar. Ele estava sentado atrás de sua mesa, como antes, recostado com as mãos entrelaçadas atrás da cabeça, olhando suas telas do circuito interno de televisão como se houvesse algo mais para ver do que corredores desertos de uma variedade de ângulos. Assinei o livro de entrada idiota dele de novo e, quando entrei no elevador, escutei-o dizer:

— Seu namorado ainda está lá. Ele vai se arrepender de querer tirar tudo de uma vez.

Todos os nosso móveis estavam no corredor, removidos uma peça de cada vez por Patrick e dispostos acidentalmente num simulacro de sala. Uma poltrona, uma televisão, uma luminária. Ele estava sentado em nosso sofá. Cotovelo descansando no apoio, lendo.

Ele levantou os olhos e, ao me ver, disse oi como se eu tivesse acabado de chegar em casa, antes de voltar ao livro. Não adiantava pedi-lo de volta. Se ele tivesse lido do começo, agora estava quase terminando. Sentei na outra ponta do sofá e esperei.

Patrick virou uma página. Se fosse qualquer outra pessoa — se fosse Jonathan, teria sido um ato de crueldade rara e engenhosa: ler meu diário na minha frente. Jonathan teria fingido que estava concentrado demais para ser interrompido — teria levantado um dedo se eu tentasse falar, mudando sua expressão de tristeza para diversão, curiosidade, um pouco de choque, devastação, durante uma só página, e fazendo comentários intermitentes sobre a forma como eu retratava as coisas.

Mas era Patrick. Ele estava concentrado. Sua expressão era sincera e suas reações, sutis, um pequeno franzir de sobrancelhas, um sorriso ocasional quase imperceptível. Ele não falou nada até o fim. E, aí, só:

— Não consigo entender sua letra. Eu nunca o quê?

— Ah. — Olhei de cabeça para baixo para a última coisa que eu tinha escrito. — Diz: Eu nunca perguntei como era para ele. Ele falou:

— ▬▬▬▬?

— Não, tudo. Nosso casamento. Ser meu marido. Nunca perguntei como era nada disso para você.

— Certo. — Ele fechou o diário.

— É o que mais me envergonha agora, acho. — Levantei e estendi o braço para pegá-lo. — Dentro de, obviamente, uma gama de opções.

Em vez de se levantar, Patrick continuou sentado e coçou brevemente a nuca. Esperei. Continuou com o caderno na mão.

— Você quer saber?

Falei não e me forcei a voltar a sentar.

— Não quero. — Eu não era tão corajosa assim. — Como era para você, Patrick? — Minha bolsa estava no meu ombro. Não a tirei. Ele respondeu:

— Era uma merda.

Ingrid falava merda de alarme do carro, merda de moscas na despensa, uma merda de uma uva-passa dentro do meu sutiã, e nada disso era chocante. Mas nunca tinha ouvido Patrick falar palavrão, nem uma vez em nossa vida, e, dita por ele, a força e a violência da palavra me fizeram recuar. Ele pediu desculpa.

— Não. Desculpa eu. Continue. Eu quero saber.

— Você já sabe. É tudo o que sua mãe te contou. — Ele colocou o diário de lado. — É só que era sempre centrado em você. Eu sei que você estava doente, mas fui eu que tive que absorver toda a sua dor e receber a sua raiva, só porque eu estava lá. Eu assumi tudo. Senti como se minha vida inteira tivesse sido absorvida pela sua tristeza. Eu tentei, meu Deus, Martha, eu tentei, mas não importava o que eu fizesse. Boa parte do tempo, parecia que você queria ativamente ser infeliz, mas ainda esperava apoio constante. Às vezes, eu só queria escolher um restaurante com base na comida, não pensando se o gerente parecia deprimido ou se o carpete te lembrava de algo ruim que aconteceu uma vez. Às vezes, eu só queria que a gente fosse normal.

Ele pausou, claramente sem saber se devia articular o pensamento seguinte. Decidiu fazê-lo.

— Você jogava coisas em mim.

Olhei para baixo. Pensei, me observando de fora, estou de cabeça baixa. Estou curvada de vergonha.

— Não consigo descrever como era, Martha. Não consigo mesmo, e você esperava que eu simplesmente superasse. Você dizia que queria falar sobre as coisas, mas não falava. Por eu não fornecer um comentário emocional contínuo e descrever cada sentimento que tenho enquanto ele está ocorrendo, você decidiu que eu não sinto nada. Você me disse que eu era vazio. Lembra? Você disse que eu era só o esboço do que um marido devia ser.

Respondi que não lembrava. Eu lembrava. Foi numa loja de departamentos. Estávamos comprando um colchão. Eu não parava de pedir a opinião dele. Ele não parava de dizer que tanto fazia, até eu sair com raiva e só voltar para casa depois de tantas horas sem dizer para ele onde eu estava que, quando cheguei, ele já tinha ligado para todo mundo em quem conseguia pensar em busca de notícias minhas.

— Quer dizer, sim, desculpa. Eu lembro. Desculpa.

— Você constantemente me acusava de ser passivo e não querer nada, mas eu não tinha permissão de querer nada. Era assim que funcionava. Aceitar o que recebia era a única forma de manter a paz. E aí — Patrick tateou a nuca, pressionando um músculo com os dedos, parecendo ter localizado alguma fonte de dor —, mesmo me conhecendo há tanto tempo, você acha que a primeira coisa que eu faria depois de sair de casa é ir transar com a sua prima.

— Não, eu... — Eu achava.

— Era de um dos Rorys dela. Ele tinha o mesmo relógio que eu. Mas você nem questionou se podia haver outra explicação ou considerou que pudesse estar errada. De que adianta, se é isso que você acha que eu sou?

Pedi desculpa.

— Eu sou a pior pessoa do mundo.

— Não é, não. — A mão de Patrick se fechou e ele bateu com o punho no braço do sofá. — Você também não é a melhor pessoa do mundo, que é o que realmente acha. Você é igual a todo mundo. Mas isso é mais difícil para você, né. Você preferiria ser uma coisa ou outra. A ideia de ser comum é insuportável.

Não o contestei. Só disse: desculpa por tudo ter sido uma merda.

— Uma parte do tempo. — Ele suspirou e pegou de novo o diário, e o deixou cair aberto em qualquer lugar. — Na maior parte do tempo, era incrível. Você me fazia tão feliz, Martha. Você não tem ideia. Você não tem ideia de como era bom. Essa é a parte que estou achando mais difícil. Que era completamente alheia a tudo o que era bom. Você não conseguia enxergar.

Falei a Patrick que, agora, conseguia.

— Eu sei.

Eu o vi folhear o diário, em busca de uma página específica, passar os olhos por ela durante um segundo e, aí, começar a ler em voz alta:

— "Num casamento pouco depois do nosso, segui Patrick pela multidão densa na festa até uma mulher parada sozinha."

Toquei uma de minhas orelhas, que parecia muito quente.

— "Ele disse que, em vez de olhá-la de cinco em cinco minutos e me sentir triste, eu devia simplesmente ir até lá e elogiar o chapéu dela." — Patrick levantou os olhos. — Eu disse isso?

— Sim.

— Não me lembro. Só me lembro — ele sorriu vagamente — de, na hora, achar que você estava tão… Quer dizer, quem se importaria tanto com uma mulher aleatória que não consegue colocar um canapé na boca, mas você estava fora de si. Parecia estar sentindo uma dor física. Você só ficou falando e falando e falando até ela ficar bem. É isso que eu, é esse tipo de coisa… — A voz dele foi diminuindo, e ele virou para outra parte do diário e disse: — Isso é brilhante. Mesmo, Martha.

DEVE TER ALGO *errado* **COMIGO**

Perguntei se ele sabia que hoje era nosso aniversário de casamento quando mandou a mensagem dizendo para nos encontrarmos.

— Sim, desculpa. Não foi de propósito. Eu só precisava resolver tudo.

Falei:

— Enfim, é melhor eu ir. — Ele me entregou o diário. Nós dois nos levantamos.

— Está bem, então.

— Sim, ótimo.

Falei tchau e não foi suficiente, uma palavra, comum demais para conter o fim do mundo. Mas era só o que havia. Comecei a andar na direção do elevador.

Patrick disse Martha, espera.

— O que foi?

— Você tinha razão. Eu sabia, sim, que havia algo errado. Não no começo, mas nos últimos anos. — De repente, ele pareceu doente. — Eu sabia que não era você. Sabia que havia algo errado, mas estava só tentando seguir em frente. Sentia que não conseguiria enfrentar o processo todo. Ou estava com medo de descobrirmos e ser algo com que não conseguíssemos lidar e fosse o fim. E, às vezes, você também tem razão nisso, eu não me importava que todo mundo pensasse que eu era um marido incrível, porque eu me sentia inútil na maior parte do tempo. Mas o que… — Ele parou e, então, com uma angústia pura, disse: — A coisa de que mais me envergonho é de ter dito que você não devia ser mãe. Não é verdade. Eu estava com muita raiva. — Era só a pior coisa em que ele conseguia pensar.

Pedi para ele parar de falar, mas ele não parou.

— Não posso te pedir para me perdoar. Está além de qualquer desculpa. Só quero que você saiba que entendo o que fiz e que, o que quer que nós dois acabemos fazendo, preciso reconstruir minha vida com essa realidade de ter sido intencionalmente cruel com minha própria esposa.

Houve um barulho em outro corredor. Algo batendo num chão de metal, alguém gritando. Depois que o eco passou, falei:

— Eu devia ter te dito que queria ficar com ela. Na época. Devia ter te dito na época.

— Como você sabe que era menina?

— Eu só sabia.

— Que nome você teria dado?

Respondi:

— Não sei.

Mas o nome dela aparecia muitas vezes no livro. Patrick o falou em voz alta. Sim, ele disse. Teria sido bom.

Olhei para o teto e apertei minhas mãos contra o meu rosto, tentando me livrar de mais lágrimas vindas do que parecia ser um poço especialmente reservado para ela e, aparentemente, sem fundo.

— Você deve me achar desprezível.

— Não acho — disse Patrick. — Você pensava que era a coisa certa a fazer. Você achava que era melhor para ela, embora a quisesse tanto. É por isso que eu sei — ele falou desculpa, talvez seja uma coisa ruim de se dizer —, mas é por isso que eu sei que você devia ter sido mãe. Você a colocou acima de si mesma. É isso que as mães fazem, não é? — Ele disse obviamente, estou só chutando.

Eu não conseguia continuar de pé. Patrick foi para o lado e dei alguns passos de volta para o sofá. E ele se sentou ao meu lado e me deixou deitar com a cabeça no colo dele e colocou o braço por cima de mim, parecendo um peso, e chorei e chorei e chorei, do fundo de mim e, quando finalmente me sentei de novo, vi lágrimas nos olhos dele também — Patrick, que tinha me dito que não chorava desde o primeiro dia no internato, quando o pai apertou a mão dele e disse tchau, depois saiu pelos portões da escola enquanto o filho de sete anos corria atrás do carro. Puxei a manga para cima da mão e sequei primeiro o rosto dele, depois o meu. Não sabia o que dizer. Acabei falando só:

— É tudo uma enorme pena.

Estava falando sério. Perguntei por que ele estava rindo.

Ele disse que não estava.

— É que afinal você não é como o resto de nós. Só isso.

— Nem você, Patrick.

DEVE TER ALGO *errado* **COMIGO**

E então acabou e nos levantamos e dissemos tchau de novo. Foi extraordinário, o mundo inteiro estava naquela palavra.

Eu já estava a certa distância no corredor quando Patrick me chamou:

— Dá uma boa história, Martha. Do jeito que você escreveu.

Olhei para trás e falei ok.

— Alguém... devia fazer um filme.

Houve mais um barulho do outro corredor, eu me virei e, andando de costas, gritei:

— Não acho que, num filme, o desenlace... Não acho que a despedida pode acontecer num depósito de móveis em Brent Cross.

Patrick respondeu:

— Você provavelmente... — Girei de volta para o elevador e corri. Não queria ouvir o resto.

O homem atrás da mesa comentou que lá ia eu de novo. Presumivelmente, eu voltaria depois. Empurrei as portas sem responder. A luz de fora estava tão clara que saí protegendo os olhos com a mão.

Eu estava na plataforma esperando o próximo trem, com a bolsa no colo, segurando meu celular. Se acreditasse que o universo se comunicava com os seres humanos por meio de sinais e milagres e redes sociais, teria pensado, ao abrir o Instagram, que aquele primeiro post de um minuto atrás no meu *feed* era uma mensagem sobrenatural, canalizada por meio do @citações_de_autores_diárias, só para mim.

A luz de um farol apareceu no túnel. Dei um *print* — ia anotar quando embarcasse, com letras grandes para preencher todo o espaço vazio da última página do diário. Mas o trem parou e eu embarquei e não havia lugar. Nunca anotei. Não me lembro de onde era. Mas toca o tempo todo na minha cabeça, repetindo-se como um refrão de música, a frase recorrente de um poema. "Você tinha parado de não ter esperança."

Você tinha parado, tinha parado, tinha parado de não ter esperança.

Ontem à noite, Patrick chegou enquanto eu estava assistindo a um filme recomendado por Ingrid, um *remake* ruim de um filme que já era ruim. Falei para ele que podíamos desligar.

Ele se sentou e falou que, como era baseado numa história real, eu obviamente queria assistir à coisa toda, só por causa das palavras que aparecem no fim. Fulano morreu aos oitenta e três. O quadro nunca foi encontrado.

Ele disse:

— A forma como as coisas terminam é sua parte favorita. Além do mais, estou cansado demais para conversar. — Comecei a falar. Ele disse: — Genuinamente, Martha. Estou cansado demais para conversar. — E fechou os olhos.

É assim que termina.

Há algumas semanas, levei meu pai a uma livraria em Marylebone para ver a vitrine. Ele ficou parado por muito tempo no meio-fio, olhando-a com a expressão de alguém que não compreende o que está vendo.

Ele é o poeta de Instagram Fergus Russell. Tem um milhão de seguidores.

O livro, que ocupava a vitrine sozinho, é a antologia de seus poemas mais curtidos. Ao ler uma resenha inicial, minha mãe disse:

— Finalmente, Fergus, você ganhou seu artigo definido.

Ele disse que devia haver uma forma verbal do adjetivo vindouro.

— Para quando uma antologia que foi vindoura durante quarenta e um anos finalmente vier.

Começou a chover, cada vez mais forte, enquanto ainda estávamos em frente à loja, mas meu pai não parecia notar. Quando vi que a água, transbordando a sarjeta, estava correndo por cima dos sapatos dele, obriguei-o a entrar comigo para procurar o gerente.

Eles apertaram as mãos e meu pai perguntou se podia assinar um pequeno número de exemplares, mas tudo bem se preferissem que ele não fizesse isso. Ele ofereceu mostrar sua carteira de motorista para provar que realmente era Fergus Russell. O gerente tateou os bolsos em busca de uma caneta e disse que não tinha problema; havia uma foto dele na contracapa. Ele contou a meu pai que era o livro que vendia mais rápido desde o poço sem fundo dos livros de colorir para adultos.

Uma semana após a publicação, o editor do meu pai havia ligado e dito que, segundo os dados iniciais, no primeiro dia, trezentas e trinta e quatro unidades tinham sido vendidas — algo inédito em poesia —, e isso só no centro de Londres.

Winsome deu um jantar em homenagem a ele em Belgravia. Todo mundo voltou. Era a primeira vez que estávamos todos juntos desde que Patrick e eu havíamos nos separado. Nossa família nos tratou como se tivéssemos acabado de ficar noivos. Ingrid comentou que devíamos aproveitar para fazer uma lista de presentes de casamento.

Enquanto os outros se sentavam, Winsome me mandou pegar algo no escritório de Rowland. A porta de um imenso armário atrás da mesa dele estava entreaberta. Empilhados lá dentro, havia dezenas de exemplares do livro do meu pai, alguns desembrulhados, alguns ainda no plástico, e sacolas de papel de livrarias do centro de Londres. Abri outros armários. Estavam cheios da mesma coisa.

DEVE TER ALGO *errado* **COMIGO**

Fechei-os em silêncio e saí do cômodo, desprezando Rowland por comprar trezentos e trinta e quatro exemplares do livro do meu pai como uma piada.

De volta à sala de jantar, Rowland estava repreendendo Oliver pela quantidade dissipadora de molho no prato dele. Ao escutá-lo, percebi que só podia ser movido por gentileza que meu tio teria se deslocado com o Babacamóvel de livraria em livraria, acabando com todo o estoque, já que odiava tanto gastar dinheiro que sua barra de sabonete é um construto. Enquanto eu passava por trás da cadeira dele, Rowland virou-se ao meu pai, do outro lado, e disse alto que, no que lhe dizia respeito, só era poesia se rimasse, então, tinha uma venda pelo menos com a qual não contaria. Dei um tapinha no ombro dele. Ele me ignorou.

Não contei a ninguém, exceto a Patrick, mais tarde, sobre o que tinha visto. Quando o livro começou a vender aos milhares, soube que não podia mais ser só Rowland.

Meu pai levou meia hora para assinar os exemplares da vitrine e da pilha na mesa da entrada. O gerente colocou selos de Primeira Edição Autografada nas capas antes de empilhá-los de volta, depois pegou o celular para tirar uma foto. Enquanto ele enquadrava, meu pai deu um passo para o lado. O gerente sinalizou para ele voltar.

— Ah, sim, sim — disse meu pai. — Comigo. — E então, tímido: — Você pode tirar uma minha com a minha filha também?

Depois, caminhamos pela Marylebone High Street na direção da Oxford Street, dividindo o guarda-chuva dele. Ele me perguntou se eu tinha planos e, quando falei que não, disse que queria me comprar um sorvete. Como ver adultos comendo sorvete em público sempre me encheu de uma tristeza inexplicável, e ainda enche, eu disse tudo bem, desde que comêssemos dentro do lugar.

Mais adiante, achamos um café e sentamos ao lado da janela. O atendente veio, colocou tigelas de *gelato* à nossa frente e foi embora. Meu pai disse:

— Este é um dos sorvetes pelos quais eu não conseguia pagar sozinho quando você era criança. — E passou para o assunto de como tinha sido ver seu próprio livro numa livraria, porque eu não tinha sido capaz de responder. No fim, disse: — E, claro, você vai ser a próxima. Seu livro numa vitrine.

Meu sorvete tinha derretido e pingou da colher quando o peguei. Passei o dedo pela poça e disse:

— *A coletânea de colunas gastronômicas engraçadas de Martha Russell Friel.*

Meu pai disse que eu era muito engraçada e, neste caso, equivocada.

— Por que você ficou com ela? — Não tinha intenção de perguntar, mas, enquanto ele estava autografando, eu havia lido os poemas de novo. Eram todos sobre minha mãe. Eu não entendia como a paixão dele por ela, entrelaçada em todas as frases, tinha sobrevivido ao casamento. Ela o sufocando, As Partidas. — Ou — continuei — por que você sempre voltava?

Meu pai deu de ombros.

— Eu a amava, infelizmente.

Despedimo-nos do lado de fora. Meu pai ia para o outro lado e me fez levar o guarda-chuva. Ele quebrou quando o abri, e eu estava enfiando o emaranhado de varetas dobradas numa lata de lixo quando vi Robert saindo de uma loja a alguns metros de mim. Ele segurava um jornal acima da cabeça com uma mão enquanto atravessava correndo na direção de um táxi parado do outro lado.

Ele me viu quando estava abrindo a porta e pausou como se, em outro momento, fosse ser capaz de identificar a mulher parada do outro lado da rua que parecia que ia acenar, mas depois não acenou. Ele ainda segurava o jornal e fez um gesto amigável com ele antes de se abaixar para entrar. Não sei se ele me reconheceu ou se me cumprimentou por garantia.

O táxi partiu e eu continuei andando. *Nostos, algos.* Nunca mais voltei depois da primeira consulta. Marquei dezenas nos meses seguintes, sempre cancelando na véspera. Da última vez que liguei para o consultório dele, a recepcionista me disse que eu tinha tantas multas de cancelamento de última hora no meu arquivo que esta era uma das raríssimas ocasiões em que ela não podia me deixar marcar outra consulta a não ser que eu as pagasse.

Eu ainda desejava vê-lo, às vezes, mas sei que não vou, porque não há mais nada a dizer. E nunca haverá 540,50 libras nos Inesperados da Martha — mesmo que houvesse, tenho medo de que, como especialista na mente humana, ele fosse capaz de discernir através da minha linguagem corporal que, das 820 visualizações de seu discurso de 2017 na Associação Mundial de Psiquiatria no YouTube, 59 eram minhas.

Ele falou sobre ▆▆▆▆▆. O congresso aconteceu depois de nos conhecermos. Quando vi pela primeira vez torci, mas, agora, só me pergunto se sou a jovem articulada com sintomas clássicos a quem, durante a fala, ele se refere como "Paciente M".

Ingrid teve o bebê. Duas semanas mais tarde que o previsto, enorme e virado do lado errado. Patrick e eu fomos vê-la na tarde do mesmo dia. O parto exigira o uso de fórceps e, ela nos disse, aquela coisa que parece um desentupidor de privada e uma porra de episiotomia feita por um médico que estava de verdade tentando fechar a porta do estábulo depois que o cavalo fugiu. Ela suspeitava que ele tivesse feito um péssimo trabalho com os pontos e, portanto, decidiu simplesmente se dissociar de toda a área, que descreveu naquele momento, e desde então, como sua Vaginassaura Rex.

Winsome já estava lá quando chegamos — sozinha, porque Rowland estava numa missão de encontrar uma vaga de estacionamento gratuita, da qual, ela intuía, ele provavelmente não ia voltar. Ela estava de pé, lavando uma embalagem de uvas verdes sob uma torneira alta na pia, fingindo que não conseguia escutar nada do que minha irmã estava dizendo. Depois, Hamish perguntou a Patrick qual a chance de, hoje em dia, o ultrassonografista errar o sexo do bebê. Ingrid tinha dito para todo mundo que era um menino. Patrick explicou que não era comum, especialmente não em vários exames diferentes.

— Eu não fiz vários exames diferentes. — Ela levantou os olhos do ajuste que estava tentando fazer à alça do sutiã e disse:

— A mágica desaparece quando você está com três meninos quebrando o equipamento na sala.

Patrick disse:

— Mesmo assim...

— E eles não me disseram que era outro menino — falou Ingrid. — Eu não perguntei. Só supus.

Hamish não reagiu além de dizer ah. Aí, se recompondo, falou:

— De qualquer modo, devíamos escolher um nome para ela enquanto estamos todos aqui.

Ingrid olhou para Winsome, que, agora, estava cortando um cacho grande de uvas em vários outros pequenos e os dispondo numa tigela de vidro que tinha trazido de casa.

— Eu gostaria de chamá-la de Winnie. — E, para Hamish: — Tudo bem?

Ele recitou o nome completo da filha. Minha mãe estava ao lado do berço, alisando dobras na coberta. Hamish perguntou:

— O que acha, Celia?

Ela disse que o nome era perfeito.

— Precisamos de todas as Winnies que pudermos nesta vida.

Olhei para minha tia e a vi tirar um lenço da manga, ficando de costas para todos para secar os olhos com privacidade.

— Na verdade — disse Ingrid —, Winnie Martha fica estranho. Vamos colocar só o primeiro. — E, para mim: — Mas eu te amo.

Pedi desculpas a Winsome pelo vaso. Ela foi a primeira para quem liguei depois de ler a carta de minha mãe e fazer a triagem de meus crimes, permitindo-me lidar primeiro com o menor ou um dos menores. Perguntei se podia ir visitá-la e, no dia, ela me convidou para ir ao jardim, onde uma mesa havia sido posta para o chá da tarde.

Embora, no Natal, ela tivesse parecido à beira das lágrimas quando eu disse no vestíbulo que não queria o vaso, Winsome me contou que não tinha lembrança daquele incidente, nenhuma mesmo, falou, e me deu um tapinha no braço. Pedi para ela me perdoar mesmo assim.

— O que está esquecido está perdoado, Martha. Não lembro quem disse isso nem onde li, mas, se eu tivesse um lema, seria esse. O que está esquecido está perdoado.

Falei que era de F. Scott Fitzgerald. O curador de @citações_de_autores_diárias estava nessa onda.

Winsome me ofereceu um biscoito e me perguntou se eu tinha algumas férias planejadas.

— Como você suportou minha mãe por tanto tempo?

Ela disse ah. De fato. E então:

— Acho que porque sempre consegui lembrar como ela era antes de a nossa mãe morrer, e eu a amava o suficiente.

— Você já ficou tentada a só desistir dela?

— Todo dia, suponho. Mas você se esquece, Martha, de que eu era adulta quando ela era criança. Eu sei quem ela devia ter sido. Isto é, quem ela teria sido se nossa mãe não tivesse morrido ou, talvez, se tivéssemos outra mãe. Eu gostaria de dizer que fiz meu melhor, mas eu não era uma substituta adequada.

Aceitei outra xícara de chá. Vendo-a servir, falei que não imaginava como devia ter sido difícil. Winsome disse bom, não tem importância, e decidi que um dia ia perguntar a ela, mas não naquele momento, porque havia mais tristeza na forma como ela disse essa frase do que qualquer uma de nós podia suportar, sentadas à mesa de jardim dela, tomando chá da tarde.

— O que está esquecido está perdoado. — Por algum motivo, Winsome falou de novo.

Repeti depois dela.

— O que está esquecido está perdoado.

— Isso mesmo. Difícil, mas possível. A não ser que você o queira, Martha, talvez eu coma este último biscoito.

Mesmo com quatro com menos de nove anos, caralho, Ingrid ainda é Ingrid. Junto com cada mensagem que ela mandou desde o nascimento de Winnie, há um GIF do Will Ferrell triste. Ele está sentado numa poltrona de couro que está vibrando no nível mais alto possível, tentando beber vinho e chorando enquanto o líquido transborda da taça e escorre pelo queixo dele. É figurativamente ela. Nunca deixou de ser engraçado.

✗

Patrick e eu fomos embora do hospital depois de Oliver chegar com Jessamine e o Rory com quem ela está prestes a se casar. Nicholas agora está nos Estados Unidos, trabalhando numa fazenda especial.

Meus pais queriam que voltássemos com eles para jantar na Goldhawk Road. Chegando lá, minha mãe me chamou para ir ao estúdio dela porque tinha algo que queria me mostrar.

Falei:

— Mas eu posso entrar? Não tem nada pegando fogo.

Ela fez um piparote, recusando-se a ser zombada e, quando atravessamos o jardim, abriu a porta e me esperou entrar. A sensação de estar em um lugar em que eu tinha sido vigorosamente desencorajada a entrar pela maior parte da minha vida ainda era estranha. Sentei num engradado no canto. Estava incrustado com pedaços de algo branco.

No meio do cômodo, escondido sob um lençol sujo, estava algum objeto cujo ponto mais alto tocava o teto. Minha mãe parou ao lado dele, cruzando os braços e segurando os cotovelos com as mãos, de uma forma que a fazia parecer nervosa.

Ela tossiu e disse:

— Martha. Sei que você e sua irmã me provocam por reaproveitar tudo, mas a única coisa que eu estava tentando fazer esses anos todos era pegar lixo e transformar em algo belo e bem mais forte do que era antes. Sinto muito por ser uma porcaria de metáfora para tudo. — Ela se virou e puxou o lençol. — Você não precisa gostar.

DEVE TER ALGO *errado* **COMIGO**

Meus pulmões endureceram. Era uma figura oca, tecida como uma gaiola de arame e o que pareciam pedaços de telefones antigos. Minha mãe tinha derretido e jogado cobre por cima da cabeça e dos ombros. Tinha pingado para o torso, escorrendo por cima de um coração suspenso, de alguma forma, no espaço vazio, e que brilhava fracamente sob a luz. Ela tinha me feito com dois metros e meio, linda e mais forte do que eu era antes. Falei para ela que gostava da metáfora. E, no galpão, antes de sairmos, disse que ela tinha razão — sobre as coisas que dissera no telefone e na carta. Eu tinha sido amada todos os dias da minha vida adulta. Tinha sido insuportável, mas nunca ficara sem amor. Tinha me sentido sozinha, mas nunca tinha estado sozinha, e fui perdoada pelas coisas imperdoáveis que fiz.

Não posso dizer que perdoei as coisas que foram feitas comigo — não por não tê-las perdoado. Só porque, como Ingrid diz e é verdade, as pessoas que falam sobre como perdoaram os outros soam como umas babacas.

A escultura da minha mãe é grande demais para ficar dentro de uma casa. Supostamente, estou sendo sondada pelo pessoal do Tate.

Patrick e eu não estamos morando juntos.

No mesmo dia em que nos despedimos num corredor, cercados por nossos móveis, Patrick apareceu na Goldhawk Road e disse, nós dois em frente à casa, que queria que eu voltasse para o apartamento.

Corri para ele, esperando que fosse me abraçar, mas ele não fez isso, e encolhi meus braços. Ele pediu desculpa.

— Quis dizer que eu vou morar em outro lugar.

Perguntei a ele o que ele estava propondo, neste caso, se queria que eu o alugasse dele.

— Não, Martha. Estou só dizendo que, se vamos fazer isso, acho que temos que ser cautelosos. Duas pessoas que arruinaram a vida uma da outra não deviam tentar de novo. Mas, enquanto tentamos...

— Por favor, não diga resolver as coisas.

— Tá bom. O que quer que estejamos tentando fazer, enquanto tentamos, não quero que você tenha que morar com seus pais.

Respondi que a ideia era estranha.

— Mas tudo bem.

Entrei e peguei minhas coisas, e Patrick me levou para casa.

Winsome o convidou para ficar em Belgravia, mas ele alugou um estúdio. Não é deprimente, a duas ruas de distância em Clapham, e na maior parte do tempo ele fica aqui. Falamos de várias coisas: se o puxador da lava-louças pode ou não ser consertado; como duas pessoas que arruinaram a vida uma da outra podem ficar juntas de novo.

Quando as pessoas descobrem que você e seu marido ficaram um tempo separados, mas já se reconciliaram, inclinam a cabeça para o lado e dizem:

— Claramente, no fundo, você nunca deixou de amá-lo.

Mas eu deixei. Sei que deixei. É mais fácil dizer sim, você tem toda razão, porque dá trabalho demais explicar que é possível parar e começar de novo do nada, que é possível amar a mesma pessoa duas vezes.

Patrick acordou quando o *remake* ruim tinha acabado e começou a procurar os sapatos. Eu não queria que ele fosse embora. Perguntei:

— Quer ver *Bake Off* comigo?

Assistimos ao episódio do bolo de sorvete. Ele não tinha visto.

No fim, contei que Ingrid ainda acha que a sabotadora o tirou do freezer de propósito. Patrick disse claro que não. Falou:

— Ela só cometeu um erro porque a pressão é muito extrema.

Sorri para ele — um homem capaz de trabalhar o dia todo na UTI, depois caracterizar como muito extrema a pressão sobre uma concorrente de *reality show*. Ele quis saber o que eu achava.

Falei que estivera em cima do muro, mas, agora, via que não era culpa de ninguém.

Despedimo-nos no corredor, ele beijou o topo da minha cabeça e disse que voltava amanhã. Fui dormir. Ainda acho estranho. Há dias em que não consigo suportar, dias em que ele diz que parece que nada mudou e dias em que parece a nós dois que tanta coisa se perdeu que não há mais conserto. Mas estamos juntos nos, Patrick diz, acréscimos — um momento ao qual não teríamos direito — e, portanto, somos gratos. Ele começou a se referir ao estúdio como Hotel Olympia.

Eu não tenho um bebê. Não existe Flora Friel. Tenho quarenta e um anos. Talvez nunca haja, mas tenho esperança e, de toda forma, Patrick sempre está ali.

MATERIAL CITADO

"O fim é o começo e está muito distante."
Invisible man, de Ralph Ellison. (Edição brasileira: *Homem invisível*. 2. ed. Tradução de Mauro Gama. Rio de Janeiro: José Olympio, 2020.)

"A não ser que eu especificamente o informe do contrário, sempre estou fumando outro cigarro."
Money, de Martin Amis. (Edição brasileira: *Grana*. São Paulo: Rocco, 1993.)

"Eu não tinha muita certeza, mas, no geral, achava que gostava de ter tudo ao meu redor bem organizado e calmo, e não ter que fazer coisas, e rir do tipo de piada que os outros não achavam nem um pouco engraçado, e dar caminhadas no interior, e não ser chamada a expressar opiniões sobre coisas como o amor e se fulano de tal não é peculiar."
Cold Comfort Farm, de Stella Gibbons. (Edição brasileira: *Fazenda maldita*. Tradução de Ana Luiza Borges. Rio de Janeiro: Record, 1997.)

"A grande revelação talvez nunca chegasse. Em vez disso, havia pequenos milagres cotidianos, iluminações, fósforos inesperadamente riscados na escuridão; aqui estava um deles."
To the lighthouse, de Virginia Woolf. (Edição brasileira: *Ao farol*. Tradução de Tomaz Tadeu. São Paulo: Autêntica, 2013.)

"Aquilo de que as pessoas se envergonham costuma render boas histórias."
The Love of the last Tycoon, de F. Scott Fitzgerald. (Edição brasileira: *O último magnata*. Tradução de Carlos Eugênio Marcondes de Moura. Porto Alegre: LPM, 2018.)

"A cremação não foi pior do que um Natal em família."
Metroland, de Julian Barnes.

"Você tinha parado de não ter esperança."
Grief is the Thing with Feathers, de Max Porter.

"O que está esquecido está perdoado."
The Crack-up, de F. Scott Fitzgerald.

"Atacar o dia."
Arcebispo Justin Welby, *Desert Island Discs* da BBC, 21 de dezembro de 2014.

"[...] uma mulher que fica deitada num estúdio escuro pensando sobre seu divórcio por 192 páginas."
Good Morning, Midnight, de Jean Rhys.

UM COMENTÁRIO
SOBRE O TEXTO

Os sintomas médicos descritos neste romance não são consistentes com uma doença mental genuína. A descrição do tratamento, da medicação e dos conselhos médicos é inteiramente ficcional.

AGRADECIMENTOS

Catherine. E James. Libby, Belinda e a equipe, além dos parceiros, da HarperCollins. Ceri, Clare e Ben. Fiona, Angie, Kate, a família Huebscher, Laurel e Victoria. Clementine e Beatrix. Andrew. Obrigada.

E minha tia Jenny, que era todos os meus Natais na infância.